btb

Buch

Heleen, eine Frau Ende vierzig, mit einem liebevollen Mann, zwei heranwachsenden Kindern und einer gut gehenden Gärtnerei, hat alles in ihrem Leben bisher mit links gemeistert. Doch in letzter Zeit stürzen die Probleme nur so auf sie ein: Heleen sorgt sich um ihren 17-jährigen Sohn Storm, der gerade erste sexuelle Erfahrungen macht, gleichzeitig versucht sie, ihre 14-jährige Tochter Lizzy noch ein wenig vor den Unwegsamkeiten des Lebens zu schützen. Sie selbst hat mit den Wechseljahren zu kämpfen und hadert sie mit sich, weil sie keine Lust mehr auf Sex hat. Die wirkliche Herausforderung kündigt sich allerdings an, als ihr an einem Novemberabend mitgeteilt wird, dass ihre Mutter einen Schlaganfall erlitten hat …

Autorin

Renate Dorrestein, geboren 1954 in Amsterdam, wuchs in einer römisch-katholischen Familie auf. Ihre Jugend sei recht glücklich gewesen, sagt sie – das habe jedoch weniger an einer besonders harmonischen Familienatmosphäre als vielmehr an ihrer eigenen Fantasie gelegen, mit der sie ihrem Leben Farbe verlieh. Schon früh stand ihr Traum fest: Schriftstellerin werden. Heute ist die ehemalige Journalistin eine der holländischen Starautorinnen. Für ihre Romane, die u. a. sehr erfolgreich in Amerika, Großbritannien, Italien, Spanien, Finnland, Schweden und Frankreich erscheinen, wurde sie mehrfach ausgezeichnet.

Renate Dorrestein bei btb

Das Erdbeerfeld. Roman (73601)
Der Ausflug. Roman (73703)

Renate Dorrestein

Mein Sohn hat ein Sexleben und ich lese meiner Mutter Rotkäppchen vor

Roman

Aus dem Niederländischen
von Hanni Ehlers

btb

Die niederländische Originalausgabe erschien 2006 unter dem Titel »Mijn zoon heeft een seksleven en ik lees mijn moeder Roodkapje voor« bei Uitgeverij Contact, Amsterdam /Antwerpen.

FSC
Mix
Produktgruppe aus vorbildlich bewirtschafteten Wäldern und anderen kontrollierten Herkünften

Zert.-Nr. GFA-COC-1223
www.fsc.org
© 1996 Forest Stewardship Council

Verlagsgruppe Random House FSC-DEU-0100
Das FSC-zertifizierte Papier *Munken Print* für dieses Buch liefert Arctic Paper Munkedals AB, Schweden.

1. Auflage
Genehmigte Taschenbuchausgabe Oktober 2009,
btb Verlag in der Verlagsgruppe Random House GmbH, München

Umschlaggestaltung: semper smile, München
Umschlagfoto: Lumi Cuceo / bobsairport
Druck und Einband: CPI – Clausen & Bosse, Leck
SL · Herstellung: SK
Printed in Germany
ISBN 978-3-442-73914-1

www.btb-verlag.de

NOVEMBER

Goldfische

Es muss passiert sein, als ich gerade mit meiner Schwester telefonierte. Hatte mir während des Gesprächs ein Glas Wein eingeschenkt, die Vorhänge zugezogen, Lampen angeknipst. Bei mir war es Viertel nach sechs, ich hatte Feierabend.

Francien nicht, bei ihr war der Tag erst zur Hälfte herum. Sie lebt in Saugatuck, Michigan, und züchtet mit ihrer Freundin Nell zusammen Pferde. Sie hausen auf dem Gestüt in einem Wohnwagen, blicken nachts auf helle Sterne an einem unverschmutzten Himmel, baden den Großteil des Jahres in eiskaltem Wasser und tragen Stiefel, die sie bei einer alten Indianerin kaufen. Ma sagt immer: Ich habe wirklich keine Probleme mit Franciens persönlichem Leben, und Nell ist eine liebe Schwiegertochter, aber warum denn nicht ein bisschen Lippenstift?

Ich wüsste zwar nicht wozu, aber Ma natürlich umso besser.

Wir redeten über nichts Besonderes. Francien erzählte, dass sie frühmorgens mit ihrem Pick-up los gewesen sei, um bestellten Stacheldraht abzuholen. Auf der Rückfahrt hatte sie an einem Stand Äpfel gekauft, aus denen sie Cidre machen wollte. Jetzt war sie wieder zu Hause, in ihrer kleinen Wellblechküche. Nell und sie hatten gerade warme Brötchen gegessen. Auch bei ihr war es also ein ganz normaler Tag, ein Tag wie alle anderen, nur wird einem leider erst bewusst, wie wunderbar der normale Alltag ist, wenn man um seine Ruhe gebracht wurde.

Und jetzt du, sagte sie. What's new?

Augenblick, ich hab gerade eine Hitzewallung, antwortete ich. Ging mit dem Telefon am Ohr ans Fenster, zog Vorhang und Fenster auf und streckte den Kopf in die herbstliche Abendluft hinaus. Ich sagte: Wir haben gestern eine Mail von Storm bekommen, aus einem Internetcafé.

Unser Sohn war vor zwei Monaten samt Fahrrad nach Australien geflogen.

Und, hatte er ein paar starke Geschichten auf Lager?, fragte Francien.

Seine Scheckkarte verloren, sagte ich, während ich mir den Hals abtupfte. Draußen flog sehr tief ein Flugzeug vorüber, Richtung Schiphol. Vielleicht saß ein Kind darin, das wohlbehalten und unversehrt zu seinen Eltern zurückkehrte.

Meine Schwester ließ sich über den Nutzen von Lebenserfahrung für Siebzehnjährige aus.

Setzte mich währenddessen auf die Fensterbank und fächelte mir Kühle zu. Draußen sah ich Peter im nebligen Schein der Gewächshäuser umherlaufen. Er machte wohl nur zum Vergnügen noch eine letzte Runde, denn unsere Gärtner hatten mit Sicherheit alles ordentlich hinterlassen. Bei den Mutterbeeten bückte er sich, um etwas vom

Boden aufzuheben. Er sah zu meiner Erleichterung zufrieden und entspannt aus. Oktober und November sind bei uns die ruhigsten Monate, da blüht noch nichts, und wir haben für Besucher geschlossen.

Wir züchten Lenzrosen, botanisch *Helleborus*, und bieten, wie es auch vorne in unserem Katalog steht, handbestäubte *Helleborus-orientalis*-Hybriden in allen Farben und Blattarten zum Verkauf an. Da der Boden bei uns mager ist, haben wir viel Erfahrung in der Verbesserung seiner Qualität und der Erhöhung seiner Wasserspeicherkapazität. Wir arbeiten vorzugsweise mit zwei Jahre alter, ungesiebter Blatterde. Unsere Pflanzen wachsen stetig und gediegen heran und werden nicht mit Kunstdünger hochgetrieben. Je langsamer das Wachstum, desto vitaler die Pflanze. Eine Lenzrose, die nie Stress ausgesetzt war, passt sich nach dem Verkauf auch besser an den neuen Standort an.

Lass ihn mal schön radeln, sagte Francien. Heutzutage gehen viele Kids nach der Schule erst mal ein Jahr auf Reisen.

Plötzlich wieder abgekühlt schloss ich das Fenster und setzte mich zurück aufs Sofa.

Wir gingen zum nächsten Thema über: Ma.

Irgendwelche neuen Ausschweifungen?, fragte Francien.

Nach den Swarovski-Ohrklunkern, meinst du?

Das ist doch schon eine Woche her!

Wir lachten beide.

Joan Collins die Zweite, sagte Francien. Aber du brauchst dir wenigstens nicht den Kopf darüber zu zerbrechen, was du Weihnachten mit ihr anfängst. Die amüsiert sich schon allein.

Na und ob. Sie fährt bestimmt wieder mit ein paar von den anderen alten Schabracken irgendwohin zum Bridgen und … oh, da ist Peter. Ich legte die Hand auf die Muschel und sagte zu ihm: Spreche gerade mit Francien.

Geht's ihr gut?, fragte mein Mann. Er griff zur Zeitung, die neben mir auf dem Sofa lag, und ließ den Blick über die Titelseite wandern. Zunehmende Terrorgefahr. Vierzig Millionen Aidskranke. Wachsende Spannungen im Nahen Osten.

Grüße an Peter, rief meine Schwester.

Grüße von Francien, sagte ich.

Er hatte sich mir gegenübergesetzt. Während er die Zeitung aufschlug, ließ er sich ein wenig tiefer rutschen und legte mir seinen bestrumpften Fuß aufs Knie. Wir sahen aus wie das Inbild der Gemütlichkeit, genau wie in der *Libelle*, da sitzen sie auch immer so traut auf ihrem Sofa, einen großen Tulpenstrauß vor sich auf dem Tisch.

Dumm, dass ich so viel Zeit mit dem Austauschen von Belanglosigkeiten vergeudet hatte. Ich hätte Francien lieber um Rat bitten sollen. Sie hat so einen unbefangenen Blick auf Männer. Das hängt, wie sie selber sagt, damit zusammen, dass sie sie wie eine Anthropologin betrachtet, die die Sitten und Gebräuche fremder Völker studiert, eben ohne dass irgendwelche persönlichen Interessen im Spiel sind. Auch hat sie die beruhigende Angewohnheit, bei allem zu behaupten, es werde sich letztlich von allein geben. (Nell und sie machen gerade einen Buddhismus-Anfängerkurs, freitagabends.)

Wir sprachen noch kurz über die Fohlen auf dem Gestüt und verabschiedeten uns dann voneinander.

Schon fast sieben Uhr, sah ich auf meiner Armbanduhr. Ich schob Peters Fuß beiseite, erhob mich und ging in die Küche. Was immer einem auch gerade schwer im Magen lag, essen musste man, jeden Tag. Mir fiel plötzlich das Lied von früher ein: Wer macht, dass ich nichts mehr mag, wer beschäftigt mich den ganzen Tag, ja, das ist Peter!

Ach was. Vielleicht sah ich Gespenster.

Ich begann schon mal, die Kartoffeln zu schälen, denn Lizzy konnte jetzt jeden Augenblick nach Hause kommen. Vorausgesetzt, im Tierheim war nicht gerade ein Hund ohne Schwanz oder eine klapperdürre Katze mit völlig verfilztem Fell abgeliefert worden. Andere dreizehnjährige Mädchen hatten Ballettstunden, unsere Tochter rannte in jeder freien Minute ins Tierheim am anderen Ende des Ortes, um die armen Viecher dort zu betütern und Unmengen von Pansen für sie zu schneiden. Ihr Idealismus ehrt sie, hielt ich mir vor. Wenn sie sich das Leid der Tiere nur nicht so zu Herzen nähme.

Als ich das Sauerkraut zu den Kartoffeln in den Topf gab, läutete das Telefon. Da hatten wir's schon. Sie rief bestimmt an, dass sie etwas später kommen würde, mit ganz erstickter Stimme vor Entsetzen darüber, wie gemein manche Leute ihre Haustiere behandelten. Ich schaltete den Herd runter und ging zum Wohnzimmer, stieß aber schon im Flur mit ihr zusammen. Mit roten Wangen stand sie da und zog ihre Jacke aus. Mama, sagte sie aufgekratzt, erinnerst du dich noch an den blinden Rottweiler? Der hat ein neues Herrchen!

Das ist fein. Aber diese Jacke, Lizzy, die sieht wirklich verboten aus. Und ich möchte, dass du auch mal zum Friseur gehst.

Heleen!, rief Peter. Heleen!

Und sofort sah ich Storm vor mir. Wie spät war es jetzt bei ihm? Mitten in der Nacht, oder? Ich schoss ins Wohnzimmer.

Mein Mann reichte mir den Telefonhörer. Nicht erschrecken, sagte er, es ist was mit deiner Mutter.

Elly, die Nachbarin von 6B, hatte sie gefunden. Elly war eine von »den Mädels«, wie Ma ihren Kreis von Freundinnen jenseits der achtzig nannte. Sie wollten abends zusammen nach Amsterdam in die Oper. Sie hatten seit Jahren ein Abonnement.

Aus dem, was ich ihren Worten auf die Schnelle entnehmen konnte, hatte es sich in etwa folgendermaßen abgespielt: Als Elly zum verabredeten Zeitpunkt in vollem Ornat bei Ma vor der Tür gestanden hatte, machte niemand auf. Sie dachte, meine Mutter, die das Talent hatte, ihre Mitmenschen damit zum Wahnsinn zu treiben, dass sie alles auf den letzten Drücker tat, sei vielleicht noch im Badezimmer zugange und habe die Türklingel nicht gehört. Kein Problem: Elly und Ma hatten jeweils einen Wohnungsschlüssel voneinander, denn eine goss die Pflanzen der anderen, wenn die mal nicht da war. Elly also hinein.

Sie fand Ma in der Tat im Badezimmer.

Meine Mutter saß auf dem Rand der Badewanne. Sie trug ihre neuen Swarovskis und den Rock von ihrem lachsroten Kostüm. Ansonsten nichts weiter als einen BH.

Margriet!, sagte Elly. Wir wollten doch den Zug um zehn nach halb nehmen, und du bist noch nicht mal angezogen!

Ma machte den Mund auf und sagte etwas, was so ähnlich klang wie: Hilf er toch auf Beine. Sie schaute verdattert, als sie hörte, was sie da von sich gab, und rieb sich über die nackten Arme. Die Kristalle in ihren Ohrringen funkelten im grellen Badezimmerlicht.

Elly starrte sie an. Sie dachte schon, Ma zöge sie durch den Kakao.

Meine Mutter erhob sich halb und blickte entgeistert um sich, als wollte sie sagen: Was sitze ich denn hier im BH statt im Zug oder bei *Carmen*? Dann ließ sie sich wieder auf den Wannenrand sinken, stellte die Beine weit auseinander und machte sich, einen Ausdruck der Erleichterung auf dem Gesicht, in ihren schönen Rock.

Elly schlug die Hände vor den Mund. Ein Infarkt, ein Schlaganfall, eine Gehirnblutung, eine TIA? Als Laie wusste man nicht mal, wo da der Unterschied war.

Mit klopfendem Herzen eilte sie ans Telefon.

Da Ma immer stundenlang von ihrem Kleinkrieg mit dem »jungen Struik« erzählte, der ihre Krampfadern nicht ernst nahm, wusste Elly, dass der Sohn des alten Struik ihr Hausarzt war. Nur: nach sechs war kein Struik mehr zu erreichen. Es lief lediglich ein Band mit der Nummer des ärztlichen Notdienstes. Dort notierte jemand die von ihr geschilderten Symptome und versprach, sofort einen Notarzt zu schicken. Danach rief sie uns an.

Unsere Nummer hatte Ma vorn auf ihr Telefonregister gekrakelt.

Ruft die Ritter, holt die Helden. Das sagte meine Mutter früher immer zu Francien und mir, wenn etwas passierte, mit dem wir nicht fertig wurden. Wenn ein geliebter Hamster starb. Wenn die Lieblingsbluse zerriss. Wenn wir zu einem Geburtstagsfest nicht eingeladen waren. Wenn wir einen Schneeball mit spitzen Steinchen in den Nacken bekamen.

Ruft die Ritter. Holt die Helden. Mit ihrer ewigen Zigarette zwischen den Fingern.

Ruft die Ritter, nicht mich.

Es herrschte dichter Nebel, als ich bestürzt ins Auto stieg. Die Gänse, die sich in den vergangenen Tagen in großen Trupps auf den leeren Tulpenfeldern unserer Nachbarn niedergelassen hatten, hätte ich kaum noch ausmachen können, wenn ich nicht gewusst hätte, dass sie dort waren, dicht zusammengedrängt, trübselig gackernd. Sowie ich auf der Autobahn war, fuhr ich aber trotz des Nebels so schnell, dass ich geblitzt wurde.

Ich versuchte, ruhig zu bleiben. Mit Ma war immer irgendwas, und fast immer war es dann gar nicht so tragisch. Wahrscheinlich würde sie, wenn ich gleich eintraf, schon wieder laut schwadronierend in ihrem Sessel thronen und an einem heilkräftigen Portwein nippen. Und dafür fuhr ich jetzt eine Stunde im Dunkeln nach Nieuwegein und nachher wieder eine Stunde zurück, anstatt mit meiner Familie Sauerkraut zu essen.

Ich parkte vor dem Haus und klingelte.

Elly machte auf. Vor Aufregung sah ihr Mondgesicht noch röter aus als sonst. Sie hatte ihre Körpermassen, wegen der Oper natürlich, in ein Kleid aus glänzendem dunkelgrauen Stoff gezwängt. Ihr Mund bebte, als sie losplatzte: Ach, ich hatte gehofft, dass es der Arzt ist.

Tag, Elly, sagte ich und schob mich, ohne meinen Mantel auszuziehen, an ihr vorbei nach drinnen. Es war so unangenehm warm in der Wohnung, dass ich fast aus den Latschen kippte.

Zuerst sah ich meine Mutter nicht.

Sie kauerte auf dem Korbhocker im Wohnzimmer, ganz in der Ecke, neben dem Büfett. Sie trug ein Kleidungsstück, das sie Frisiermantel nannte, ein spitzenbesetztes Etwas aus schwarzem Satin. Aus dem Schlitz schauten ihre blaugeäderten Beine hervor. Die Hände hielt sie in den Ärmeln versteckt. Ihr einer Mundwinkel hing schief herunter.

Sie erschrak genauso über mich wie ich über sie. Hu!, stieß sie hervor.

Es ist Heleen, sagte Elly, es ist deine Tochter, es ist nur Heleen.

Ich ging neben ihr in die Hocke.

Sie fuhr zurück. Einer der extravaganten neuen Ohrringe baumelte noch an ihrem Ohrläppchen, den zweiten hatte sie verloren.

Mama, sagte ich. Was ist denn passiert, Mam?

Sie antwortete nicht. Ihr Gesicht sah aus wie das zerknitterte Konterfei eines Filmstars in einer alten Zeitung, der einem zwar bekannt vorkommt, den man aber irgendwie nicht so recht unterbringen kann.

Erschüttert legte ich die Hand auf ihr Knie und tätschelte es unbeholfen.

Sie begann zu knurren, mit gebleckten Zähnen.

Ogottogott, Margriet!, rief Elly.

Ich zog rasch die Hand zurück.

Eine Weile saßen wir auf diese wunderliche Art beisammen. Sie, unvermittelt wieder seelenlos, auf dem Hocker neben dem Büfett. Ich, praktisch vor ihr auf den Knien, mir Mut damit zusprechend, dass sie ja nie jemand gewesen war, den ich so einfach an mich drücken konnte.

Ich sagte: Es wird bestimmt alles wieder gut, Mami, mach dir nur keine Sorgen. (Allein schon, dass ich Mami zu ihr sagte wie ein konfuses Kind!)

Hinter mir tickten Ellys Pumps über das Parkett: Ich hab ihr den Morgenmantel angezogen, Heleen, das ging am leichtesten. Ist doch in Ordnung, oder? Und danach hab ich die Heizung etwas höher gestellt, damit sie sich nicht erkältet. Das ist in unserem Alter oft der Anfang vom Ende.

Unsere Kinder nannten Elly das sprechende Nilpferd.

Ich sagte: Ich ruf noch mal beim Notdienst an.

Sie hatte die Nummer auf der aufgeschlagenen Seite eines Kreuzworträtselheftes notiert. Ich wählte sie. Der Anschluss war besetzt. Erst beim vierten Versuch kam ich durch. Kriegte zu hören, dass der Arzt schnellstmöglich kommen werde. Knallte den Hörer auf. Zog meinen mittlerweile dampfenden Mantel aus. Und setzte mich wohl oder übel.

Elly kam geschäftig mit drei Tassen Kaffee herein: Hier, Margriet, deine eigene Tasse, siehst du? Und willst du dich nicht gemütlich zu uns setzen? Heleen ist jetzt auch da.

Regungslos starrte meine Mutter vor sich hin, die Augen weit aufgerissen.

Zu mir sagte Elly: Sie kann nicht mehr sprechen, nicht? Sie ist ganz und gar sprachlos.

Ich glaube, sie hat Angst, sagte ich. Sie versteht nicht, was passiert ist, und erkennt uns nicht mehr.

Es war mir unangenehm, in der dritten Person von meiner Mutter zu sprechen, während sie dabei war, aber mir fiel auf die Schnelle keine andere Lösung ein. Musste mich unterdessen schwer zusammennehmen, um nicht in Panik zu geraten.

Mich erkennt sie schon noch, sagte Elly. Aber na ja, mich sieht sie ja auch viel öfter.

In dem Moment klingelte es an der Tür.

Der Notarzt war ein gut aussehender Bursche von höchstens dreißig. Ganz Mas Typ, mit seinem dunkelblonden Schopf. Auf Bill Clinton hatte sie auch immer gestanden.

Sie sind eine Tochter?, fragte er.

Das ließ sich nicht leugnen. Also erzählte ich ihm die ganze Geschichte, wie das von einer Tochter offenbar ganz selbstverständlich erwartet wurde. Danach erzählte Elly, die eilig zu uns in die Diele geschlüpft war, das Ganze noch einmal, aber weit detaillierter. Mit schiefem Blick auf mich: *Ich* habe sie gefunden, Herr Doktor.

Erschien mir für eine Nachbarin ehrlich gesagt auch logischer als für eine Blutsverwandte, die fünfundsiebzig Kilometer entfernt wohnt.

Clinton ging ins Wohnzimmer.

Wir mussten in der Diele warten, wo wir eine Weile

schweigend neben der Garderobe standen, bis Elly bemerkte: Dein Gesicht ist triefnass, Heleen.

Hitzewallungen, sagte ich.

Dann bist du aber auch früh dran, sagte sie. Aber ich gebe dir einen Tipp: Zieh dich anders an, Zwiebellook, das ist die Lösung, eine Strickjacke kann man im Nu aus- und wieder anziehen, das erleichtert sofort. Also lass dir das von mir sagen: Zieh was anderes an als solche Rollkragenpullover.

Konnte schwerlich zu ihr sagen: Wenn du so eine üble Narbe unter dem Schlüsselbein hättest wie ich, Elly, würdest du auch weiterhin Rollkragenpullover tragen, und wenn du kurz vorm Zerschmelzen wärst. Also nickte ich brav.

Für sie war das Thema aber noch längst nicht erledigt. Sie hatte noch sechs weitere Tipps der Woche für mich. Wenn nicht zehn. Aber na ja, worüber hätte sie sonst reden sollen? Hiermit kannte sie sich wenigstens aus. Hiervon verstand sie was. Das hatte sie selbst durchgemacht, vor Jahrzehnten. Und hinter sich gebracht. Weit hinter sich.

Ich ergriff ihre Hand, mit der sie wild gestikulierte, weil sie gerade Hormonkurven beschrieb. Ich sagte: Das war vorhin bestimmt ein Mordsschreck für dich, nicht?

Sie verstummte. Ihre Augen wurden feucht.

All diese alten Leute auf der Welt, die sich gemeinsam das Leben zu verschönern wussten, nur weil sie zufällig in den Seniorenwohnungen 6A und 6B nebeneinander wohnten. Die meisten ihrer echten, lebenslangen Freunde hatten sie schon begraben.

Mit dünnem Stimmchen sagte sie: Margriet und ich wollten in die Oper.

Das Handy am Ohr kam der Arzt aus dem Wohnzimmer zurück. Vermutlich Gehirnschlag, sagte er. Zwar starke Aphasie, aber ansonsten keine Ausfälle. Er hielt kurz inne, lauschte mit irritiertem Gesichtsausdruck und fragte dann: Und ein Termin morgen früh in der Neuro-Ambulanz, klappt denn das?

Er beendete das Gespräch und erläuterte die Situation. Im Moment, sagte er, können wir nichts für Ihre Mutter tun. Nach einem Infarkt heißt es immer abwarten. Oft tritt schon bald eine merkliche Besserung ein. Machen Sie sich keine Sorgen, ihr tut nichts weh, sie kann nur momentan nicht richtig sprechen und ist etwas verwirrt.

Oder im Klartext: In den beiden Krankenhäusern im Umkreis waren nur Intensivbetten für dringende Notfälle verfügbar. Und da Ma keine Lähmungserscheinungen hatte, galt sie nicht als Notfall. Ich blieb also am besten die Nacht über da und fuhr dann am nächsten Morgen mit ihr in die Ambulanz, um ein CT machen zu lassen.

Ich rief zu Hause an.

Soll ich kommen?, fragte Peter.

Nein, ich schaff das schon.

Okay, aber ruf an, wenn was ist, ja? Auch heute Nacht.

Danach machte ich mir ein Bett auf dem Sofa, während meine Mutter mich händeringend beobachtete. Was sollte denn das? Eine Unbekannte, die in aller Gemütsruhe ihr Lager bei ihr in der Wohnung aufschlug?

Ich versuchte es ihr zu erklären: Du hast einen Schlag

gehabt, irgendeinen kleinen Aussetzer im Kopf. Morgen früh um halb elf fahren wir ins Krankenhaus. Deshalb schlafe ich hier bei dir. Damit ich nicht hin- und herzufahren brauche. Komm, wir gehen ins Bett, es ist schon spät.

Schaffte es zum Glück, ganz ruhig zu sprechen und ohne die Stimme zu erheben, so wie Lizzy, wenn sie einem argwöhnischen Bouvier gegenüberstand, doch das Herz schlug mir bis zum Hals. Fand die fremde Frau mit dem Aussehen meiner Mutter genauso unheimlich wie sie mich. (Ruft die Ritter.)

Weil ich nicht ausmachen konnte, ob sie begriff, was ich gesagt hatte, zog ich schließlich einfach die Schuhe aus, legte mich demonstrativ auf dem Sofa unter die Decke und schloss die Augen.

Es blieb still. Sie saß noch in ihrer Ecke. Sie dachte natürlich: Wer legt sich denn schon in voller Montur ins Bett?

Vorausgesetzt, man konnte noch etwas denken, wenn man keine Worte mehr zur Verfügung hatte.

Bei dem Gedanken war mir schlagartig, als blickte ich in ein großes, schwarzes Loch.

Also gut. Wenn sie ihr eigenes Bett sah, würde sie schon verstehen. Ich erhob mich wieder.

Statt mich zu beobachten, als wäre ich eine Taschendiebin, war ich nun plötzlich Luft für sie. Mit der Geschäftigkeit eines Menschen, dem gerade etwas Dringendes eingefallen ist, sprang sie von ihrem Hocker auf. Sie trat an das große Eichenbüfett und öffnete nacheinander alle seine Türen, während sie immer nervöser murmelte: Ein Fräulein, ein Fräulein – oder so was Ähnliches.

Was ist denn, Mama? Suchst du etwas?

Ein Fräulein, ein Fräulein. Sie zog die Schubladen auf. Geriet sichtlich in Panik.

Eine halbe Stunde lang zerbrach ich mir den Kopf. Ich brachte ihr Milch und Kekse, aber essen oder trinken wollte sie nicht. Ich holte Aspirintabletten aus dem Badezimmerschränkchen, aber die meinte sie nicht. Ich sah mich nach dem verlorenen Ohrklunker um und fand ihn unter einem Beistelltischchen, aber den suchte sie nicht.

Ratlos tappten wir herum. Musste sie sich nicht ausruhen, wo doch ihr Kopf Schaden genommen hatte? Wie brachte ich sie zur Besinnung? Vor Frust, Entsetzen, Verzweiflung trat ihr allmählich der Schaum vor den Mund. Die Haare standen ihr wirr vom Kopf ab, und ihre Augen funkelten so wild, dass mir angst und bange wurde.

Selbst wenn man in dieser Wohnung wusste, was man suchte, hatte man keine große Chance, es zu finden. Alles war zugestellt, mit Glasschalen für Schwimmkerzen, Gestecken aus getrockneten Hortensien, Potpourri-Körbchen, vergoldeten Tabletts mit staubigen Tee- oder Kaffeetassen, kristallenen Likörflakons, Weinreben aus bemaltem Holz, dekorativen Kupfergewichten, reichlich gefüllten Bonbonnieren und Gebäck-Etageren, Zimmerpflanzen in Ziertöpfen und und und: Wo sollte ich da anfangen, was brauchte sie, war es überhaupt etwas Greifbares, und wenn ja, warum lag es dann nicht irgendwo, wo man es gleich sehen konnte?

Wankend vor Ermattung taperte meine Mutter auf steifen, sich fast wie mechanisch bewegenden Beinen von Piedestal zu Sekretär, von ihrer geliebten Orchideensammlung auf der Fensterbank zum Fernseher, von hier nach da und wieder zurück. Ab und zu blieb sie stehen und presste die Fäuste gegen die Augen, um sich zu konzentrieren. Ein Fräulein, ein Fräulein.

Jedes Mal, wenn ich am Ende meiner Weisheit mit fragender Miene ein Taschentuch, eine Rolle Pfefferminz, einen Kamm in die Höhe hielt, bedachte sie mich mit einem vernichtenden Blick.

Ein Fräulein. Verstand ich sie überhaupt richtig?

Sie machte sich daran, die Polster aus einem Lehnsessel zu ziehen.

Ich plädierte: Mama, wollen wir nicht lieber morgen weitermachen? Bei Tageslicht sehen wir mehr.

Sie klatschte die Polster in den Sessel zurück. Tränen strömten ihr über das Gesicht. Schlotternd hüllte sie den Frisiermantel enger um ihren Leib.

Moment mal. Wonach würde ich mein Haus auf den Kopf stellen, wenn ich sie wäre? Ich würde bestimmt etwas suchen, was mich immer getröstet hatte, etwas, was mir ein Gefühl von Geborgenheit vermittelte. Einen mir lieb gewordenen Halt, der mich in diesem Moment der Verwirrung daran erinnern würde, dass ich schon Schlimmeres durchgemacht hatte. Blitzartig dachte ich: Dann muss es etwas sein, was sie immer bei sich hat. In ihrer Handtasche.

Die Tasche lag in einer Sofa-Ecke, unter der Wolldecke. Als ich mein Bett gemacht hatte, hatte ich sie für eines der vielen Kissen gehalten. Schon ziemlich mit den Nerven runter, kippte ich sie aus. Brillenetui. Portemonnaie. Schwarzledernes Adressbüchlein. Eine Schachtel *Belinda*-

Mentholzigaretten. Wegwerffeuerzeug. Puderdose. Lippenstift. Schlüsselbund. Plastik-Regenhaube (von ihr immer »das Kondom« genannt). Das war alles. Keine Schnappschüsse von den Enkeln, kein Kuvert mit einem geliebten Gedicht darin, nicht einmal ein triumphierend aufbewahrter Punktezettel von einem gewonnenen Bridgeturnier: Als hätte meine Mutter kein ausgefülltes Leben. (Das war doch so, oder? Sie war doch dauernd beschäftigt und verabredet, oder? Damit gab sie zumindest immer groß an.)

Dem Heulen nahe packte ich das Ganze schon wieder ein, als sie plötzlich mitbekam, was ich da machte. Keuchend kam sie auf mich zu, riss mir die Schachtel *Belinda* aus der Hand und stieß ein vielfaches Oh! aus. Mit zittrigen Fingern steckte sie sich eine Zigarette in den Mund und griff zum Feuerzeug. Sie sog so heftig an der Zigarette, dass die Funken sprühten, blies den Rauch aus, inhalierte erneut. Ihre verkrampften Schultern lockerten sich. Ihr verzerrtes Gesicht wurde entspannter.

Ohne Fräulein kann ich nicht schreiben, sagte sie mit einem Seufzer.

Viel Schlaf bekam ich in dieser Nacht nicht. Versuchte mir mit aller Macht eine Vorstellung von dem Universum zu machen, in dem sich meine Mutter plötzlich befand, kam aber nicht viel weiter, als dass ich mich selbst fühlte, als wäre ich in eine Art Kryptogramm geraten. Was übrigens ganz Mas wichtigster Lebensregel entsprach: Denk unter allen Umständen zuallererst an dich selbst, denn ein anderer wird es nicht für dich tun, Kind.

Ich musste gegen die sich mir aufdrängende Vision ankämpfen, dass ich für wer weiß wie lange hier auf diesem Sofa geparkt sein würde. Aber nicht doch, nicht bei unserem Gesundheitswesen (wie war sie eigentlich versichert?), und außerdem hatte ich Familie und Betrieb. Ich wurde zu Hause gebraucht.

Zu Hause, wo mein Platz im Bett nun leer war. Zum ersten Mal seit gut zwanzig Jahren lag ich nicht neben Peter. Jetzt schien die Schlaflosigkeit endgültig besiegelt, aber ich nickte wohl doch ein, denn mit einem Mal war es Morgen, graues Herbstlicht fiel ins Zimmer, und Ma saß in ihrem Frisiermantel auf dem Sofa und rauchte.

Ha, sagte ich erschrocken, hast du gut geschlafen? Im gleichen Atemzug versuchte ich abzuschätzen, in welcher Verfassung sie war.

Sie bot ein Bild des Jammers, wie sie so dasaß, mit hängendem Kopf, die Füße in den bestickten chinesischen Pantoffeln nach innen gedreht.

Das flößte mir etwas Unsägliches ein, Grauen oder Angst oder vielleicht gar regelrechten Widerwillen. Ich wollte das nicht mit ansehen müssen. Und sie selbst wünschte sich jetzt bestimmt auch jemand anderen an ihrer Seite. Ich war die Letzte, von der sie in ihrer Stunde der Not etwas hatte. Ich begann draufloszuplappern: Ein ganz schöner Schreck, nicht, was passiert ist. Aber wir fahren gleich ins Krankenhaus, und dann werden wir …

In unglücklichem Ton brachte sie hervor: Ich hab auf den Vater geflüstert.

Sie erinnerte mich an Storm als kleiner Knirps, genauso hatte er sich verhalten, wenn er etwas ausgefressen hatte und Strafe fürchtete. Sie tat mir plötzlich so leid, dass es fast wehtat.

Und jetzt ist der Vater befoppt.

Wie bitte? Kannst du das noch mal wiederholen?

Befoppt! Meine Begriffsstutzigkeit ärgerte sie.

Ist nicht schlimm, Mama, das kriegen wir schon wieder hin.

Sie rieb sich über die Stirn. Was?, fragte sie.

Den Vater bring ich schon wieder in Ordnung.

Und sie?

Sie? Wen meinst du?

Für sie. Für *sie*!

Fühlte mich so hilflos. Aber es war bestimmt ein gutes Zeichen, dass etwas Ähnliches wie ein Gedankenaustausch zwischen uns stattfand. Ja, es hatte durchaus die Logik eines Gesprächs.

Für *sie*, rief meine Mutter aus und schlug sich mit der Faust auf die Brust.

Mein Gott, war ich blöd: Wir hatten längst das Thema gewechselt! Sie wollte wissen, was mit ihr selbst war. Okay, okay, aber in welche Worte sollte ich es kleiden? Ich konnte mich nur an meinem eigenen, normal funktionierenden Verstand orientieren.

Hör zu, Mama. In deinem Kopf ist ein Blutgefäß verstopft und …

Was?

Und deshalb kommt dir jetzt alles so komisch vor, und du hast Schwierigkeiten mit dem Sprechen. Aber der Doktor sagt …

Struik, sagte sie, klar und deutlich.

Dummerweise sagte ich: Nein, nicht Struik, der war gestern nicht da, es kam jemand vom …

Sie richtete sich auf und stieß hervor: Ich will Stuif!

Wir können ihn ja nachher anrufen. In Ordnung? Hier, gönn dir noch ein Fräulein, dann geh ich rasch unter die Dusche, denn wir müssen gleich los.

Ich schoss hastig unter der Decke hervor und schnappte mir meinen Pullover vom Fußboden, um ihn an die Brust zu drücken. Seit meinem siebten Lebensjahr hatte ich meinen Körper immer vor ihr verbergen müssen. Das war tief eingefleischt.

Es kam mir schon fast wie ein Eingriff in ihre Privatsphäre vor, als ich auf der Suche nach einem Handtuch den Badezimmerschrank öffnete. Das hier war nicht mein Elternhaus, wo ich überall freien Zugang gehabt hatte. Nach dem Duschen konnte ich mich nicht überwinden, ihre Zahnbürste zu benutzen. Ich putzte mir die Zähne mit dem Finger.

Danach kochte ich Tee und bestrich einige Zwiebacke. In der Küche fühlte ich mich genauso unheimisch. Es gibt so etwas wie das Gesetz des Küchenschranks: Jeder ordnet sein Geschirr und seine Vorräte mehr oder weniger ähnlich. Nicht so jedoch meine Mutter. Die Butterdose stand aufmüpfig in der Besteckklade. Die Teebeutel lagen nicht beim Kaffee, sondern auf einer Packung Waschpulver. Ein Blick auf das wunderliche Sortiment auf den Borden, und man wusste: Ma hatte ihren eigenen Kopf, sie war eine verdammt aufsässige Frau.

Ich hatte seit meinem achtzehnten Lebensjahr nicht mehr mit ihr zusammen gefrühstückt. Hatte völlig vergessen, wie das war. Eine heikle Mahlzeit, das Frühstück. Wie mochte Lizzy es empfinden, wenn sie mir frühmorgens gegenübersaß? Kaum wach, und schon ihrer noch ungekämmten und ungewaschenen Mutter ausgeliefert. Zwei Löffel Joghurt, und dann brach meine Tochter mit bleiernen Beinen zur Schule auf, ungefähr so, wie sich ein Soldat an die Front schleppt: Ihr blieb keine andere Wahl, so war das Leben, aber Positives ließ sich weiter nicht darüber sagen, da in der Schule ausschließlich Zweibeiner herumliefen.

Sollte ich Ma nach dem Essen unter die Dusche stellen?

Nein, das würde keine von uns überleben.

Zum Glück rappelte sie sich selbst auf und verschwand in ihr Schlafzimmer, wo ich sie Schranktüren öffnen hörte.

Ich vertrieb mir die Zeit damit, ihre Orchideen anzuschauen. Da gab es einfarbige Exemplare in Hellrosa, dunkelrot gestreifte, violette Drachenzungen oder dottergelbe Wattebäusche mit kleinen schwarzen Punkten. Und alle blühten, als hinge ihr Leben davon ab. Kein verdorrtes Blatt am Stängel, keine welke Knospe. Grüner Daumen: wie die Mutter, so die Tochter.

Normalerweise war ich um diese Zeit längst bei der Arbeit. Wir nutzen die ruhige Phase in der Gärtnerei immer für fällige Reparaturen, ersetzen, wo nötig, die Nummern der Felder, erneuern die Beschriftungen und derlei Dinge. Unsere Angestellten sehen die Wege nach und treffen andere Vorbereitungen für die Öffnungszeit. Peter arbeitet den Bürokram auf und bringt die Schattenhäuser auf Vordermann. Und ich melde uns zu Präsentationen auf *Garden Fairs* und Messen an, setze Annoncen für Exkursionen und Führungen von Gruppen und Vereinen in Gartenzeitschriften und verschicke den neuen Katalog, den wir in zwei Ausführungen erstellen: einen für Privatkunden und einen für den Versandhandel.

Unsere Gärtner ziehen mich in der Kaffeepause oft damit auf und erklären mich für verrückt: Warum denn zwei, Heleen? Weil es auf die Wortwahl ankommt, antworte ich dann. Unseren Großabnehmern brauche ich nicht mit lyrischen Beschreibungen zu kommen, die wissen selbst, worin sich *Helleborus niger*, *orientalis* und *argutifolius* unterscheiden. Aber der Hobbygärtner möchte gern erfahren, ob die Blüten von einem »zarten Grün-Weiß« oder einem »tiefen Violett« sein werden.

Ma polterte immer noch herum. Ich sah auf die Uhr. Sehnte mich danach, an meinem Schreibtisch zu sitzen und die Dinge zu tun, in denen ich gut war.

Sie hatte ein Twinset mit Leopardenmuster angezogen und Lippenstift aufgelegt, ein grelles Pink, das ihr über beide Wangen ausgerutscht war. Kampflustig stieg sie neben mir ins Auto. Doch während es in der Wohnung noch so ausgesehen hatte, als könne sie nur nicht die richtigen Worte finden, erschien mir ihr Zustand jetzt erheblich beunruhigender. Sie schaute mit schreckgeweiteten Augen um sich, als hätte sie noch nie einen Radfahrer oder eine Ampel gesehen. Speichel rann ihr aus dem Mundwinkel und machte einen Fleck auf ihren feinen Mantel. Und immer gellender stieß sie unzusammenhängende Laute aus.

Mama, sagte ich, während ich angespannt den mit H gekennzeichneten Schildern folgte, die mich zum Krankenhaus lotsen sollten, reg dich doch nicht so auf, wir sind gleich da und …

Was?, rief sie. Was? Ich rieche nichts! Ich rieche gar nichts!

Beruhige dich doch. Wir fahren ins Krankenhaus, weißt du noch?

Wir waren fast da. Hoffentlich mussten wir nicht in ein Parkhaus.

Sie schrie jetzt fast: Huld! Huld!

Ich versuchte es wieder von vorn: Du hattest einen Infarkt, deshalb …

Was? Was?

Einen Schlaganfall. Deshalb hast du jetzt Probleme mit dem Sprechen. Aphasie. Aber das werden wir jetzt gleich beheben lassen.

Zum Glück konnten wir direkt vor dem Eingang zur Ambulanz parken. Es war schon Viertel nach zehn, und womöglich mussten wir bei der Anmeldung noch für ein Patientenkärtchen Schlange stehen.

Wir waren kaum durch die Drehtür, da strich Ma die Segel. Sie sank in der dicht bevölkerten Eingangshalle auf einen Plastikstuhl nieder, schlang die Arme um den Kopf und wiegte sich unter leisem Piepsen vor und zurück.

Hast du Schmerzen?, fragte ich bestürzt.

Sie wimmerte: Hol den Affen weg.

Mir ging ein Licht auf: Kein Affe, Mama. Aphasie. Das ist eine Art Krankheit. Du hast keinen Affen im Kopf. Ehrlich.

Sie fing an, in ihrer Handtasche zu kramen, und zog mit unbeherrschten Bewegungen ihre Zigaretten hervor.

Bitte nicht, Mam. Hier ist Rauchen verboten.

Sie zündete sich eine an und blies mir den Rauch mitten ins Gesicht.

Ich zischte: Mach sie aus. Siehst du das Schild da? Da!

Sie schenkte mir keine Beachtung.

Dann eben nicht. Abrupt wandte ich mich ab, ging zur Aufnahme und reihte mich hinter einem Paar, das augenscheinlich nicht niederländischer Abstammung war, in die Warteschlange ein. Nach einer Weile warf ich verstohlen einen Blick über meine Schulter. Eine junge Frau in weißem Kittel stand vor meiner Mutter und redete vorwurfsvoll auf sie ein. Sie wies nach draußen. Als Ma nicht reagierte, sah sie sich suchend um: Wer war für diese störrische alte Dame verantwortlich? Ich hätte sowohl ihr als auch meiner Mutter zu Hilfe eilen müssen, aber dann hätte ich noch mehr Zeit verloren.

Es ging zügig voran, bis das Paar vor mir dran war. Da folgte ein langes Intermezzo gegenseitigen Unverständnisses. Es schien Stunden zu dauern, aber wie Francien immer sagt: »Alles geht vorüber.« Ich erstand schließlich ein Patientenkärtchen. Die Abteilung Neurologie sei im sechsten Stock, sagte die Dame von der Aufnahme.

Als ich mich umdrehte, sah ich, dass meine Mutter nicht mehr auf ihrem Stuhl saß. Mist, verdammter! Selbstvorwürfe. Selbstvorwürfe! Schoss wie der Blitz durch die Drehtür nach draußen.

Vor dem Eingang drängten sich einige Nikotinsüchtige um einen großen Aschenbecher auf einer Stahlsäule. Immer schön weiterrauchen, dann landete man ganz von selbst auf der anderen Seite der Tür.

Keuchend fragte ich: Haben Sie meine Mutter gesehen? Sie trägt einen dunkelblauen Mantel und ist ein bisschen verwirrt.

Nein, niemand. Niemand hatte sie gesehen.

Ich rannte auf den Parkplatz. Sie konnte inzwischen wer weiß wo hingeraten sein. Meine Schuld. Ob sie sich in diesem tristen Vorort zurechtfinden würde? Wusste sie, wie sie nach Hause kam? Wusste sie überhaupt noch, wo sie wohnte, kannte sie ihre eigene Adresse noch? Und ihren Namen? O mein Gott.

Immer mit der Ruhe. Nur keine Panik.

Wie viel Geld hatte sie in ihrer Tasche? Was konnte ihr nicht alles passieren, verwirrt wie sie war! Und wie sollte sie um Hilfe bitten, wenn sie zufällig auf einen anständigen Menschen stieß? Sollte ich die Polizei anrufen und um eine Suchaktion bitten?

Oder irrte sie allein durchs Krankenhaus?

Ich machte kehrt und rannte wieder hinein. Sprach links und rechts Leute an: Haben Sie meine Mutter gesehen? Sie trägt einen dunkelblauen Mantel, und sie ist ein bisschen …

Mein Blick fiel auf die Toiletten, links von der Aufnahme. Womöglich hockte sie dort, während ich … Nichts wie hin. Und schon, als ich die Tür öffnete und in den gekachelten Raum trat, hörte ich sie in einem der Kabäuschen kreischen.

Mama!, rief ich. Kommst du nicht raus?

Sie zeterte weiter und hämmerte gegen die Tür.

Sch, Mam! Ich helfe dir.

Sie hörte mich gar nicht, so durchgedreht war sie schon. Ihre Schreie hallten von den Wänden wider.

Zwischen den Klotüren und dem Fußboden war jeweils ein mindestens zehn Zentimeter hoher Spalt. Hinter der mittleren von den dreien sah ich ihre wild scharrenden Füße in den Pumps aus Kroko-Imitat. Ich drückte die Klinke runter. Ja, abgeschlossen.

Wie konnte ich ihr vermitteln, dass ihre Rettung nahe war? Ich ging in die Hocke. Musste schreien, um sie zu übertönen: Guck mal auf den Fußboden, Mama! Guck doch mal, ich strecke meine Hand rein.

Whaa! Whaa!

Bekam sofort einen kräftigen Tritt. Klar. Wenn man in einer unbekannten Umgebung eingesperrt ist und einem plötzlich irgendwelche losen Hände auf den Leib rücken, kämpft man um sein Leben. So würde ich sie niemals beruhigen und anleiten können, wie sie den Schlüssel umzudrehen hatte. Legte mich praktisch bäuchlings auf den Boden, um durch den Spalt zu brüllen: Ich hole Hilfe! Bin gleich wieder da! Hab keine …

Hinter mir ertönte ein Rattern. Ein türkischer Putzmann rollte ein Wägelchen mit Putzutensilien herein. Befremdet besah er sich die Situation. Da lag eine Frau vor einer Toilette, aus der Gebrüll drang. Dann schien es ihm zu dämmern.

Ich rappelte mich hoch und sagte: Sie kommen wie gerufen. Können Sie die Tür von außen öffnen?

Entschuldigend hob er die Hände: Ich nicht gut sprechen.

Ich zeigte auf die Tür: Meine Mutter hat sich eingeschlossen.

Er legte den Finger an die Nase und dachte nach. Sein Gesicht sah sanftmütig und freundlich aus. Dann öffnete er, strahlend vor Eifer, eine der anderen Türen und demonstrierte mir, wie das Schloss funktionierte: So geht. Anders nicht.

Es geht nicht von außen, meinen Sie das? Müssen wir die Tür also eintreten?

Verständnislos sah er mich an.

Mich überkam eine unendliche Mutlosigkeit. Auf irgendeine Weise war es mir gelungen, fast fünfzig zu werden, ohne auch nur eine einzige Fertigkeit zu entwickeln, von der ich in dieser Situation profitieren konnte. Rein gar nichts in meinem Leben hatte mich auf das hier vorbereitet. Der vereinbarte Termin für das Hirn-CT war längst verstrichen, und meine Mutter begann sich hinter der fest verschlossenen Tür allmählich heiser zu schreien. Ich war eine Niete, eine große Niete. Ich lehnte mich an den Türrahmen und brach in Tränen aus.

Der Putzmann riss ein Papierhandtuch ab und reichte es mir. Voller Mitgefühl sagte er etwas, was ich nicht verstand.

Beschämt schnäuzte ich mich und stammelte: Könnten Sie bitte kurz auf meine Mutter aufpassen, dann geh ich rasch zum Hausmeister und hole Hilfe, ja?

Als ich hinauseilte, um bei der Aufnahme zu fragen, wohin ich mich zu wenden hatte, ging mir durch den Kopf, dass ich den Putzmann genauso wenig verstand wie meine Mutter: Vielleicht war ich es ja, mit der etwas nicht stimmte. Für einen Moment war das beinahe ein verlockender Gedanke. Denn wenn es so war, musste ich jetzt schnellstens nach Hause und ins Bett. Man würde mir Blumen schicken und Karten mit der Ermunterung, rasch wieder gesund zu werden. Storm würde schnurstracks aus Australien zurückradeln, Francien würde aus Saugatuck rüberkommen, um mich mal so richtig zu verwöhnen. Und Ma hätte durch diese Episode einen netten neuen Freund gewonnen. Dieser Putzmann hatte ein gutes Herz, das sah man sofort. Wenn ich mich jetzt davonstahl, gab ich ihm die Chance, ihr Ritter zu werden, ihr Held.

Leider stand ich, als meine Überlegungen so weit gediehen waren, gerade vor Zimmer C15, dem Büro des Hausmeisters. Mit mürrischem Gesicht hörte er mich an, holte dann einen Werkzeugkasten hervor und sagte: Na, dann los.

Fünf Minuten später war meine Mutter befreit.

In der neurologischen Ambulanz, wo anheimelnd ein Goldfischglas auf dem Anmeldetresen stand, wollte man uns mit einem neuen Termin für ein CT nach Hause schicken.

Um Himmels willen.

Es geht nicht anders. Das Gerät ist den ganzen Tag ausgebucht. Wir hatten Ihre Mutter mit größter Mühe dazwischengeschoben.

Aber sie ist in einem fürchterlichen Zustand! Können Sie nicht …

Tja, es steht Ihnen natürlich frei zu warten. Vielleicht kommt noch jemand zu spät oder auch gar nicht.

Wir nahmen auf orangefarbenen Schalensitzen Platz. Es war nicht voll, außer uns saßen nur drei weitere Patienten da. Ich schöpfte wieder Mut.

Ma starrte eine geschlagene Viertelstunde fasziniert auf die Goldfische. Sie, die nie für irgendetwas Geduld aufbrachte. Ich glaube, ich erwartete schon halb, dass sie unvermittelt sagen würde: So, jetzt reicht's aber! Schluss mit der Rumhockerei, lass uns was Schönes machen!

Komisch, wie heftig sich der Geist dagegen sträubt, ein unerwartetes Unglück zu akzeptieren. Ich konnte buchstäblich fühlen, dass jedes Molekül in meinem Körper woanders hinwollte als dahin, mir bewusst zu machen, dass ihr etwas Irreparables zugestoßen sein konnte.

Sie saß merkwürdig erstarrt da, wie ein Kind, dem es nicht gelingt, aus einem Albtraum zu erwachen, oder wie jemand aus so einem Horrorfilm, in dem bösartige Aliens die Macht ergriffen und die ganze Welt derart verändert haben, dass man nichts mehr wiedererkennt und sich an nichts mehr klammern kann.

Neue Patienten kamen nicht mehr. Nur noch zwei vor uns. Der eine, ein junger Mann mit rotem Schal, schielte die ganze Zeit zu Ma herüber.

Ich hatte vorhin auf der Toilette noch versucht, sie ein bisschen herzurichten. Hatte ihr mit leichtem Schaudern den verschmierten Lippenstift vom Kinn gewischt, mit einem feuchten Tuch die Stirn abgetupft, die grauen Locken gekämmt, die Kleidung zurechtgezupft. Immer wie aus dem Ei gepellt, meine eitle Mutter, aber jetzt, das musste ich zugeben, sah sie trotz meiner Bemühungen aus wie ein ungemachtes Bett.

Der Spanner wurde ins Sprechzimmer gerufen. Jetzt noch einer, dann waren wir dran.

Abwesend griff ich zu einer zerfledderten Zeitschrift und schlug sie auf einer Seite mit Tipps für Sinterklaas-Gags auf. Ein Eimer Pappmaché, sechs Rollen Mullbinde und eine Handvoll Sägespäne, und schon hatte man einen Schrecklichen Schneemann mit ausreichend Platz im Bauch für ein Fläschchen Parfüm oder eine zusammengerollte Krawatte. Daneben stand eine Werbeanzeige für Multi-Gyn LiquiGel, »das bioaktive Gleitmittel, das Feuchtigkeit verleiht und pflegt«, ein offenbar einzigartiges Selbsthilfeprodukt bei hormonell bedingten Beschwerden in den Wechseljahren, wie etwa vaginaler Trockenheit beim Verkehr.

Als ich wieder aufschaute, war außer uns niemand mehr im Raum. Auch nicht am Anmeldetresen. Ich brauchte ein wenig, bis mir aufging, dass natürlich Mittagspause war. Ach du grüne Neune. Jetzt saßen wir hier womöglich eine geschlagene Stunde umsonst herum. Und nach der Pause würde eine Horde neuer Patienten hereinströmen: Es konnte ohne weiteres den ganzen Nachmittag dauern.

Verspürte Ma so etwas wie Hunger oder Durst? Ich traute mich nicht recht, mit ihr nach unten in die Cafeteria zu gehen – wieder eine neue Umgebung voller unbegreiflicher Phänomene. Und schnell eben ein paar belegte Brötchen holen ging auch nicht, dann geisterte sie inzwischen womöglich wieder herum. Mitleid und Ohnmachtsgefühle stiegen in mir auf. Tja, da saßen wir nun.

Sie verströmte einen unangenehmen, bitteren Geruch. Ich fragte mich gerade, ob das Angstschweiß war, als das

Handy in meiner Tasche klingelte. Ich holte es hervor, schaute aufs Display und setzte eine sonnige Stimme auf: Lizzy, Liebes!

Tag, Mam. Geht's Oma gut?

Sie bekommt gleich ihr Computertomogramm. Und wie steht's bei dir?

Ich hab gerade 'ne Freistunde. Bin also im Tierheim.

Lizzy, in einer Freistunde kannst du auch Hausaufgaben machen.

Aber hier ist echt der Bär los, Mann! Ich hab heut Morgen 'ne SMS gekriegt. Das Tierheim wird vielleicht zugemacht! Wir sollen mit Noordwijk zusammengelegt werden, sagen sie. Ich brauch jetzt Geld für Plakate, die ich überall aufhängen kann, verstehst du. Beim Copyshop machen sie's für zweihundert Euro.

Du liebe Güte. Ich hab hier noch mit Oma zu tun. Besprich das mal mit …

Aber der ist nicht da.

Wieso? Wo ist er denn?

Weiß ich nicht.

Dann wirst du warten müssen, bis er nach Hause kommt, sagte ich kurz angebunden. Taub für ihre Proteste unterbrach ich die Verbindung. Wo konnte Peter denn stecken, so mitten am Tag? Normalerweise aß er mittags zusammen mit dem Personal. Sollte ich ihn unter seiner Mobilnummer anrufen? Aber mit welcher Nachricht? Vielleicht kaufte er ja Sinterklaas-Geschenke ein. Stand gerade in einem Juwelier- oder Wäschegeschäft, um etwas Hübsches für …

Meine Mutter stieß mich an. Sie nickte in Richtung Goldfischglas: Wie heißen die noch gleich? Aale?

Es verschlug mir für einen Moment die Sprache, so normal hörte sie sich an.

Ungeduldig tippte sie mit dem Fuß auf den Boden.

Ich stammelte: Nein, das sind Goldfische.

Sag ich doch! Die hat mein Vater früher immer selbst gefangen.

Ja, das hast du mal erzählt.

Sollte er nicht wissen, dass ich hier bin?

Wer, dein Vater?

Sie bedachte mich mit einem ärgerlichen Blick. Der ist tot, sagte sie laut. Ich meine diesen Mann, wie heißt er noch? Wo bleibt er denn nur?

Ich zermarterte mir das Hirn. Meinte sie etwa *meinen* Vater?

Sie rief aus: Wie kann denn das sein? Ich weiß nicht mehr, wie er heißt!

Dick?

Sie atmete auf. Ja, der. Da besuchst du uns endlich mal wieder, und er lässt sich nicht blicken.

Er macht bestimmt noch eine kleine Runde um den Block, sagte ich mit Kloß im Hals.

Darauf werd ich nicht schwingen. Ich mach jetzt was zu essen. Sonst wird es viel zu spät.

Erstaunlich flink erhob sie sich, ging zum Anmeldetresen, griff ins Goldfischglas und hatte die Fische zu fassen, bevor ich einschreiten konnte. Mit lautem Klatschen schlug sie erst den einen und dann den anderen auf die Holzplatte. So, sagte sie zufrieden, ganz ohne Gräten.

Komisch. Ihr Leben lang hatte meine Mutter das Kochen gehasst wie die Pest. Aber Frauen ihrer Generation blieb keine andere Wahl, die standen sieben Tage die Woche um halb sechs am Herd, um das Abendessen zu machen, so also auch Ma. Während sie in der Suppe rührte, stampfte sie meuternd mit den Füßen. Wenn sie einen Grießpudding aus der Form auf eine Platte stürzte oder Frikadellen knetete, tat einem das Essen richtig leid. Wenn sie Eintopf machte, mussten Francien und ich den großen Emailletopf zu beiden Seiten auf den Herd drücken, während sie dem Gemüse mit dem Stampfer zu Leibe rückte. Durch den aufwölkenden Dampf sahen meine Schwester und ich einander verzagt an: Wir fürchteten uns vor der Wut, mit der sie unser Essen zubereitete.

Mit der Findigkeit von Kindern, die wissen, dass sie von der Fürsorge ihrer Eltern abhängig sind, versuchten wir, sie für die offenbar unerträglichen Mühen zu belohnen, die sie tagtäglich für uns auf sich nehmen musste. Wir ließen nicht den kleinsten Krümel auf unserem Teller liegen, nie. Wir löffelten Hektoliter angebrannter Suppe in uns hinein. Wir aßen genügend misshandelte Kohlrouladen, um für den Rest des Lebens Vegetarier zu werden. Bissen für Bissen schluckten wir mannhaft hinunter. Wir strengten uns an, wenn Restetag war oder Fischtag oder ganz einfach Essenszeit. Und nach jeder Mahlzeit sagten wir ermunternd: Das war lecker, Mam.

Mit brütendem Blick musterte sie uns dann, während sie sich eine Zigarette anzündete und die Asche in den letzten Rest Soße schnippte. Trottel, sahen wir sie denken. Böse sagte sie: Jetzt machen wir was Schönes, Papa spült dann schon das Geschirr. Das tust du doch für uns, nicht, Dicky?

Und ehe wir's uns versahen, standen wir mit ihr auf dem Dachboden und kramten in der Verkleidetruhe, und sie hängte Francien eine Gardine um und steckte mich in ein mit Pailletten besticktes Gewand, das, wie sie sagte, das Hochzeitskleid ihrer Großmutter gewesen war: Spieglein, Spieglein an der Wand, wer ist die Schönste im ganzen Land?

Unten spülte mein Vater das Geschirr und stellte Teller und Besteck ordentlich in den Geschirrkorb. Danach würde er eine Runde um den Block gehen. Er war ein leidenschaftlicher Spaziergänger.

Einige Stunden später fuhr ich, allein, in die Wohnung zurück. Mit dem Schlüssel meiner Mutter ging ich hinein. Im Badezimmer suchte ich Toilettenartikel zusammen, die sie in den kommenden Tagen im Krankenhaus benötigen würde. Zahnpasta, Seife, Deodorant, Nachtcreme. Parfüm, nicht zu vergessen. Im Schlafzimmer packte ich Unterwäsche und Nachthemden ein. Und natürlich ihren Frisiermantel und ihre chinesischen Pantoffeln.

Ich fühlte mich gar nicht wohl dabei, so zwischen ihrem Krimskrams in diesem schwülstigen Zimmer herumzuwühlen, in das ich noch nie einen Fuß gesetzt hatte. Die Tagesdecke aus rotem Satin auf dem Bett. Der Spiegel mit dem vergoldeten Rahmen. Der langflorige Teppich. Es müffelte hier übrigens. Lag vielleicht irgendwo ungewaschene Kleidung? Mit plötzlichem Argwohn schnupperte ich noch einmal genau. Sie hatte doch wohl nicht …

Ich schlug die Bettdecke zurück. Ein großer dunkler Fleck auf dem cremefarbenen Laken.

Hatte sie die ganze Nacht in ihrem eigenen Urin gelegen?

Mit angehaltenem Atem zog ich das Bett ab. Das war nicht irgendein nasser Fleck, da hatte meine Mutter ins Bett gemacht: Verkehrte Welt, nichts weniger als das. Ich stopfte die Bettwäsche in die Waschmaschine, für später.

Ging noch kurz zu 6B rüber, um Elly zu informieren und sie zu bitten, die Pflanzen zu versorgen. Sie riss mich förmlich in ihre Wohnung hinein und setzte gleich Wasser für Tee auf, keine Widerrede. Ich bekam einen Keks dazu, aus einer Dose mit Zwiebelmuster. Ich fürchtete, erneut in Tränen auszubrechen, weil es so gut tat, dass sich mal eben jemand um mich kümmerte, und sagte schnell: Sie machen ein paar Tests, um zu sehen, ob nur die Sprache gestört ist oder womöglich auch das Begriffsvermögen. Ansonsten können sie nicht viel machen, wenn man einen CVA hatte. (Cerebrovascular accident? Hatte ich das richtig behalten? Eine Erkrankung der Hirngefäße, hatte der Neurologe gesagt.)

Elly schenkte mir noch einmal ein. Und die Schildkröte?, fragte sie. Was machen wir mit der, Heleen?

Ich schaute verwundert auf. Wusste gar nicht, dass Ma eine Schildkröte hatte.

Beim Bingo gewonnen, vorige Woche, sagte Elly angeregt. Ach, Margriet war so stolz darauf. Was hat sie doch immer für ein Glück, nicht? Gewinnt und gewinnt. Aber ich sag dir ganz ehrlich, ich hab's nicht so mit Haustieren, ich lauf dem Viech nicht mit Salatblättern hinterher. Also am besten nimmst du sie vorübergehend mit zu dir nach Hause.

Aber ich habe überhaupt keine Schildkröte gesehen!

Na, dann hockt sie bestimmt noch im Schrank unter der Spüle. Dahin tut sie sie nämlich immer, wenn sie weggeht, damit sie nicht an den Zimmerpflanzen knabbert. Das hat sie gestern bestimmt auch gemacht, bevor sie sich für die Oper umziehen ging. Wart mal, ich hab bestimmt einen Schuhkarton für dich.

Also begab ich mich wieder nach 6A, obwohl ich das Ganze immer noch nicht recht glaubte. Aber im Schrank unter der Spüle, neben einem Eimer mit Putzmitteln, saß in der Tat eine Schildkröte. Ein ansehnliches Exemplar mit kuppelförmigem, gelbbraunem Panzer, aus dem krumme, geschuppte Beine hervorschauten. Sie hatte den Kopf eingezogen, aber ich glaubte, irgendwo in der Tiefe das eisige Funkeln eines Reptilienauges zu sehen. Ich streckte die Hand aus und gab dabei ein leises Klacken von mir. Das macht man wohl automatisch, sogar bei so einem kaltblütigen Wesen.

Und bei dem Gedanken sah ich vor mir, wie Ma hier kauerte, in genau der gleichen Haltung. Das musste das Erste sein, was sie morgens tat, gleich nach dem Aufstehen. Meine Mutter, noch in ihrem schwarzen Frisiermantel, die sich vor den Spülenunterschrank hockte und hoffnungsvoll die Hand nach ihrem neuen Hausgenossen ausstreckte.

Mich überkam ein Gefühl grenzenloser Einsamkeit. Aber los, ich beeilte mich besser, ich musste noch ihre Sachen ins Krankenhaus bringen.

DEZEMBER

Silberne Krone

Es war alles so schnell gegangen, dass es erst nach und nach Wirklichkeit für mich werden wollte. Wenn ich morgens aufwachte, begriff ich nicht gleich, was es war, das mir wie ein bleischweres Gewicht auf die Brust drückte. Ach ja: meine Mutter.

Die Besuchszeit im Krankenhaus in Nieuwegein fiel mit der abendlichen Hauptverkehrszeit zusammen. Staus ohne Ende, jeden Tag aufs Neue. Und vor Ort musste ich dann oft auch noch lange mit den Freunden und Verwandten anderer Patienten um einen Parkplatz rangeln. Vier, fünf Stunden von zu Hause weg, um eine Stunde an Mas Bett sitzen zu können, darauf lief es häufig hinaus.

Sie war in einem Vierbettzimmer untergebracht, doch nur eines der anderen Betten war belegt, von einer schwerhörigen Dame, die selten Besuch bekam. Ich hatte für Ma einen Platz am Fenster gewählt, denn die Aussicht – auf eine Grünanlage mit großem Teich – war unverhofft schön. Nur hatte Ma nicht viel davon. Sie war in einem fort damit beschäftigt, die Sachen in ihrem Schrank zu ordnen: Unaufhörlich legte sie die wenigen Unterhemden und -hosen neu aufeinander, wobei sie jedes Mal panisch keuchte, wenn sie glaubte, dass irgendetwas fehlte. Aus einer energischen Frau, die spielend eine bis obenhin mit Kerzenleuchtern, Standuhren, Blumenkörben und eingerahmten Fotos angefüllte Wohnung managte, war mit einem Fingerschnippen jemand geworden, für den schon die Verwaltung der eigenen Unterwäsche eine kaum zu bewältigende Aufgabe darstellte.

Sie war völlig aus der Fassung.

Und ich auch. Was blieb mir übrig, als mich ihrer anzunehmen. Ich war ihre einzige greifbare Angehörige. Es war jetzt nicht die Zeit dafür, alte Wunden zu lecken. Doch mein Mitgefühl hing mir wie ein Mühlstein um den Hals. Nur Peter gegenüber wagte ich laut zu äußern, dass es meine Kräfte überstieg, jeden Tag dahin zu müssen.

(Verdammt. Das wird mir jetzt erst bewusst. »Dahin«, sagte ich zu Peter. »Dahin« statt »zu meiner Mutter«. Was für ein Licht wirft das auf mich? Und will ich die Antwort überhaupt wissen? Ja, offensichtlich schon. Nicht von ungefähr sitze ich jetzt hier und schreibe alles auf. Das tue ich nicht nur zur Rekonstruktion der Tatsachen, zumal die ja an sich auch eindeutig genug sind. Die Frage, die ich zu beantworten habe, lautet: Wie kommt man so weit, dass man reif ist, jemanden umzubringen? Wie verrückt muss man dazu sein? Und: Wie groß ist die Wahrscheinlichkeit einer Wiederholung? Also nur zu, weiterschreiben, immer schön weiterschreiben. Das soll angeblich helfen. Und wenn man wie hier nirgendwohin ausweichen kann, geht man von ganz allein in die Tiefe.)

Es war schwer, die Besuchsstunde bei meiner Mutter durchzustehen. Ein Gespräch ließ sich mit ihr nicht führen. Sie irgendwie abzulenken gelang genauso wenig. Der Inhalt der Zeitschriften, die ich für sie kaufte, erreichte sie nicht mehr. Ein Weilchen zusammen fernsehen: Schon die täglichen Soaps waren ihr zu hoch. Nicht einmal die Blumen, die ich ihr mitbrachte, schienen ihr etwas zu sagen, als hörte eine Rose auf zu duften, wenn man nicht mehr wusste, dass sie Rose hieß. Wenn die Grenzen der eigenen Sprache die Grenzen der eigenen Welt waren, war meine Mutter in einem schaurig engen Kerker gelandet.

Hin und wieder nahm Peter mir mal einen Besuch ab. Aber dann lief ich stundenlang ruhelos durchs Haus: Nicht ins Krankenhaus zu müssen war zwar für den Moment eine Erleichterung, doch nicht dort zu sein, erwies sich seltsamerweise als Qual. Wie konnte ich mich ungerührt meinen eigenen Angelegenheiten widmen, während sich meine Mutter ganz allein in tiefster Umnachtung befand?

Ich stellte mir vor, wie sie, bleich vor Konzentration, aufs Geratewohl die Tasten der Fernbedienung von dem über ihrem Bett hängenden Fernseher drückte, das Ding dann an ihr Ohr hielt und verzweifelt darauf wartete, dass am anderen Ende jemand den Hörer abnahm. Zwanzig, dreißig Mal nacheinander rief sie in die Fernbedienung hinein um Hilfe. Feuer, rief sie, es brennt.

Ich hatte vergeblich die Bedienung des richtigen Telefons auf ihrem Nachttisch mit ihr geübt. Hatte das Telefonregister aus ihrer Wohnung danebengelegt, und sei es nur symbolisch. Rief zur Ermunterung regelmäßig bei ihr an, doch sie nahm nie ab. Dann war sie natürlich gerade am anderen Apparat, sozusagen.

Ob dies das Schlimmste für sie war: mit niemandem Kontakt aufnehmen zu können, nicht begreiflich machen zu können, was sie auf dem Herzen hatte, nicht gehört, verstanden, begriffen zu werden? Oder nein, das war nicht richtig ausgedrückt, denn wer meine Mutter schon fast weinend in die Fernbedienung sprechen sah, verstand sehr wohl, was sie bewegte. Vielfach steckte noch erstaunlich viel Logik in dem, was sie tat und sagte. Man sah, wie sie in ihrem Geist von Eisscholle zu Eisscholle sprang und oft auch noch mehr oder weniger dort landete, wo sie hinwollte. Also war vielleicht das Allerschlimmste, dass sie schlichtweg noch nicht verwirrt genug war. Eine ganze Menge Hirnregionen taten es noch, und die riefen in einem fort den Katastrophenzustand aus, die spornten sie zum Handeln an, die konnten nicht fassen, dass sie sich diese Situation so einfach gefallen lassen musste, ausgerechnet sie.

Der Neurologe sagte, dass es mit der Durchblutung ihres Kopfes zu tun habe. Dass es dadurch zu einem willkürlichen Wechsel von Verwirrtheit und relativer Klarheit komme. Im einen Moment wisse sie nicht mal, wo sie sich gerade befinde oder welchen Wochentag wir hätten, und im nächsten scheine sie lediglich dadurch behindert zu sein, dass sie ihre Sprache nicht im Griff habe. Es seien sogar kurze Momente ganz normaler Redegewandtheit und Kohärenz möglich.

Er sagte: Und dann kann es für einen Moment den Anschein haben, als fehlte ihr überhaupt nichts. Sie werden merken, dass es manchmal schwierig ist, die Geduld zu bewahren. Eine solche vaskuläre Demenz, sagte er, könne sehr grausam sein. Nicht, dass man jemandem wünschen würde, an Alzheimer zu erkranken, aber solchen Patienten werde zumindest die Gnade zuteil, dass sie am Ende nicht mehr mitbekämen, wie es um sie bestellt sei. Meine Mutter dagegen würde während ihrer lichten Momente jedes Mal wieder, wie bei einem Blitz aus heiterem Himmel, erfassen, dass sie nicht mehr sie selbst sei.

Sich in seinem eigenen Geist nicht mehr zu Hause zu fühlen: Bei diesem Gedanken setzte mein Verstand aus. Ja, so sagte man das. Als setzte wirklich der Verstand aus, wenn man etwas Derartiges dachte, wo er doch, ganz im Gegenteil, reibungslos funktionierte. Ich konnte mir doch nicht einmal ansatzweise vorstellen, wie es sein musste, wenn man erfasste, dass das Gehirn nicht mehr richtig arbeitete, und dass man, noch bevor man auf einen Ausweg sinnen konnte, bereits wieder in Umnachtung versank.

Trösten, sagte die mütterliche surinamische Oberschwester, Trösten ist das Einzige, was wir tun können.

Ich nahm Lizzy nur ein einziges Mal mit ins Krankenhaus. Aschfahl vor Entsetzen saß meine Tochter auf der Rückfahrt neben mir im Auto: Oma hatte die mitgebrachten Süßigkeiten samt Papier hinunterzuschlingen versucht, und als ich rasch dazwischenfuhr, hatte sie bedripst ihr Gebiss herausgenommen und auf den Nachttisch gelegt und dabei geflüstert: Nicht hauen, nicht hauen.

Ich fand es unverzeihlich von mir, dass ich Lizzy meiner Mutter ausgesetzt hatte. Lizzy mit ihrer verletzlichen kleinen Seele und ihrem Hang, die Dinge so schwer zu nehmen.

Du kannst sie nicht vor dem Leben beschützen, Heleen, sagte Peter, als ich ihm erzählte, wie sie reagiert hatte. Aber das sagte er öfter, mit einem Stirnrunzeln, das verriet, wie sehr ihn meine Besorgtheit beunruhigte: Du würdest sie am liebsten in Watte packen.

Er konnte ja so übertreiben.

Versuchen Sie es doch mal mit Musik, schlug die Surinamerin vor.

Ich fuhr sofort zu Mas Wohnung zurück und suchte einen Stapel Opern-CDs zusammen. Doch als ich Ma die Kopfhörer aufgesetzt hatte, trat keinerlei Ausdruck des Erkennens in ihr Gesicht.

Dann also zusammen Kinderlieder von früher singen? Mit dem Mut der Verzweiflung stimmte ich *Ein Männlein steht im Walde* an. In verärgertem Ton sagte meine Mutter darauf: Was bist du denn so laut heute?

Ich hatte schon mal von einem speziellen therapeutischen Programm, dem »Snoezelen«, gelesen, bei dem Sinneswahrnehmung und Wohlbefinden dementer Patienten zum Beispiel über Berührungen angeregt wurden. Für uns leider keine Option. Aber ich ersann eine List. In Storms alter Sporttasche schmuggelte ich die Schildkröte ins Krankenhaus. Mit geheimnisvoller Miene betrat ich Mas Zimmer: Guck mal, wen ich dabeihabe, Mama.

Sie fuhr hoch, als ich das Tier auf ihr Bett setzte. Für einen Augenblick war die Bedrängnis in ihrem Gesicht wie weggewischt. Bingo!, rief sie aus.

Scht. Die Krankenschwestern dürfen es nicht merken. Sieht sie nicht fabelhaft aus? Wir sorgen sehr gut für sie.

Ein Schatten zog über ihre Augen. Wer?, fragte sie alarmiert.

Wir. Peter, Lizzy und ich sorgen für sie. Wir geben ihr …

Mit einem Griff packte sie Bingo, falls sie denn so hieß, stopfte sie zu sich unter die Decke und zog diese bis zum Kinn hoch.

Mir wurde angst und bange: Das Tier war ziemlich bissig, es hatte mich schon ein paarmal böse erwischt, wo hatte ich meinen Verstand gelassen, hatte der jetzt etwa wirklich ausgesetzt? Und außerdem pisste und kackte das Vieh auch in einem fort. Mein Blick fiel auf die Mandarinen auf dem Nachttisch, die ich Anfang der Woche mitgebracht hatte. Schnell nahm ich eine und schälte sie: Es ist jetzt ihre Essenszeit, Mam, hol sie mal wieder unter der Decke hervor.

Deckel? Warum sprichst du so unzeuglich?

Decke.

Wie viele Deckel denn?

Drei, sagte ich auf gut Glück.

Tsss, machte sie herablassend. Sie bekommt aber vier.

Vier ist auch gut.

Sie seufzte vor Ungeduld: Vier habe ich doch gesagt!

Ja, vier.

Na also!

Es gelang mir nicht herauszufinden, wovon wir redeten. Aber zuerst musste das Tier wieder an Deck. Ich legte die Mandarinenschnitze ans Fußende und rief: Bingo! Kommst du essen?

Hä?, sagte meine Mutter. Sag das doch gleich!

Lass mich sie mal eben hervorholen, Mam.

Fügsam schlug sie die Decke zurück.

Die Schildkröte stand mit ihren krummen Vorderbeinen auf Mas Schenkel. Ihr magerer Kopf bewegte sich forschend über Mas nacktes Fleisch: Das Nachthemd war ganz nach oben gerutscht. Wieso hatte meine Mutter keine Unterhose an? Ich war so geschockt vom Anblick des dünnen, grauen Schamhaars, durch das ihr Geschlecht gut sichtbar hindurchschimmerte, dass ich beinahe danebengegriffen hätte. Konnte Bingo gerade noch an ihrem Panzer aus dem Bettzeug lüpfen.

Die folgenden vierzig Minuten verbrachte ich damit, das Ganze endlos auszudehnen. Bingo war nicht im Geringsten an der Mandarine interessiert. Sie marschierte jedes Mal entschlossen in die entgegengesetzte Richtung, wobei sich ihre nicht unbeträchtlichen Nägel immer wieder in der gehäkelten Tagesdecke verhedderten. Ihre Augen funkelten bösartig. Sie war kein Geschöpf, das sich so ohne weiteres für therapeutische Zwecke einspannen ließ. Sie folgte ihrem eigenen, aus der Vorgeschichte, als ihre Art noch über die Erde regiert hatte, überlieferten Programm. Bingo interessierte sich nicht für meine Mutter, diese sich aber sehr wohl für sie: Entzückt beobachtete sie die Schildkröte, glücklich wie ein kleines Kind.

Auf dem Flur läutete endlich die Klingel, die das Ende der Besuchszeit anzeigte.

Das würde ein Drama geben.

Ich griff nach dem Tier. Und sofort umklammerte Ma mein Handgelenk. Wie knochig ihre Finger geworden zu sein schienen, die Ringe schlackerten richtig.

Ich war die Schnellere von uns beiden. Ich warf die Schildkröte geradezu in Storms Tasche und sprang hoch: Wiedersehen, Mam, bis morgen.

Nein, stieß sie hervor, nein! Sie bekam mich bei meiner Jacke zu fassen und klammerte sich an mich. Eher würde sie sich aus dem Bett reißen lassen als loszulassen.

Morgen bringe ich sie dir wieder mit.

Nein! Nein!

Sie kann nicht hierbleiben!

Doch! Für sie! Für sie!

Nein! Das weißt du ganz genau! Tiere sind im Krankenhaus nicht erlaubt! Wenn sie sie finden, töten sie sie! Möchtest du sie etwa auf dem Gewissen haben? Du denkst auch immer nur an dich!

Vor Schreck lockerte sie den Griff.

Ich keuchte. Hatte sie begriffen, was für gemeine und berechnende Sachen ich sagte, oder gab sie nur nach, weil ich sie unvermittelt angegangen war? Wie auch immer, ich musste machen, dass ich wegkam. Ich wand mich los, rannte aus dem Zimmer, hörte sie hinter mir Zeter und Mordio schreien. Wenn sie mir nur nicht hinterherkam! Der Flur war lang, sie würde eine ganze Weile sehen können, wie ich mit ihrem Augapfel davoneilte, taub für ihr Jammern, herzlos. Ich bog impulsiv in eine Toilette ab, verriegelte die Tür, ließ die Tasche auf den Boden fallen und hielt mir die Ohren zu.

Hätte mir je einer prophezeit, dass ich mich eines Tages mit einer Schildkröte auf einem Klo vor meiner Mutter verstecken würde, ich hätte es ganz sicher nicht geglaubt.

Als ich völlig erledigt aus Nieuwegein zurückkam, erwartete Peter mich mit einem Glas Wein und einem köstlichen Essen. Er sagte Beruhigendes. Er massierte meinen Nacken. Er tat, als sei zwischen uns alles in Butter, und dafür war ich ihm dankbar.

Ma war sofort von ihm hingerissen gewesen: Na, Heleen, es hat zwar eine Weile gedauert, aber jetzt hast du doch endlich einen netten Mann.

In seinem besten Jackett begleitete er mich an dem Vormittag, als das vollzählige Team (Neurologe, Psychologe, Sozialarbeiter und Pflegekräfte) nach etwa zehn Tagen mit uns die weiteren Schritte besprechen wollte. Wie wir zu hören bekamen, sollte meine Mutter, sowie irgendwo ein Platz frei wurde, in ein Pflegeheim, damit ihre Aphasie therapiert, aber auch eine Indikation gestellt werden konnte, welche Pflege sie fortan benötigen würde. (Das dauert meist so etwa drei bis sechs Monate, wissen Sie. Es müssen eine ganze Reihe weiterer Tests gemacht werden.) Dieser Aufenthalt würde vorübergehend sein. In der Zwischenzeit könnten wir uns in aller Ruhe nach Heimen und anderen Pflegeeinrichtungen umsehen, um zu entscheiden, wo sie schließlich auf Dauer untergebracht werden sollte. Nach Hause zurück sei ausgeschlossen. Ihr selbstständiges Leben sei vorbei.

Schweigend fuhren wir heim.

Es war ein schöner Tag, der erste nach wochenlangem trüben Grau und Nieselregen. Die tief stehende Wintersonne warf lange Schatten über die Äcker und Ländereien. Ein Anblick, der mich hätte aufmuntern müssen, aber er bedrückte mich eher noch mehr. Es gab keinen Weg zurück aus diesem Albtraum: Meine Mutter würde nie mehr spontan drei Paar Schuhe auf einmal kaufen, zu einer Orchideenmesse fahren oder eine Bridge-Reise buchen können. Wusste sie noch, dass derlei ihr ganzer Lebensinhalt gewesen war? War ihr bewusst, wovon sie alles Abschied nehmen musste? Bekam sie mit, wie die Zeit verstrich und welche Zukunft vor ihr lag, in einem Pflegeheim, mit Anstaltsbettwäsche und Anstaltsvorhängen und Anstaltsessen aus Anstaltsgeschirr? Ich fragte mich gerade, ob sie sich vielleicht irgendwie daran gewöhnen würde und irgendwann wieder etwas genießen könnte, ob sich ihr Herz an etwas würde erfreuen können, als Peter sagte: Lass uns hier kurz Halt machen und einen Kaffee trinken.

Wir waren schon fast zu Hause.

Leicht befremdet stieg ich aus, nachdem er den Wagen bei einer Raststätte geparkt hatte. Ich folgte ihm nach drinnen. Ja, das Jackett stand ihm gut.

Bis auf jemanden, der an der Theke einen strammen Max aß, war das Lokal leer. Wir setzten uns ans Fenster und bestellten Kaffee. Die Bedienung war ein junges Mädchen mit langem Pferdeschwanz.

Wir hörten, dass es den Apfelkuchen hier heute gratis gibt, sagte Peter zu ihr.

Sie lachte: Aber nur für Stammkunden.

Die wollten wir gerade werden, sagte er.

Kichernd verschwand sie hinter der Theke.

Mein Mann verschränkte die Arme vor der Brust und schaute mich an. Sein freundliches, schmales Gesicht war wettergegerbt und weiß Gott nicht mehr faltenlos. An den Schläfen wurde sein Haar langsam grau. Er sah immer noch gut aus, und man musste nicht mit ihm verheiratet sein, um das zu finden. Dazu noch sein sonniges Gemüt. Immer einen Scherz parat. Ja, ganz sicher, ich hatte den nettesten Mann der Niederlande.

Unser Kaffee kam, und ich hielt mich damit auf, umständlich das Zuckertütchen aufzureißen.

Heleen?, sagte er.

Ausweichend fragte ich: Was machen die Jungs eigentlich heute? Sind die Paletten schon abgespritzt?

Ja. Sie dämpfen Erde für die Verkaufsbeete.

Tut mir leid, dass ich euch mit der ganzen Arbeit sitzenlasse.

Er beugte sich über den Tisch zu mir herüber und fasste meine Hand: Davon wollen wir jetzt nicht reden.

Jetzt kam's. Wir saßen hier nicht von ungefähr. Das war jetzt der Moment, den ich schon seit Monaten hatte kommen sehen. Deswegen hatte ich so oft wachgelegen. Er hatte mir etwas zu sagen. Etwas im Sinne von: Heleen, bist du dir eigentlich darüber im Klaren, dass wir seit über einem halben Jahr keinen Sex mehr hatten? Ich möchte mit offenen Karten spielen. Mir reicht's. Ich suche mir eine Frau, mit der ich hin und wieder mal schlafen kann. / Ich habe eine Frau gefunden, mit der ich hin und wieder mal schlafen kann.

Stattdessen sagte er: Sollten wir nicht in Erwägung ziehen, deine Mutter zu uns zu nehmen?

Ich schnappte nach Luft: Hilfe, nein, das ist doch wohl nicht dein Ernst, oder?

Ich finde nur, wir können das nicht unbesprochen lassen, Schatz.

Aber womöglich stellt sich heraus, dass sie rund um die Uhr beaufsichtigt werden muss! Ich kann sie doch nicht den ganzen Tag im Auge behalten.

Nein, das nicht, aber gerade tagsüber ist doch immer jemand im Betrieb.

Aber unsere Leute haben doch nicht eine Ausbildung zum Gärtner gemacht, um meine demente Mutter zu pflegen! Und sie wiederum benötigt doch fachkundige Hilfe! Oder kannst du dir etwa vorstellen, dass Willem und Adri ihr den Hintern waschen?

Du möchtest es einfach nicht, stimmt's?

Er kannte mich in- und auswendig. Er wusste genau, wie tief es bei mir saß.

Ich vergrub das Gesicht in den Händen. Kam mir wie ein Ungeheuer vor. In der Tat, ich wollte nicht für meine Mutter sorgen. (Und ich wollte auch nicht mehr mit meinem Mann schlafen.)

Gut, sagte Peter, lass uns erst mal abwarten, wie die Indikation für ihre Pflege ausfällt. Vielleicht geht es ja wirklich nicht.

Am nächsten Tag traf Francien ein. Ich holte sie schon in aller Frühe vom Flughafen ab und freute mich so sehr über den spontanen Besuch meiner Schwester, dass ich sie fast zerdrückte. In Saugatuck musste Nell vorübergehend allein mit den Pferden zurechtkommen. Das schaffte sie schon.

Die ganze Fahrt über redeten wir ununterbrochen durcheinander, und zu Hause ließen wir uns aufs Sofa plumpsen und ratschten weiter. Auch wenn wir hin und wieder in die Küche umzogen, um Tee zu kochen oder uns eine Scheibe Brot zu machen (Vollkornbrot mit altem Gouda für Francien), unterbrachen wir unser Gespräch nicht eine Sekunde.

Lizzy kam aus der Schule und hörte eine Weile staunend zu.

... also Nell sagt zu diesem Buddhisten: *So what* is *the fucking meaning of life*, und weißt du, was er ...

... und als ich mit der Schildkröte nach Hause kam, war sie so merkwürdig benommen, Lizzy ist sogar noch mit ihr beim Tierarzt gewesen, aber der konnte auch nichts feststellen, vielleicht hat sie eine Gehirnerschütterung bekommen, als ich sie in die Tasche ...

... sagte noch, dass unser Storm im Moment eines der hübschesten Fohlen ist, so wie der auf den Beinen steht, aber sag mal, hat euer Storm noch was von sich hören ...

Kopfschüttelnd verließ Lizzy das Zimmer.

Am späten Nachmittag brachen wir nach Nieuwegein auf. Unterwegs bereitete ich meine Schwester darauf vor, dass man nie wissen konnte, in welcher Verfassung man Ma gerade antreffen würde.

Das ist ja dann nichts Neues, sagte sie trocken.

Sie hatte Recht. Wenn Unvorhersehbarkeit eine olympische Disziplin gewesen wäre, hätte Ma schon mehrfach eine Goldmedaille gewonnen. Gestaltete sich das Alter vielleicht so, wie man es sich dank seiner großen Talente auf einem bestimmten Gebiet selbst eingebrockt hatte? Was für ein sarkastischer Gedanke. Ich sollte mich schämen!

Auf dem Parkplatz des Krankenhauses schaute ich, während Francien ausstieg, schnell noch eben ins Handschuhfach. Heute waren es Rosinenbrötchen. Bestimmt hatte er sie auch noch dick mit Grasbutter beschmiert. Er liebte es, andere zu verwöhnen. Wahrscheinlich malte er sich schon aus, wie er meiner Mutter jeden Morgen Tee ans Bett bringen würde, wenn sie erst bei uns wohnte. Ein versöhnlicher Mensch war mein Mann nämlich noch dazu.

In dem kleinen Laden in der Eingangshalle kaufte Francien einen großen Strauß Inka-Lilien, Mas Lieblingsblumen. Ich brachte es nicht übers Herz, ihr zu sagen, dass sie das genauso gut bleiben lassen konnte.

Erst im Fahrstuhl stellte sie ihr Geplapper ein. Sie biss sich auf die Lippen und strich sich immer wieder die Haare hinter die Ohren. Ja, das konnte einen schon nervös machen. Ich hakte mich bei ihr ein.

Wir gingen den Flur hinunter. Das graue Linoleum quietschte unter unseren Sohlen, und unvermittelt sah ich vor mir, wie ich den Rest meines Lebens Tag für Tag durch solche schaurigen Flure gehen würde, auf dem Weg zu Ma. Schlagartig holten mich die vergangenen Wochen ein. Das Erschrecken über das Plötzliche, Unwirkliche der ganzen Situation, das wie benommene Hin- und Hergefahre und die viele Organisiererei: Diese Kombination kannte ich eigentlich nur von Todesfällen. Aber hier ging es um einen Todesfall ohne Begräbnis. Meine Mutter würde mich nie mehr abends nach den Spätnachrichten anrufen, wie sie das manchmal getan hatte, wenn sie offenbar niemand anderen mehr erreichen konnte, um mir die Ohren vollzuquatschen, in welchem Zustand die Welt sei und wie alles viel besser ginge. Sie war weg, ein für alle

Mal weg. Nur ihre Hülle war noch da, mit allen ihren Bedürfnissen.

Holy Moses, murmelte ich.

Francien lachte glucksend auf: Was sagst du da?

Ach, nichts. Hier, wir sind da.

Ich steckte den Kopf zur Tür hinein. Die schwerhörige alte Dame schlief. Mas Bett war leer. Das war ein gutes Zeichen: Dann saß sie auf dem Balkon am Ende des Flurs und rauchte, dann wusste sie momentan zumindest, dass sie existierte.

Es war ein trister Balkon, ein Betonkasten mit Aussicht auf den Parkplatz. Was ihn noch trauriger machte, war der komplett geschmückte kleine Christbaum, den irgendwer in wohlmeinender Absicht hier aufgestellt hatte. Frohe Weihnachten!

Und ja, da saß sie, auf einem Plastik-Gartenstuhl, wie es sie im Dutzend billiger gibt. Ein wenig fröstelnd, in Morgenrock und Mantel, das Kondom schief auf dem Kopf. Sie erinnerte mich an ein Kleidungsstück, das in einem dunklen Schrank vergessen auf einem Bügel hängt.

Francien stockte hörbar der Atem.

Ich sah sofort, dass Mas Zigaretten wieder für neue Brandlöcher in ihrem Mantel gesorgt hatten. Am liebsten hätte ich mich mit ausgebreiteten Armen vor sie gestellt, um meiner Schwester den Anblick zu ersparen.

Mamilein? Francien hielt den Blumenstrauß hoch und machte tapfer einen Versuch, schelmisch zu blicken. *(Surprise! Let's party!)*

Ma fuhr zusammen. Wild riss sie die Augen auf. Auf ihrem Gesicht zeichnete sich ein heftiger Widerstreit zwischen Schrecken, Unglauben und Erstaunen ab. Dann begann sie zu strahlen. Mit rudernden Armen stürzte sie auf Francien zu und presste sie an sich, während sie selig ausrief: Ich bin sehr verliebt!

Ich ließ die beiden kurz allein und ging in Mas Zimmer, um nachzusehen, was ich an Wäsche mitzunehmen hatte. Räumte und kramte dort eine Weile herum. Riss vom Tageskalender, den ich am Bett aufgehängt hatte, das Blatt vom vergangenen Tag ab. Wieder eine leere Seite. Komm doch, Elly! Kommt doch, ihr Mädels vom Bridgeclub! Ich nahm mir vor, das Telefonregister später mit nach Hause zu nehmen und sie abends wieder mal alle anzurufen. Peter hatte kürzlich noch gesagt, dass wir ihnen zu Weihnachten vielleicht ein paar Pflanzen schicken könnten, um sie zu erpressen.

Wenn doch mal jemand kommen würde! Vielleicht könnte ich dann hin und wieder eine Besuchszeit auslassen.

Mit einer Plastiktasche voll Schmutzwäsche ging ich zum Balkon zurück.

Ma war dabei, Francien mit heftigen Gebärden eine Geschichte zu erzählen. Die Verwirrung stand meiner Schwester ins Gesicht geschrieben. Sie presste die Inka-Lilien an ihre Brust und warf mir einen hilfesuchenden Blick zu.

Offenbar war ich schon ziemlich abgehärtet, denn ich fand, dass Ma in Topform war. Sie beklagte sich unmissverständlich darüber, dass sie tagaus, tagein keine Menschenseele zu Gesicht bekam.

Aber Heleen kommt doch jeden Abend?

Heleen? Ach wo. Die seh ich nie.

Meine Schwester machte ein Gesicht, als verstehe sie nur noch Bahnhof.

Schau mal, was Francien dir mitgebracht hat, sagte ich zur Ablenkung.

Meine Mutter blinzelte ein paarmal und stampfte mit dem Fuß auf. Dumm von mir, ich hätte nicht einfach das Thema wechseln dürfen. Jetzt hatte sie den Faden verloren und drohte wieder in Panik auszubrechen.

Inka-Lilien, sagte Francien, hier, für dich.

Ma nahm den Strauß entgegen, als handelte es sich um einen Dynamitstab.

Ermunternd forderte meine Schwester sie auf: Riech mal, sie sind wirklich frisch, das würde man nicht erwarten in so einem … Was tust du denn?

Ma hielt sich die Blumen ans Ohr. Nach einem kurzen Moment sagte sie unsicher: Ich höre gar nichts.

Riech doch mal, sagte Francien, stell dich doch nicht so …

Wollen wir eine Vase holen?, versuchte ich einzulenken.

Was machst du denn hier?, schrie meine Mutter, als bemerkte sie mich jetzt erst.

Erschrocken hielt ich die Tasche mit der Wäsche hoch: Ich komme deine Wäsche holen.

Nichts da! Nichts da! Gleich kommt Seel, gleich kommt Heel, Leen kommt gleich, Seen! Heseel macht ihre Windeln! Nur Heseel!

Mein Gott, Mutter, sagte Francien mit bebenden Lippen, aber das hier *ist* …

Heseel fläudert für sie!

Ich wusste nicht, wo ich es herholte, aber ich sagte so ruhig wie möglich: Soll ich die Wäsche Heleen geben? Ist dir das recht?

Hemeel soll das machen!

Ja, das stimmt. Du hast völlig recht. Ich bringe alles für dich zu Heleen.

Der Schweiß stand ihr auf der Stirn. Aber sie schien sich zu beruhigen. Nach einigen Augenblicken sagte sie ein wenig mürrisch: Na gut.

Das wär dann erledigt, nicht, Mama?

Sie nickte, sichtlich ermattet.

Francien hatte die Hände vors Gesicht geschlagen. Ich sah Tränen zwischen ihren Fingern hervortropfen.

Peter hatte Erbsensuppe gemacht, mit Mettenden drin, und dazu Schwarzbrot mit Speck.

Francien aß kaum etwas. Sie war kreidebleich. Erst beim Abwasch schien sie den Schreck ein bisschen überwunden zu haben. Während sie abtrocknete, begann sie Erinnerungen wachzurufen. Weißt du noch, wie Ma immer ... Weißt du noch, dass sie damals ... Oder einmal, als sie ... Das eine Mal zum Beispiel, als sie aus einer verrückten Laune heraus die Küche rot streichen wollte und mittendrin den Mut verlor (aber ohne eine Miene zu verziehen behauptete, sie hätte zu wenig Farbe gekauft und die Farbe wäre nicht mehr vorrätig). Oder als sie uns aufgeregt aus dem Bett holte, um Sternschnuppen anzugucken (es war eine laue Sommernacht, und sie hatte Limonade für uns gemacht, die vielversprechend nach Erdbeeren roch, aber nach nichts schmeckte). Damals, als sie mit einer Lockenschere nach Hause kam, die sie, ohne ihren Mantel auszuziehen oder die Gebrauchsanweisung zu lesen, Hals über Kopf in Betrieb setzte (wonach sie wochenlang nicht mehr vor die Tür ging, weil sie sich eine dicke Haarsträhne abschneiden musste, die sich in der Schere verheddert hatte). Oder als sie voller Enthusiasmus zu einem Webkurs ging, weil in ihrem Horoskop gestanden hatte, dass sie ihre künstlerischen Seiten entfalten müsse (sodass sich unser Haus mit abscheulichen Brücken und Läufern anfüllte, über die Vater schließlich stolpern und sich eine große Zehe brechen sollte).

All diese Projekte von ihr, sagte Francien, die nie zu etwas führten. Weißt du noch, das eine Mal …

Sonderbar eigentlich, dass jedermanns Kindheit aus einer Reihe fester Anekdoten besteht. Es muss so viel mehr geschehen sein als diese Handvoll erinnernswerter Vorfälle. Warum wissen wir kaum noch etwas von dem Alltäglichen, in das unser Leben so sicher und herrlich langweilig gebettet war? Fotos wurden davon übrigens auch nie gemacht. Schaut man in ein Album, dann herrschte offenbar alle Tage eitel Sonnenschein, immer hatte irgendwer Geburtstag, unaufhörlich wurden Ausflüge gemacht, waren Ferien, gab es etwas zu feiern. Nie ein Schnappschuss vom Schlangestehen beim Fleischer oder vom Kauf neuer Handtücher, vom stummen Fernsehgeglotze, von den täglich wiederkehrenden gemeinsamen Mahlzeiten, vom Aufpumpen eines Fahrradschlauchs oder von den Momenten der Langeweile.

Meine Schwester reichte mir einen Stapel sauberer Teller. Sie sagte: Und als du im Krankenhaus lagst, weißt du noch, da hat sie das halbe Haus …

Rasch unterbrach ich sie: Und die ewige Umtauscherei! Freuten wir uns gerade über etwas, musste es wieder in den Laden zurück.

Du warst nicht dabei, Heleen, aber ehrlich, da hat sie …

Ja, ja, ich kenne die Geschichte.

Papa dachte, sie sei komplett verrückt geworden. So böse hatte ich ihn noch nie gesehen.

Und trotzdem war er vernarrt in sie.

Tja, Gegensätze ziehen sich an, ist doch verrückt, nicht, sagte Francien nachdenklich.

Ich war froh, dass ich das Gespräch wieder in sichere Bahnen gelenkt hatte. Zur Beschwörung legte ich kurz die Hand auf meine Brust. Durch die Wolle meines Pullovers hindurch fühlte ich die Narbe. Trotzdem war es schön, dass Francien immer so unbekümmert über diese Geschichte sprach.

Zum Glück muss er das jetzt nicht mehr erleben, sagte sie.

Nein, das wäre furchtbar für ihn gewesen.

Wir schwiegen kurz. Ich ging daran, uns einen Kaffee zu machen.

Mein Vater hatte meine Mutter auf Händen getragen, sie war das Licht in seinen Augen, aber ihre Ehe war nicht einfach gewesen. Er fiel lieber nicht unangenehm auf, während sie erst glücklich war, wenn es verrückt zuging. Er arbeitete sein Leben lang ohne die geringsten Karrieregelüste in der Stadtbücherei, während in ihr unerfüllbare Ambitionen und Aspirationen brodelten. Er war mit seinem geliebten täglichen Spaziergang zufrieden, sie wünschte sich nichts sehnlicher als eine Reise um das Kap der Guten Hoffnung oder eine Expedition zum Südpol. Je mehr er sich am Normalen erfreute, desto versessener war sie auf das Ausgefallene. Sie wollte sich hervorheben, sie wollte zeigen, wer sie war.

Vor neunzehn Jahren starb mein Vater, kurz nach seiner Pensionierung, wie so viele Männer seines Schlags – als hätte er nicht gewusst, was er mit dem Rest seines Lebens anfangen sollte, nun, da er nicht mehr acht Stunden am Tag an einem Schreibtisch zubringen musste. Ma saß monatelang apathisch auf dem Sofa, nahm fünfzehn Kilo ab, musste Tabletten schlucken, um schlafen zu können. Es erstaunte Francien und mich, wie niedergeschmettert sie war. Sie hatte überhaupt keinen Mumm mehr. Vorbei war es mit den wilden Plänen. Vielleicht hatte der Spaß für sie ja immer zur Hälfte darin bestanden, dass sie sich damit abheben konnte. Was hatte es schon gemacht, dass die meisten ihrer Projekte von vornherein nicht zu verwirklichen waren? Wenn etwas danebenging, hatte es ja nie an ihr gelegen, sondern an »Dicks hemmendem Einfluss«, wie sie es nannte. Nun, da er nicht mehr war, fiel es ihr wohl erheblich schwerer weiterhin zu glauben, dass sie die tatkräftige, abenteuerlustige, extravagante Frau war, die sie so gern sein wollte.

Als Frau von Welt sah sie sich. Doch nun tat sich zu ihren Füßen ein Abgrund an ganz unspaßigen Dingen auf, deren Vorhandensein sie nie für möglich gehalten hätte: Ein Steuerformular war ihr noch nie unter die Augen gekommen, was eine Einzugsermächtigung war, wusste sie nicht, und selbst eine Überweisung vom Girokonto kam für sie einem Mysterium gleich.

Aber wahrscheinlich vermisste sie meinen Vater auch aus ganz anderen Gründen. Vermisste ihn aufrichtig. Sie war mindestens zwei, drei Jahre lang völlig aus dem Konzept.

Das Wetter blieb die ganze Woche schön. Francien und ich radelten oft zum Langevelderslag, wo wir auf den mit Muschelkalk bestreuten Wegen durch die Dünen streiften oder am verlassenen Strand entlangliefen, stundenlang.

Einmal gingen wir nach unserem Spaziergang in der »Oase« am Strandausgang Pfannkuchen essen. Mit Sirup schrieben wir unsere Namen darauf, genau wie früher, wenn wir bei unserer kinderlosen alten Nachbarin essen durften. Wir kleckerten herum, als wären wir ausgelassene kleine Mädchen und nicht Frauen mittleren Alters.

Man brauchte gar nichts zu tun, es kam ganz von allein: Mit einem Mal war man eine Frau von fast fünfzig. Blöder ging's nicht. Keine Schlagzeile wert.

Mit vollem Mund sagte ich zu Francien, dass ich selbst kaum glauben konnte, wie steif ich morgens aus dem Bett kam, und wie eigenartig es war, keine Taille mehr zu haben, und unvermittelt war ich beim Thema Sex, auf den ich neuerdings überhaupt keine Lust mehr hatte, ja vor dem mir, ehrlich gesagt, schon beim bloßen Gedanken derart grauste, dass mir die Haare zu Berge standen. Fass mich nicht an. Lass mich in Ruhe. Setz bloß nicht diesen Blick auf.

Mitleidig sagte meine Schwester: Männer gehen in diesem Alter aber auch alle so aus dem Leim, nicht? Wen reißt denn das noch vom Hocker?

Ach, sagte ich. Ich war in dieser Hinsicht nun schon seit Monaten unsicher und verkrampft, fühlte mich auch auf eine unangenehme, unsinnige Art schuldig, doch das war eine völlig neue Sicht der Dinge. In seinem hübschen Jackett machte Peter zwar noch einiges her, aber wie sah es unter den Kleidern aus? Dieses kratzige, farblose Brusthaar, das er neuerdings hatte, und sein immer dichter behaarter Rücken nicht zu vergessen. Auch sonst sprossen bei ihm plötzlich überall Haare, sie kamen ihm aus der Nase und den Ohren. Und dann diese Fettbeulen auf seinen Schultern. Oder sein schwabbliger, weißer Bauch mit dieser Querfurche drin und darunter die auf ungleicher Höhe hängenden Hoden, schrumplig wie überlagerte Birnen. Und sein Geschlechtsteil, hm, womit ließ sich das am besten vergleichen? Mit dem nassgekauten Zigarrenstummel eines Tulpenbauern auf dem Großmarkt?

Ich kam gerade so richtig in Fahrt, als mich unvermittelt eine Welle der Liebe und des Mitleids erfasste. Vor wem konnte er sich noch ausziehen, wenn nicht vor mir? Ich dachte: Wir werden alt, Schatz. Wir werden zusammen alt, du und ich.

Francien und ich bezahlten und gingen hinaus. Der Wind hatte kräftig aufgefrischt, aber wir hatten ihn jetzt wenigstens im Rücken. Die Rückfahrt nach De Zilk würde ein Kinderspiel sein.

Nebeneinander her flitzten wir auf dem Radweg durch die das Meer säumende, fahlgelbe Dünenlandschaft, die nach einigen Kilometern fast nahtlos in kahle Tulpenfelder überging, auf denen eine schützende Strohschicht schimmerte. Beim Anblick der kerzengerade gepflügten Furchen in den unbewachsenen Äckern war mir, als schaute ich auf das fein säuberlich freigelegte Skelett der Erde, solide und zuverlässig. Dieses Leere, Übersichtliche eines Tulpenfelds im Winter. Für die Dramatik ein schöner Wolkenhimmel darüber, und für die Perspektive ein ferner Kirchturm, ein Knick, ein Birkenwäldchen, eine Scheune. Großartig.

Zu Hause pflanzten Willem und Adri gerade blaue Winterstiefmütterchen längs der Auffahrt ein. Peter wollte dort für die verkaufsoffenen Tage auch immer Zierkohl haben – ein alljährliches Kräftemessen zwischen uns beiden. Sowie ich die Fahrräder weggestellt hatte, ging ich kontrollieren, ob er nicht womöglich schon irgendwo ein paar Kisten von diesem modischen Schnickschnack versteckt hatte.

Kurz bevor Francien in die Staaten zurückflog, bekam Ma einen Platz im Pflegeheim, bis auf Weiteres, zur Rehabilitation. Wir holten sie zusammen ab, packten ihre paar Sachen ein, verabschiedeten uns von ihrer Zimmergenossin und vom Pflegepersonal und fuhren sie zu dem idyllisch am Waldrand gelegenen Heim »Sonnenhügel«.

Ma saß hinten im Auto, bat wiederholt um eine Haube (das verstanden wir jedenfalls), war aber ansonsten friedlich. Sie hatte bestimmt ein Beruhigungsmittel bekommen.

Heim »Sonnenhügel« machte seinem Namen alle Ehre.

Es war ein Gebäude mit viel Glas und einer ansehnlichen Terrasse, auf der man in Gedanken gleich Blumenkübel und Sonnenschirme in lieblicher Frühjahrssonne stehen sah. Drinnen war es auch nicht übel. Die Eingangshalle war groß und hell, und daran angrenzend gab es eine Kaffeebar, einen kleinen Laden und einen Friseursalon. Im Erdgeschoss befand sich die somatische Abteilung, für die Rehabilitation nach einem Unfall oder einer Operation; zur psychogeriatrischen Abteilung mussten wir nach oben. Wir wurden dort von einem jungen Pfleger mit Rastalocken erwartet. Hi, sagte er, ich bin Bill.

Ma weigerte sich, ihm die Hand zu geben. Sie stand dabei, als ginge sie die ganze Situation nichts an, mit zur ausdruckslosen Maske versteinertem Gesicht.

Wir erhielten eine kurze Führung. Mit aller Kraft fanden wir alles ganz normal.

Im Aufenthaltsraum hämmerte ein steinalter Mann mit Glatze mit seinem leeren Kaffeebecher auf den Klavierdeckel, während drei andere Patienten vor einem plärrenden Fernseher dösten. Nebenan, in einem Raum voller Staffeleien und allerlei buntem Bastelzeug, falteten einige Alte, knorrig wie alte Eichen, in tödlicher Stille Kronen aus Silberpapier. Die sind schon fürs Weihnachtsessen, sagte Bill, Sie kommen doch auch, um Ihrer Mutter Gesellschaft zu leisten, nicht? Auf dem Flur rief jemand: Schwester, Schwester, ich muss mal! Und als sei das ein Zeichen, begann eine der faltenden alten Damen mit schriller Stimme *Tulpen aus Amsterdam* zu singen.

Das ist Frau van Dam, stellte Bill sie vor. Die liebt die Geselligkeit, nicht, Frau van Dam?

Danach gingen wir zu dem für meine Mutter frei gewordenen Zimmer in der Mitte des Flurs, gegenüber vom Stationszimmer. Ein Einzelzimmer sogar, eines der wenigen der Abteilung, sagte Bill. Darin standen nicht nur ein Bett und ein Nachttisch, sondern auch ein kleiner runder Tisch mit drei Stühlen. Elly würde sagen: Was hat Margriet doch immer für ein Glück!

Bill zählte noch einige Informationen an seinen Fingern ab. Ein Telefonanschluss war vorhanden, aber um einen Apparat und den Vertrag mit der Telefongesellschaft mussten wir uns selbst kümmern; einen Fernseher konnten wir intern beantragen; falls wir Gebrauch von der Wäscherei im Haus machen wollten (Preisliste je nach Art der Kleidung auf Anfrage vorhanden), mussten sämtliche Kleidungsstücke von uns mit Namensschildchen versehen werden; Probleme mit Gebiss, Brille, Stützstrümpfen oder anderen speziellen Hilfsmitteln betrachtete man als Angelegenheit der Angehörigen; Friseurbesuche waren intern möglich, aber natürlich nur nach vorheriger Vereinbarung; die Verwaltung erbat eine Kopie der Versicherungspapiere; der Psychologe ließ schon mal ein paar Hausaufgaben in Form von Broschüren über CVA und Aphasie überreichen; die Logopädin bat darum, ein Schreibheft zu besorgen und in Mas Zimmer zu hinterlassen, damit Angehörige und Pflegepersonal darin Fragen, Beobachtungen und Erfahrungen austauschen konnten. Besuche waren den ganzen Tag über erlaubt, falls sie sich nicht mit Mas Rehabilitationsprogramm überschnitten, das hoffentlich gleich im neuen Jahr vorliegen würde. Die ersten Wochen des Aufenthalts dienten hauptsächlich der Beobachtung.

Da kommt noch eine Menge Eigenbeteiligung auf dich zu, sagte Francien verschreckt, als Bill uns allein gelassen hatte. Meinst du, du schaffst das, Heleen?

O ja, sagte ich. Wie löste ich zunächst mal die Sache mit der Etikettierung der Kleider? Wenn ich Mas Sachen gleich jetzt mit nach Hause nahm, saß sie ohne da. Besser, ich holte wieder das eine und andere aus ihrer Wohnung und nähte zu Hause Namensschildchen hinein. Als Reha-Patientin benötigte sie hier schließlich auch viel mehr Kleidung.

Na, Mamilein, sagte Francien, wie gefällt es dir?

Ma zeigte keinerlei Regung. Den Mantel noch an, saß sie auf einem der Stühle am Tisch, als wäre sie zu Besuch hier, doch als wir ihre Unterwäsche und Toilettenartikel auspackten und in den Wandschrank legten, erschrak sie. Nein, stammelte sie, nein, nach Haube! Sie sprang auf, riss Francien die Tragetasche aus der Hand und begann, ihre Habseligkeiten wieder hineinzustopfen.

Du lieber Himmel, sie wollte nach Hause, in ihre Wohnung, das war es. Deshalb war sie im Auto so lammfromm gewesen: Sie dachte, wir würden sie nach Hause bringen. Nach Hause, wo dieses Horrorkapitel wie durch Zauberhand beendet sein würde. Ja, sobald sie wieder sicher zwischen ihrem Nippes und ihren Orchideen saß, würde das Leben ganz von selbst seine vertraute Gestalt wiederbekommen. Zu Hause würden die Dinge wie immer einfach sie selbst sein und die Menschen begreiflich und voller Verständnis und Anerkennung für alles, was sie vorbrachte. Etwas in der Art musste in ihr vorgehen.

Ich versuchte, ihr die Tüte zu entwinden: Mam, du

darfst noch nicht nach Hause, hat der Arzt gesagt. Du musst noch eine Zeit lang hierbleiben. Hörst du mich? Das hat der Arzt gesagt.

Sie wurde leichenblass.

Komm, gib mir mal deinen Mantel, sagte Francien, dann häng ich ihn für dich auf.

Kein Geflaus!, rief Ma ängstlich. Oh, wie ließen wir sie im Stich! Was für Verräterinnen waren wir! Wir hatten sie nur aus dem Krankenhaus abgeholt, um sie in die nächste Hölle zu schubsen.

Unsinnigerweise brachte ich vernünftige Argumente vor, eher um meinet- als um ihretwillen: Du bist krank, Mama. In deinem Kopf hat etwas ausgesetzt, weißt du noch? Du kannst doch jetzt nicht alleine einkaufen gehen und Essen kochen! Das ist zwar nicht schön für dich, aber du wirst hier wirklich …

Kreischend rannte sie aus dem Zimmer.

Francien und ich standen einen Augenblick lang wie gelähmt da. Dann nahmen wir die Verfolgung auf.

Mama!

Mamilein!

Was musste das für ein Anblick sein, wie wir auf unseren auch nicht gerade blutjungen Beinen schreiend hinter unserer alten Mutter herstöckelten. Entgeisterte Gesichter erschienen in Türrahmen. Haltet den Dieb!, rief ein hochbetagter Herr im Rollstuhl, der uns mitten auf dem Flur den Weg versperrte. Er drohte mit dem Zeigefinger: Das gibt eine Anzeige! Das gibt …

Go fuck yourself, schnauzte Francien ihn an und trabte weiter.

Bill!, schrie ich.

Meine Mutter hatte bereits die Fahrstühle erreicht. Ich sah sie blindlings auf die Knöpfe drücken. Sie zitterte so sehr, dass sie schon fast mit der Stirn gegen die Wand schlug. Mit dem einen Bein stampfte sie auf.

In all seiner Schrecklichkeit war es doch auch ein ehrfurchtgebietender Moment: Meine Mutter gab sich nicht geschlagen, meine Mutter gab nicht einfach die Regie aus der Hand, irgendwo war meine Mutter immer noch sie selbst, vielleicht sogar ganz und gar.

Und dann kam Bill angestürmt, mit wehenden Rasta-Troddeln. Er fasste Ma um die Mitte, riss sie vom Fahrstuhl weg und schob uns in ihn hinein. Entschuldigung, meine Damen, sagte er, aber es geht oft besser, wenn sich die Angehörigen mal ein Weilchen raushalten.

Ich hielt mich also einige Tage zurück. Brachte Francien weg, bezwang beim Abschied meine Tränen. Kaufte mit Lizzy ein ganzes Weihnachtspaket für Storm zusammen und schickte es an seine letzte Poste-Restante-Adresse in Australien. Versuchte meine Tochter dabei en passant mit ein paar neuen Kleidungsstücken auszustatten (was anderes als Schwarz würde dir bestimmt auch sehr gut stehen, Lizzy), was mir aber misslang. Ansonsten beantwortete ich die am laufenden Band auf unserer Homepage eingehenden E-Mails, denn im Dezember versuchen die Lenzrosenliebhaber im ganzen Land, ihre Pflanzen zum Blühen zu bringen.

Vermeiden Sie Torf, schrieb ich; Kompost, Lehmboden, Kies und Kalk ergeben das beste Substrat; keine Hostas neben die Pflanzen setzen; bei Rost das befallene Blatt sofort entfernen; Achtung vor Zugluft.

Unser eigener Schaugarten sah vielversprechend aus. Dort war unsere Privatkollektion gepflanzt, unter alten Haselnusssträuchern, die schon erste gelbe Blüten austrieben. Wir hatten dort auch winterblühenden Jasmin und Prunus stehen und natürlich Mahonie, Skimmia und Viburnum, Erika, Immergrün und Kornelkirsche. In drei Wochen würde es ein einziges Blütenmeer sein. Verkehrte Welt, sagten verdutzte Besucher manchmal: Mitten im Winter, wenn die Natur im Koma zu liegen und so gut wie tot zu sein schien, spazierte man hier bei uns durch einen blühenden Lustgarten.

Der Winter ist eine von vielen Gartenliebhabern unterschätzte Jahreszeit. Wirklich.

Peter arbeitete wie ein Pferd, um die Gewächshäuser, in denen wir unsere Farne und Schattenpflanzen züchten, vorzeigbar zu machen. Er war zu beschäftigt, um an eine Berührung zu denken, wenn ich ihm seine Thermosflasche Kaffee brachte. Manchmal musste ich unversehens daran denken, wie wir hier früher oft zwischen den Farnen geknutscht hatten, und dann kam ich mir wie eine Figur aus dem Märchen vor, die von einer bösen Hexe in ewigen Schlaf versetzt worden war.

Die meiste Zeit aber dachte ich wohl oder übel an meine Mutter. Sprach sie jetzt im Sonnenhügel auch verzweifelt in die Fernbedienung des Fernsehers? Oder faltete sie gemeinsam mit den anderen Zombies Kronen aus Silberpapier? Und waren die Nachkommen all dieser Zombies auch so niedergeschlagen, wenn sie daran dachten, dass ihr Vater oder ihre Mutter von nun an zu dieser Art von Gesellschaft verurteilt war?

Hi, sagte Bill, ja, hier Bill, ich wollte kurz anrufen, um Ihnen auszurichten, dass Ihre Mutter nicht genug Kleidung hier hat, zumal in Anbetracht ihrer Inkontinenz, und auch, um Sie an das Weihnachtsessen zu erinnern. Und falls Sie morgen zum Essen herkommen, wäre es eine große Hilfe, wenn Sie Ihre Mutter zur Benutzung von Inkontinenzmaterial ermuntern würden.

Wir hatten bei uns im Ort keine Drogerie, aber der Drogist in Hillegom kannte mich. Als ich um Inkontinenzeinlagen bat, sagte er mitfühlend: Sicher für deine Mutter, nicht wahr?

Am Heiligabend fuhr ich mit einer Packung von den Dingern zum Sonnenhügel, nachdem ich noch schnell in Mas Wohnung in Nieuwegein gewesen war und zusätzliche Kleidung aus dem Schrank geholt hatte. Früher oder später musste ich die Wohnung ausmisten. Über jedes Teesieb, jedes Bild und jedes Buch würde ich eine Entscheidung fällen müssen, über jeden Gegenstand, der für meine Mutter eine persönliche Bedeutung gehabt hatte und mir allein deswegen schon zuwider war. Lieber noch nicht daran denken.

Auf dem Parkplatz nähte ich blitzschnell die von zu Hause mitgebrachten Namensschildchen in Mas Sachen. Allmählich wurde ich richtig professionell.

In der Eingangshalle las die Rezeptionistin kichernd in *Bridget Jones – Schokolade zum Frühstück*. Beneidenswert, wenn man sich um nichts anderes zu sorgen brauchte als um sein Gewicht, seinen Alkoholkonsum, seine Versuche, mit dem Rauchen aufzuhören, und die Eroberung von Mark Darcy. Die Liste meiner Probleme sah anders aus. Ich war eher eine Bridget Jones für Fortgeschrittene. Bei weitem nicht so lustig.

Auf der Station stand meine Mutter mitten im Flur und schnippte stumm mit einer Nagelschere in die Luft. Es ging ganz präzise zu: Ich konnte sehen, dass sie sorgfältig imaginäre Formen ausschnitt. Sie hatte einen mir unbekannten grauen Jogginganzug an (meine Mutter im Jogginganzug!) und machte einen apathischen, desinteressierten Eindruck. Erst nach geraumer Zeit hörte sie auf zu schnippen. Ach, du bist es, sagte sie lustlos wie jemand, der längst alle Hoffnung auf Rettung hat fahren lassen.

Ich musste mich noch von dem Schock berappeln, den ihr Anblick ausgelöst hatte, als ich Bill hinter der Scheibe des Stationszimmers winken sah. Er hatte eine rote Zipfelmütze mit weißem Pompon auf. Ich hielt die Packung Inkontinenzeinlagen hoch. Aus irgendeinem Grund fing er schallend an zu lachen.

Ein wenig bedeppert ging ich mit Ma in ihr Zimmer. Hatte ich Bills Anweisungen falsch verstanden? Beschloss, den Stier nichtsdestotrotz bei den Hörnern zu fassen, denn wozu hatte ich die Dinger schließlich mitgebracht. Setzte mich mit meiner Mutter an den Tisch und öffnete die Packung: Schau mal, das sind Einlagen, damit deine Hose schön trocken bleibt. Wenn du die jetzt immer …

Sie wandte den Blick ab. Verstand sie mich und schämte sich?

Nein, sie beugte sich hinunter und öffnete die große

Tasche mit Kleidung, die ich auf den Boden gestellt hatte. Mit interessierter Miene zog sie eine knallblaue Seidenbluse heraus. Sie strich über die Ärmel. Ist das aber schwund gemacht, sagte sie innig.

Ein lichter Moment: Ich musste blitzschnell umschalten.

Schau mal, sagte sie begeistert, diese winzigen Schumpel! Wie Küken!

Sie war immer auf schöne Dinge versessen gewesen, auf alles, was glänzte, glitzerte und funkelte, und jetzt hockte sie hier, in einem unförmigen Jogginganzug, der ihr nicht gehörte, an einem billigen Sperrholztisch, auf dem ein fleckiges Wegwerfglas stand.

Sie kriegte sich gar nicht mehr ein: Und die Knopfings. Alle auf halb zwölf!

Ich witterte meine Chance: Möchtest du sie anziehen, zum Weihnachtsessen? Mit einer hübschen Hose dazu?

(Gott nochmal, ich sehe es plötzlich wieder haargenau vor mir. Über die Hose wollte ich, sehr schlau, wie von selbst wieder auf die Einlagen zu sprechen kommen. Hoffentlich gelingt es mir, das alles verständlich zu schildern.)

Es kam zu einem unbeholfenen Kleiderwechsel, bei dem sie Arme und Beine hölzern und mit mangelnder Koordination bewegte, während ich so an ihren Kleidern zerrte, dass es auch ja nicht zu einem Körperkontakt kam. Wir hatten nie zu der Sorte Mutter und Tochter gehört, die sich in einem Geschäft in der Ankleidekabine gegenseitig in ein neues Stück hineinhalfen, denn dabei hätte sie mich ja ansehen müssen. Der sonst stets bedeckte Teil ihres Körpers war mir unbekannt und erschreckte mich. Ihre Haut, ihre schöne Haut, auf die sie ihr Leben lang zu Recht stolz gewesen war, hing ihr so schrumplig und verdörrt um die Knochen, dass ich an Fischschuppen denken musste. Ihre Brüste unter einem der Spitzenhemden, von denen ich einen ganzen Stapel für sie eingepackt hatte, schienen nur noch leere Säckchen zu sein. Der Hemdsaum war mit Urinspritzern befleckt. Wie hätte ich sie je ihrem Schicksal überlassen können? Man musste schon ein Herz aus Stein haben, um das überhaupt nur zu erwägen.

Sowie sie angezogen war, lotste ich sie eifrig zum Spiegel über dem Waschbecken: Siehst du, hübsch, nicht? (Wie sehr ich ihr doch mit dem Älterwerden zu ähneln begann. Die gleiche Oberlippe, die gleichen hängenden Augenlider, das gleiche Doppelkinn.)

Sie bewegte das Gesicht auf das Glas zu und starrte sich aus allernächster Nähe verständnislos an. Verwundert sagte sie: Kennst du die?

Es schnürte mir die Kehle zu: Ja, das sind du und ich.

Sie sah mich an, als hätte ich einen dummen Witz gemacht. Doch dann erhellte sich ihre Miene plötzlich, als habe sie etwas wiedererkannt. Während sie erneut über die Ärmel der Bluse strich, rief sie aus: Ich hab zu Haube fast genau so ein Kleid! Ein ganz teures Kleid, weißt du. Das flimmst du nie.

So konnte es einem also gehen: Man schaute in den Spiegel und erkannte sich selbst nicht mehr. Und derweil pumpte das Herz unverdrossen Sauerstoff durchs Blut, die Nägel hörten nicht auf zu wachsen, man machte den Mund auf, und es kamen nach wie vor Laute heraus, und, nicht zu vergessen: Die Nieren produzierten weiterhin Urin.

Ich legte los: Aber jetzt noch mal kurz was anderes, Mama. Diese Hose, die du jetzt anhast, ist auch sehr teuer. Die wollen wir doch nicht schmutzig machen, oder? Deshalb hab ich dir spezielle Einlagen mitgebracht.

Argwöhnisch schaute sie zu, wie ich eine Einlage aus der Verpackung nahm. In dem Moment klopfte es, und Bill steckte den Kopf zur Tür herein.

Hinter vorgehaltener Hand tuschelte meine Mutter mir zu: Das ist Bill.

Hallo Bill, sagte ich.

Hi, sagte er. Aber Sie brauchen doch nicht selbst Einlagen mitzubringen, so war das nicht gemeint. Die haben wir hier. Nur ihre Benutzung muss gut geübt werden. Das versuchen wir jetzt schon seit mehreren Tagen, aber es will einfach nicht in ihren Kopf.

Und weg war er wieder.

Siehst du, Mam, begann ich wieder, du hörst es. Da erst wurde mir bewusst, dass sie sich an seinen Namen erinnert hatte. Und dass sie mich vorhin, als ich kam, auch erkannt hatte, obwohl sie da noch so apathisch gewirkt hatte. Vielleicht hatte ich mich eben vor dem Spiegel getäuscht. Vielleicht hatte sie nur vergessen, wie man das machte, sich selbst betrachten. Wie man dabei reflexartig alle Züge so zu arrangieren verstand, dass man genau das Bild zu sehen bekam, das man erwartete. Fotos! Das war's! Ich würde hier ein paar Fotos von ihr aufhängen, damit sie sich ihren eigenen Anblick zurückerobern konnte.

Was willst du denn *damit*?, fragte sie, auf die Einlage zeigend, die ich in der Hand hielt.

Man musste die Dinge anschaulich machen, darauf kam

es an. Bloßes Reden führte unter diesen Umständen zu gar nichts. Also öffnete ich den Reißverschluss meiner Hose, zog sie in der Deckung meines langen Pullovers mitsamt meinem Slip runter, stopfte die Einlage hinein und zog das Ganze wieder hoch: Siehst du, Mama? So benutzt man die Dinger.

Perplex schaute sie auf meinen Schritt, und sah mich dann an. Aber das ist ja die Lösung für dich, Heleen, sagte sie warm.

Das Weihnachtsessen – eigentlich ein Vorweihnachtsessen, damit wir morgen alle ganz normal zu Hause tafeln konnten, mit dem Teil unserer Familie, der noch bei Sinnen war – fand im Aufenthaltsraum statt, der mit Stechpalmenzweigen und Tannengrün geschmückt war. Man hatte lange Tische aufgestellt und mit rotem Krepppapier gedeckt. An jedem Platz lagen eine silberne Krone und eine Karte, auf der die Speisenfolge stand: Krabbensuppe, Putenbraten mit Kartoffelpüree, Preiselbeeren und Rosenkohl und Mousse au Chocolat (mit Überraschung) zum Nachtisch.

Ein ambitioniertes Mahl. Na bitte, meine Mutter wurde hier bestens versorgt.

Hinter Rollatoren ächzend, in Rollstühlen unterschiedlichsten Formats geschoben oder auf den Arm eines Angehörigen gestützt kamen die Bewohner herein. Pflegekräfte liefen hin und her, um jedem einen Platz zu verschaffen. Bill ging mit einem Tablett herum, auf dem Plastikbecher mit Rotwein standen. Eine der Schwestern hatte sich ans Klavier gesetzt und *Stille Nacht* angestimmt. Es war ein zartes junges Mädchen mit Mausehaar und Fingern so dünn wie Lollistielen: Kaum vorstellbar, dass so ein junges Ding qualifiziert war, in einer Abteilung wie der hier zu arbeiten.

Mir gegenüber saß eine zerbrechliche Dame, die ich als Frau van Dam wiedererkannte: Ist denn schon wieder Sinterklaas?

Ihre Tochter (es musste ihre Tochter sein, die beiden sahen sich genauso ähnlich wie Ma und ich) entgegnete: Nein, Mutter, jetzt ist Weihnachten.

Wahrscheinlich führte man an allen Tischen die gleichen Gespräche. Auffällig übrigens, dass nur wenige Patienten Söhne zu haben schienen. Fast alle waren in Begleitung von Töchtern, Frauen mittleren Alters wie ich. Manche hatten sich schon ihre Krone aufgesetzt und sangen unerschütterlich zur Klavierbegleitung. Das waren handfeste Frauen, die bei jedem Hindernis, das sich ihnen in den Weg stellte, die Ärmel hochkrempelten und dachten: Das werden wir schon schaukeln. Ich beneidete sie. Zögernd setzte auch ich meine Krone auf.

Meine Mutter sah mich an, als wäre ich verrückt geworden. Dann fragte sie die Tochter von Frau van Dam im Konversationston: Betreibt Ihre Mutter noch Fortpflanzung?

Die Tochter hüstelte. Das liegt schon ein Weile zurück, sagte sie höflich.

Ja, das ist auch so ein Geschlamp. Herrlich, wenn man das hinter sich hat. Heleen ist noch nicht so weit. Die hat gerade wieder ihre Stunde. Zum Glück hatte ich noch Bündel für sie da.

Die Tochter demonstrierte plötzlich lebhaftes Interesse für ihre Speisekarte. Schleppend wurde eine weitere Strophe von »Stille Nacht« angestimmt. Ich kämpfte wacker gegen eine Hitzewallung an. (Anzahl der Hitzewallungen heute: dreizehn. Anzahl der Male, die ich versucht war, Ma zu schlagen: nur eins. Aber der Abend hatte ja gerade erst angefangen.)

Das ist manchmal fast wie Himbeermumps, sagte meine Mutter kopfschüttelnd, mit solchen Klunten, solchen roten Klumpen drin.

Strahlend blickte sie in die Runde. Sie beabsichtigte offenkundig, sich von ihrer besten Seite zu zeigen und der Gesellschaft mit ihren Thesen und Meinungen zu imponieren. Ich war nah am Lachkrampf.

Aber Aspirin wirkt da Wunder, fuhr sie lauthals fort.

Du meinst Saridon, sagte ich.

Sie runzelte die Stirn. Ich hatte sie aus dem Konzept gebracht. Prissalin, versuchte sie noch, aber ihr Gesicht sprach Bände: Sie hatte den Faden verloren. Ihr Aplomb war dahin. Stumm griff sie zur Speisekarte und begann, sie in kleine Stückchen zu zerreißen.

Ich wollte etwas Aufmunterndes sagen, doch mit einem Mal sah ich vor mir, wie ich mich in Lizzys Alter zum ersten Mal mit so einem blöden Menstruationsgürtel, die es damals noch gab, herumgeplagt hatte. Ich hatte mich nicht getraut, meine Mutter um Hilfe zu bitten. Seit ich das Brandmal auf der Brust hatte, war alles, was mit meinem Körper zu tun hatte, für sie gleichermaßen unerträglich. (Lizzy: Iih, musstest du die Binden etwa nach Gebrauch auswaschen? Das ist ja eklig!)

Der Gesang war noch nicht verstummt, als das Essen hereingebracht wurde. Jeder bekam ein Tablett unter einer Glocke. Darauf stand das gesamte Festmenü. Die zum Dessert versprochene Überraschung entpuppte sich als ein buntes Papiersonnenschirmchen.

Beim Anblick des Essens faltete Frau van Dam prompt die Hände und fing laut, mit der monotonen Stimme lebenslanger Gewöhnung, an zu beten: Komm, Heiliger Geist, sende vom Himmel Strahlen deines Lichts.

Meine Mutter hörte mit offenem Mund zu, sichtlich beeindruckt. Sie stieß mich an. Hoffnungsvoll flüsterte sie: Ob er für mich auch noch was beschwimmen kann?

Betroffen sagte ich: Ach, Mama. Bitte ihn doch einfach. Komm, Heiliger Geist, sende vom Himmel Strahlen deines Lichts. Das kann bestimmt nicht schaden.

Abrupt presste sie die Augen zu und rief feurig: Komm, geiliges Biest, sende vom Hammel Striche deiner Zahl.

JANUAR

Lenzrose

Jeden Morgen schaute ich als Erstes kurz nach, wie es Bingo ging, in ihrer Kiste mit Holzwolle im Schattenhaus. Sie sprach nicht auf den feingehackten Zierkohl an, von dem ich ihr hoffnungsvoll immer wieder frischen hinlegte. Lizzy meinte, ich solle sie lieber in Ruhe lassen, anstatt sie jedesmal sanft zu schütteln. Sie sei bestimmt im Winterschlaf.

Ich konnte mich nicht weiter damit befassen, denn ab Mitte Januar herrschte bei uns Hochbetrieb. Wir hatten jetzt am Wochenende geöffnet, und auch während der Woche empfingen wir nach Vereinbarung Gruppen und Vereine von Gartenfreunden (eine Tasse Kaffee, Tee oder Kakao im Exkursionspreis inbegriffen). Das Wetter war kalt und unfreundlich, aber die Temperaturen blieben über null.

Von frühmorgens bis spätabends Menschen auf dem Gelände, eine rauschhafte Zeit war das. Peter war in seinem Element. Und wenn er tausendmal dieselbe Geschichte erzählen musste, er tat es nach wie vor anregend: Da wir unsere Lenzrosen von Hand bestäuben und die Farne vegetativ, also aus Stecklingen vermehren, ist Artenreinheit garantiert. Bei uns bekommt man keinen schwachen Abklatsch von den Ursprungskulturen.

Ich saß meistens im Büro, wegen des unablässigen Stroms von Anrufen und E-Mails. Der neue Katalog war gut angekommen, ich konnte am laufenden Band Aufträge schreiben. Wenn mein Blick von Zeit zu Zeit nach draußen wanderte, sah ich gut frisierte Frauen in Burberry-Jacken gebannt Peters Erläuterungen zum Dämpfen von Blatterde lauschen, ein Thema, das sie unmöglich interessieren konnte. Schauen Sie mal, was für ein fabelhaftes organisches Material, darin sind manchmal noch ganze Stücke von Wurzeln und Zweigen.

Ja, bei Frauen kam er gut an. Er hätte an jedem Finger eine haben können, wie man so schön sagte. Wenn ich ihn so agieren sah, so begeistert und dabei so anziehend, die Wangen von der Kälte gerötet und das widerspenstige Haar vom Wind zerzaust, war mir, als stieße mich eine unsichtbare Hand in die Rippen und als hörte ich Mas resolute Stimme von früher, wenn Francien oder ich uns vor irgendwas zu drücken versuchten: Du hast keine Lust? Dann *machst* du dir Lust!

Er hätte sich unter allen Frauen der Welt seinerzeit auch ein unbeschädigtes Exemplar heraussuchen können, aber er hatte mich gewollt. Unglaublich: In seinen Augen war ich immer makellos und intakt gewesen. Welcher andere hätte mich je sexy gefunden, gezeichnet, wie ich war?

Wenn ich an unser erstes Mal dachte, in dem verregneten Sommer auf dem billigen Campingplatz in Drenthe, als ich unversehens den Mumm gehabt hatte, mir mein T-Shirt über den Kopf zu ziehen. Noch so unvertraut, dass wir uns mit den Knien stießen, landeten wir auf unseren Luftmatratzen, überall Klamotten, bleiches Licht, das durch die Zeltplane fiel, ich atmete und wartete, und dann umfasste seine Hand die purpurrote Stelle auf meiner Brust. Wie eine Lenzrose, sagte er. Mensch, Heleen, weißt du eigentlich, dass das die schönste und geheimnisvollste Pflanze der Erde ist?

Als er eingeschlafen war, hatte ich ihn betrachtet. Sogar seine ruhige Atmung hatte Entschlossenheit verraten.

Er hatte immer nur sein Bestes für mich gegeben. Er hatte mir Selbstvertrauen geschenkt. Er hatte meinem Leben Sicherheit verliehen. Er gab mir Halt und stand mir bei. Er war der Boden, auf dem mein Dasein fußte. Und dennoch wich ich ihm aus und drehte es geschickt immer so, dass wir kaum noch miteinander allein waren.

Im Internet stand, dass das häufig vorkam. Und dass es sich schlimmstenfalls über zwölf Jahre hinziehen konnte.

Nein, mit ein paar Hitzewallungen war es nicht getan, wenn man in den Wechseljahren war.

Alles ist doch dem Wechsel unterworfen, Heleen, würde Francien milde sagen.

Aber ein Wechsel wohin?, diese Frage quälte mich. (Ja, zur alten Schachtel natürlich.) Bisher hatte ich noch auf keiner einzigen Site ausfindig machen können, ob man nach diesen maximal zwölf Jahren seine Libido zurückgewann. Ich stieß lediglich auf höchst bedrohlich klingende Gerüchte von austrocknenden und dünner werdenden Scheidenwänden, und das ohne ein tröstendes Wort oder ein Versprechen für die Zukunft. Wenn ich an meine Vagina dachte, wurde mir ganz mulmig. Seit meinem fünfzehnten Lebensjahr hatte ich mich nicht mehr so obsessiv mit diesem Körperteil befasst. Da dachte man, man säße wie eh und je ruhig an seinem Schreibtisch, und dabei verschrumpelte man von innen lustig vor sich hin. Wen würde das nicht in Angst und Schrecken versetzen? Ich hielt mich eigentlich noch ganz gut, denn man konnte in dieser Lebensphase auch heftigen Stimmungsschwankungen unterworfen sein, sich vor lauter Depressivität zu nichts mehr aufraffen mit der trockenen Vagina, oder vor Angst, Zweifeln und Unsicherheit eingehen.

Lust *machen*. Wie sollte ich das anstellen? Wahrscheinlich musste man dazu Fantasien haben, was nie meine Stärke gewesen war. Im Höchstfall kriegte ich Adri auf meine Netzhaut projiziert, wie der hier mit flachem Bauch und schmalem Hintern den lieben langen Tag hinter seiner Schubkarre zwischen den Besuchern hindurch paradierte, ohne dass das freilich die geringste Regung bei mir auslösen würde.

Armer Peter. Geilheit war einmal eine Sprache gewesen, die ich fließend beherrschte, aber jetzt fand ich nicht mehr die richtigen Worte, sie hatten ihre Bedeutung verloren.

Tagtäglich zum Sonnenhügel zu fahren war jetzt nicht mehr drin. Und alle zwei Tage schaffte ich es auch nicht immer. Allerhöchstens dreimal die Woche brauste ich schweißgebadet bei Ma herein, beladen mit Sachen, deretwegen man mich von der Abteilung aus angerufen hatte: Ihre Mutter sucht die ganze Zeit nach allem Möglichen, das ist typisch für dieses Krankheitsbild.

Meistens hatten sie sie nicht richtig verstanden, und ich kam, zu Mas größter Frustration, mit dem Falschen. Ein Langbein mit Schnappmaul!, rief sie gereizt aus. So ein gelbes! Hol ihr das doch mal eben!

Und Elly von Nummer 6B hielt auch nicht hinter dem Berg: Dass ich Margriet immer so zugetan war, darfst du nicht länger ausnutzen, Heleen. Ich bin sechsundachtzig, ist dir das eigentlich klar? Wenn ich weiterhin mit ihren Pflanzen und ihrer Post belastet werde, ist das noch mein Tod. Übrigens hast du dir, wie mir scheint, noch nicht mal die Mühe gemacht, ihren Kühlschrank leerzuräumen. Nicht, dass wir nachher im ganzen Haus Ungeziefer haben!

Ich hätte natürlich sagen müssen, dass sie die Pflanzen wegwerfen oder auf ihre eigene Fensterbank stellen konnte, dass sie sich alles aus dem Kühlschrank nehmen sollte, was noch essbar war, und dass ich Mas Abonnements baldmöglichst kündigen würde … Nur hätte ich damit eingestanden, dass meine Mutter nie mehr in ihre Wohnung zurückkehren würde. Und wenn ich diesen Gedanken zuließ, das schwante mir dunkel, waren ihre Chancen ein für alle Mal dahin. Es konnte ja vielleicht doch noch ein Wunder geschehen, aber nur, wenn ich bereit war, daran zu glauben. Ich durfte noch nicht das Handtuch werfen.

Ma machte mir die Hölle heiß. Neun von zehn Malen, die ich zu ihr in den Sonnenhügel kam, erwartete sie mich vollkommen reisefertig, hatte ihren Schrank ausgeräumt, Kleider und Unterwäsche in kleinen Stapeln auf dem Bett bereitgelegt, die Fotos von den Wänden genommen und ihren Kulturbeutel gepackt, bereit, nach Hause zurückzukehren. O Gott, rief sie unbeherrscht aus, sowie sie mich sah, endlich, endlich! An ihrem Kinn hing ein langer Speichelfaden, und ihre Haare waren nicht gekämmt, aber das tat ihrer Entschlossenheit keinen Abbruch. Mit wilden Gebärden brabbelte sie: Nach Haube. Zurück nach Haube.

Es trieb mich zur Verzweiflung.

Mama, jetzt hör mir mal ganz ruhig zu. Du kannst momentan nicht selbst für dich sorgen. (Momentan, bis auf weiteres ausschließlich momentan.)

Doch, wimmerte sie, zu Haube schon, da habe ich meine Leute.

Sie sah da keinerlei Probleme. Die Nachbarn würden für sie einkaufen und ihr Suppe kochen. Sie ahnte gar nicht, wie eingeschränkt sie war, oder auch Elly. Wie konnte ich verhindern, dass ich sie eines schönen Tages, zermürbt von ihrer Quengelei, plötzlich anschreien würde: Mensch, hör doch auf, du kannst überhaupt nichts mehr!

Das alles schlug mir schwer auf den Magen, und so bat ich eines Nachmittags den Arzt des Pflegeheims um Rat. Ein angenehm reeller Mensch übrigens.

Er war der Meinung, dass meine Mutter restlos den Boden unter den Füßen verlieren würde, wenn wir ihr reinen Wein einschenkten. Mit der grausamen Wahrheit rücke man besser erst heraus, wenn die Indikation für ihre weitere Pflege gestellt sei. Ab dem Moment gebe es ja für die Patienten wieder eine klar umrissene Zukunftsperspektive. Dann könne konkret festgelegt werden, wie und wo sie fortan wohnen würden, und damit seien Angst, Sorgen und Verwirrung schon weitgehend aus der Welt.

Okay. Das ließ sich jedenfalls gut mit meinem eigenen Terminkalender vereinbaren. Gewappnet ging ich ins Zimmer meiner Mutter zurück.

Sie hatte unterdessen ihren Mantel angezogen, schief zugeknöpft. Gehen wir jetzt?

Du musst noch ein Weilchen hierbleiben. (Ein Weilchen nur.)

Aber das halt ich nicht auf! Wer sagt das?

Der Doktor.

Ach wo! Stuif ist gar nicht hier gewesen. Den habe ich überhaupt nicht gelesen!

Ich meine den Doktor von hier. Doktor Staalman.

Schlachter?

Staalman. Mit der Brille, du weißt schon.

Wieso kommt Stuip nicht?

Weil du jetzt Doktor Staalman hast. Das hat mit der Versicherung zu tun. In einem Pflegeheim …

Stuip kennt mich schon mein ganzes Jahr. Schon von damals!

Das stimmt, aber hier im Haus hast du …

Und jetzt hat er mich vergessen! Tränen kullerten ihr über die Wangen.

Hilflos zückte ich ein Papiertaschentuch. Es war ja klar, dass sie dachte, alle Welt hätte sie vergessen. Ihre Bekannten waren samt und sonders gebrechliche alte Menschen, die noch gerade eben ihr eigenes Leben auf die Reihe bekamen. Auto fuhr so gut wie keiner von ihnen mehr, und mit öffentlichen Verkehrsmitteln hier zum Sonnenhügel herauszukommen war ein ziemlicher Akt. Aber davon abgesehen, was für ein Spukbild musste Ma für sie sein! Sie war die Verkörperung dessen, was einem im Alter passieren konnte. Kein Wunder, dass die meisten nicht viel mehr für sie aufbrachten, als hin und wieder eine Karte zu schreiben. Im einen Moment hatte man noch ein normal funktionierendes Leben, und im nächsten war nichts mehr davon übrig.

Weißt du was, Mam? Ich rufe Struik heute Abend mal an. Vielleicht hatte er einfach noch keine Zeit. In Ordnung?

Sie nickte mit Tränen in den Augen und sank wie ein Häuflein Elend in sich zusammen. Protestierte nicht einmal, als ich die auf dem Bett ausgebreiteten Sachen in den Schrank zurücklegte, die Fotos wieder aufhängte, ihre Toilettenartikel aufs Waschbecken stellte. Das musste ich ausnutzen, jetzt musste ich das Weite suchen, in zwei Minuten konnte ich im Auto sein, frei, mich zu bewegen, wie es mir beliebte, frei, den Faden von diesem oder jenem wieder aufzunehmen oder auch etwas Neues anzufangen, frei, nach Hause zu fahren, frei, mein Leben fortzusetzen.

Schnell schlang ich meinen Schal um. (Nicht vergessen, beim Friseur einen Termin für sie zu vereinbaren. Ihre Haare waren seit Ewigkeiten nicht gewaschen worden.)

Gehst du schon wieder?, fragte sie, mit einem Mal ganz bei der Sache.

Ja, ich muss Lizzy und Peter was zu essen kochen.

Nein, das geht nicht, das lässt sie nicht zu.

Ich setzte mich wieder, gelähmt von Schuldgefühlen.

Seufzend trat sie an den Schrank, öffnete die Tür und inspizierte ihre Habseligkeiten. Was büngel ich jetzt, murmelte sie nach einem Augenblick. Unsicher nahm sie einen Slip vom Stapel und legte ihn auf den Nachttisch. Um ihn, nach schwer zu deutenden Erwägungen, doch lieber wieder in den Schrank zurückzulegen.

Bald würde sie ihr Abendbrot bekommen, und danach würde sie sich selbst überlassen sein, bis jemand die Zeit fand, sie zu Bett zu bringen. Mindestens fünf leere Stunden erstreckten sich noch vor ihr. Sie hatte keinerlei Möglichkeit, sich selbst zu unterhalten. Jede Minute musste ihr wie ein Jahr vorkommen. Ich konnte nicht davonlaufen. Ich konnte es wirklich nicht.

Sie stand immer noch vor dem Schrank, mit hängenden Armen und gekrümmten Schultern. Plötzlich hatte sie eine Eingebung: Dann pack ich jetzt mal, nicht?

Nein, Mama, nein …

Sie hatte die Blusen schon wieder von den Bügeln gezogen und aufs Bett geworfen. Ihre Wangen glühten hochrot.

Es ist schon dunkel, sagte ich, es ist jetzt viel zu spät.

Dann gehe ich eben in ein Boot, in ein Botel.

Die Hotels haben schon alle zu, Mama, und alle Leute sind längst dort, wo sie heute Nacht schlafen. Du auch. Guck mal, dein Nachthemd liegt unter dem Kissen. Und da auf dem Waschbecken steht deine Zahnbürste.

Ist es denn schon Nacht? Misstrauisch ging sie ans Fenster und schaute hinaus.

Schnell hängte ich ihre Sachen in den Schrank zurück mit schweißfeuchtem Rücken, so mies fühlte ich mich dabei.

Sie drehte sich um: Bleibst du denn auch hier?

Nein, ich habe meine Zahnbürste nicht dabei.

Du vergisst aber auch immer alles! Niedergeschlagen sank sie auf einen Stuhl. Nach einem Moment murmelte sie: Was wollte ich noch gerade büngeln?

Es klopfte an der Tür. Eine Küchenhilfe trug das Tablett mit dem Abendessen herein und stellte es vor meine Mutter auf den Tisch. Schlagartig hatte die meine Anwesenheit vergessen. Die Zunge zwischen den Zähnen machte sie sich daran, eine Scheibe Käse aus dem Zellophan zu klauben. Zwei Scheiben Mischbrot gab es und eine Scheibe Weißbrot. Sie waren an den Rändern hochgebogen, ausgetrocknet, als hätten sie schon seit Stunden auf dem Teller gelegen.

Konnte ich es tun? Ich erhob mich, schlüpfte wie ein Dieb in der Nacht aus dem Zimmer und steuerte den Fahrstuhl an.

Auf dem Parkplatz schaute ich noch kurz nach oben, zu den erleuchteten Fenstern des ersten Stocks. Ich erwartete fast, meine Mutter an einem der Fenster auftauchen zu sehen, kurzsichtig in die Dunkelheit spähend. Bei den wenigen Malen im Jahr, die ich sie in ihrer Wohnung besucht hatte, hatte sie sich, wenn ich wieder fuhr, immer am Eckfenster postiert, die Gardinen zur Seite geschoben und gewinkt. Tschüss, Heleen. Tschüss, Mam. Das war eines unserer wenigen Rituale. Aus sicherer Distanz.

Eine kalte Windbö zerrte an meinen Kleidern, aber ich blieb stehen und hob die Hand. Wenn sie mich plötzlich doch vermisste, würde sie mich hier stehen sehen.

Einige Tage später, ich stand albernd mit Willem bei den Haselnusssträuchern – mit Willem hatte man immer Spaß, er war einer von den seltenen Menschen, die redeten, wie ihnen der Schnabel gewachsen war –, und er fragte mich gerade, was der Unterschied zwischen einer Frikadelle und einer dummen Blondine sei, kam Lizzy mit schreckgeweiteten Augen aus dem Haus gerannt: Mama! Mam! Oma hat angerufen!

Wie hat sie denn das hingekriegt?, fragte ich. Ist sie noch dran?

Lizzy schüttelte den Kopf. Sie war kreidebleich.

Ging auf eine beruhigende Tasse Tee mit ihr hinein.

Meine Tochter war anfänglich nicht schlau geworden aus Mas wüstem Wortschwall. Doch dann war er in ein stetes Tröpfeln übergegangen: Lieber tot, lieber tot, lieber tot.

Ich legte Lizzy den Arm um die Schulter. Ach, sagte ich unglücklich, wir sollten das vielleicht nicht wörtlich nehmen. Sie versucht nur auszudrücken, dass das Leben im Moment (nur jetzt!) sehr schwer für sie ist. *Wir* können immer noch versuchen, an etwas anderes zu denken, wenn es uns mal nicht so gut geht. Aber Oma kann das nicht mehr, und das macht jeden Augenblick des Kummers für sie zehnmal so schlimm.

Sie flüsterte: Das ist so traurig.

Ja, das ist es auch.

Ich zog sie kurz an mich. Das weiche Herz hatte sie von ihrem Vater. Und eines musste man Ma lassen, sie hatte immer eine gute Großmutter abgegeben, exzentrisch und extravagant, wie sie war.

Kann sie denn nicht einfach eingeschläfert werden?

Liz, deine Oma ist kein Hund.

Na, wenn ich sie wäre, würde ich das bestimmt wollen. Als Hund lassen sie einen wenigstens nicht leiden, sagte sie. Mit besorgtem Gesicht musterte sie mich, als wäre ich jemand, der seine Angehörigen mutwillig krepieren ließ.

Soll ich ein paar hübsche Karten kaufen?, schlug ich vor. Dann kannst du Oma jeden Tag eine schicken, um sie aufzumuntern.

Sie kroch unter meinem Arm hervor: Okay. Also dann tschüss, Mama. Arend hat mich gebeten, noch ein paar Hunde auszuführen.

Herrlich, so ein Kind, für das man noch im Handumdrehen alles lösen konnte. Dreizehn, aber im Grunde noch ganz mein kleiner Spatz. Wenn ich mich unzulänglich und ohnmächtig fühlte, auf diese vage, aber quälende Art wie so oft in letzter Zeit, brauchte ich nur daran zu denken, dass ich in ihrem Leben immer noch der wichtigste Rettungsanker war.

Ich räumte das Teegeschirr ab. Als ich gerade die Tassen spülte, läutete das Telefon. Mechanisch ging ich ins Wohnzimmer. Sah auf dem Display des Apparats eine Nummer, die nach der von Mas Station aussah. Nein, zwei andere Endziffern. Hilfe, das musste sie selbst sein: Nach Haube, zurück nach Haube.

Impulsiv machte ich auf dem Absatz kehrt, zog die Tür hinter mir zu, nahm im Flur meinen Mantel von der Garderobe und ging nach draußen. Es nieselte.

Als ich auf den Schuppen zulief, um mein Fahrrad herauszuholen, löste Peter sich aus einer kleinen Runde von unter Regenschirmen fröstelnden Gartenfreunden und kam auf mich zu: Wenn du ohnehin einkaufen fährst, könntest du mir dann bitte Nasentropfen mitbringen? He, hast du irgendwas? Du guckst so …

Meine Mutter hat angerufen, sagte ich.

Er nieste und rieb sich dann die Hände: Schau an, es funktioniert also. Als ich gestern bei ihr war, hab ich ein paar Nummern für sie eingespeichert. Wir stehen unter 1, das hielt ich für das Einfachste. Deine Handynummer habe ich unter 2 gespeichert. Was hatte sie zu erzählen?

Ich zögerte. Dann sagte ich: Nichts Besonderes.

Stieg aufs Rad und fuhr nach Hillegom. Vielleicht konnte ich auch noch irgendwo ein gelbes Langbein mit Schnappmaul finden.

Als ich wenig später in der Drogerie anstand, dachte ich an die Lawine von Anrufen, die jetzt unabwendbar auf mich zurollte. Mir wurde übel vor Ohnmacht. Tag für Tag würde ich mich unzählige Male dasselbe sagen hören. Aber wenn ich Ma wäre, würde ich mich auch an jemanden klammern. Sie konnte von Glück sagen, dass Peter das Telefon für sie eingerichtet hatte. Typisch Peter. Immer darum bemüht, anderen ohne großes Brimborium das Leben zu verschönern.

Mich durchrieselte ein Anflug von Rührung. Wenn er neben mir gestanden hätte, hätte ich ihm einen Kuss gegeben. Ich hätte seinen Kopf zwischen die Hände genommen, und während ich ihn geküsst hätte, wären meine Finger zu der zarten Stelle hinter seinem Ohr gewandert und ich hätte… Ja war denn das die Möglichkeit? Da stand ich hier zwischen Brausetabletten und Tampons und entwickelte tatsächlich Lustgefühle! Festhalten, Heleen, und zu Hause gleich zuschlagen. Lizzy ist im Tierheim,

Willem kann die nächste Gruppe führen, also halt sie fest, und schnapp dir deinen Mann.

Hallo, Heleen, sagte der Drogist. Was kann ich für dich tun?

Dieses … Mittel, stieß ich hervor. Verflixt, jetzt hatte ich vergessen, wie es hieß, dabei konnte man keine Zeitschrift aufschlagen, ohne dass einem die Werbung entgegensprang.

Für dich selbst?, fragte er und wandte sich zu einem Schrank voller Fläschchen und Tiegel um.

Vergaß fast zu atmen, so groß war die Anstrengung, meine Lust nicht versickern zu lassen. Schielte wahrscheinlich vor lauter Konzentration.

Typisch für diese Jahreszeit, alle sind verschnupft, sagte der Drogist. Er schob mir eine Packung zu.

Der Nebel vor meinen Augen lichtete sich. Nasentropfen.

Errötend zückte ich mein Portemonnaie und bezahlte.

Gruß an zu Hause, Heleen.

Danke, werde ich ausrichten. (Ach, jetzt hätte ich es fast vergessen: Noch eine Tube von dem Mittel gegen eine trockene Scheide, bitte. Peter und ich haben schon seit Ewigkeiten nicht miteinander geschlafen, du verstehst, hahaha.) Auf Wiedersehen.

Draußen nieselte es nicht mehr, sondern es goss in Strömen. Das gab mir den Rest. Fühlte mich gleich wieder so sexy wie ein platter Fahrradschlauch.

Leicht ergrimmt betrat ich den Tabakladen, in dem es auch Zeitschriften gab, nahm eine *Margriet* aus dem Regal und blätterte sie durch. Niemand verpflichtete mich dazu, mir meine Selbsthilfemittel bei dem einzigen Drogisten im Land zu kaufen, der Peter und mich beim Vor- und Zunamen kannte. Wenn sich das nächste Mal auch nur das leiseste bisschen Lust bei mir regte, würde das Zeug im Schrank parat stehen. Hier, da war die Anzeige schon: Multi-Gyn LiquiGel für die Pflege des weiblichen Intimbereichs. Prägte mir den Namen gut ein, schlug die Zeitschrift zu und legte sie zurück. Das hätten wir.

Mein Blick fiel auf die neue *Yes*. Ja, die nahm ich für Lizzy mit. Vielleicht weckte die ihr Interesse für etwas, was sich außerhalb der Welt des Tieres abspielte. Popmusik, Glitzernagellack, Computerspiele, mir war alles recht. Hauptsache Horizonterweiterung, Interessensphäre von Gleichaltrigen. Manchmal fürchtete ich, dass sie im Grunde vor allem deswegen so viel im Tierheim herumhing, weil sie, seit sie auf die weiterführende Schule gewechselt war, noch nicht so richtig Anschluss gefunden hatte. Nur selten brachte sie Freundinnen mit nach Hause. Mag sein, dass ich mich viel zu sehr einmischte, dass ich wie eine Art Barbamama über sie gluckte, wie Peter fand, aber der war nun mal von Natur aus entspannter als ich. Ich wollte doch nur das Beste für sie.

Ich nahm die Zeitschrift und ging damit zur Kasse. Die Verkäuferin schaute gerade abwartend einem Mädchen zu, das in einem Körbchen mit Feuerzeugen kramte. So jung und schon rauchen, ein Jammer. Aber vielleicht hatte ihre Mutter sie ja auch gebeten, eines zu besorgen.

Ich suche eigentlich so ein längliches, sagte das Mädchen, und das in Gelb.

Bei mir machte es plötzlich klick.

Kurz darauf radelte ich mit einem Wegwerffeuerzeug in der Tasche nach Hause zurück.

(Anzahl zur Zufriedenheit erledigter Dinge heute: schon zwei.)

Abends spielte ich auf dem Sofa sitzend zerstreut mit dem Feuerzeug, an, aus, an, aus, während ich mit meiner Mutter telefonierte, stundenlang. Sowie sie aufgelegt hatte, war ihr entfallen, dass sie mich gerade angerufen hatte, und sie legte wieder von vorn los. (Anzahl ihrer Anrufe: vierzehn.) Sie sei entführt worden, begriff ich erst beim sechsten oder siebten Anruf. Unholde hätten sie in einem Zimmer eingesperrt, in dem nur ein Bett, ein Schrank und ein runder Tisch stünden. Flüsternd übermittelte sie mir die Fakten und schlürfte dabei nach jedem Satz lauthals überschüssigen Speichel ein.

Nein, Mama, keine Angst, du bist im Sonnenhügel. Du …

Du brauchst dir keine Sorgen zu machen, Mam. Morgen komme ich wieder, und dann werde ich …

Aber das ist kein Entführer, Mama, das ist Bill.

War beim vierzehnten Gespräch endlich so geistesgegenwärtig zu sagen: Du meine Güte! Ich rufe sofort die Polizei! Die ist gleich bei dir!

Worauf mir ganz elend wurde bei dem Gedanken, dass sie nun bestimmt die ganze Nacht mit Mantel an und Kondom auf dem Kopf auf ihrer Bettkante hocken und auf ihre Rettung warten würde. Wahrscheinlich hatte sie sogar schon ein Trinkgeld in der Tasche (Mist! Ich hatte noch immer nicht daran gedacht zu kontrollieren, wie viel

Geld sie bei sich hatte), Trinkgeld gab sie nämlich ausgesprochen gern. Sie sagte immer zufrieden: Dann wissen sie beim nächsten Mal wenigstens noch, wer man ist.

Peter war schon früh zu Bett gegangen, mit dumpfem Kopf und verstopfter Nase. Auch Lizzy lag längst in der Falle. Ich war aber noch zu überdreht, um einen Schlussstrich unter den Tag zu ziehen. Darauf gefasst, dass erneut das Telefon läuten würde, blickte ich auf die Flamme vom gelben Langbein mit Schnappmaul. Das war doch nun wirklich eine viel poetischere Bezeichnung als »Feuerzeug«, oder?

Feuerzeug, das klang logisch und funktional. Teekanne auch. Doch wo fing diese Logik an, warum hieß ein Tisch Tisch, ein Baum Baum, Blut Blut oder Angst Angst? Wem oder was verdankten die Dinge ihren Namen? Woher kamen die Wörter?

Kurz vor seinem Abitur war Storm einmal mit einer seiner Meinung nach urkomischen Liste unübersetzbarer Wörter aus den verschiedensten Sprachen nach Hause gekommen. *Koro* fand er am krassesten. Das war ein chinesisches Substantiv und bedeutete: die hysterische Überzeugung, dass der eigene Penis immer kleiner wird. Die anderen Beispiele waren übrigens auch nicht schlecht. Im Jiddischen gab es ein Wort für einen Gegenstand, den man zu reparieren versucht und dadurch vollends unbrauchbar gemacht hat. Im Russischen für die Gefühle gegenüber einem Menschen, den man früher einmal geliebt hat, jetzt aber schon lange nicht mehr liebt. Im Feuerländischen für die Situation, dass ein Mann und eine Frau einander ansehen, wissen, dass sie dasselbe wollen, keiner von beiden aber den ersten Schritt zu machen wagt. Und so weiter und so fort.

Peter und er hatten sich darüber krummgelacht.

Doch auch wenn es die entsprechenden Wörter im Niederländischen nicht gab, umschrieben sie doch Phänomene, die genauso bekannt waren wie die Wahrnehmung von taubenetztem Gras unter den Fußsohlen oder das Gefühl, auf einer Wiese zu liegen und in einer über sich dahinziehenden Wolke eine Landkarte zu sehen. Kein adäquates Wort für etwas zu haben musste nicht bedeuten, dass man bestimmte Gefühle oder Erfahrungen nicht hatte.

Das musste ich mir merken.

Peters Erkältung wuchs sich zu einer Grippe aus. Mit Wollsocken an den Füßen und dickem Schal um den Hals saß er klappernd im Büro. Kranksein war nichts für ihn, es machte ihn reizbar und unleidlich.

Der immer gut aufgelegte Willem und ich machten jetzt abwechselnd die Führungen, während sich Adri um die Beete kümmerte und die blühenden Pflanzen von welkem Laub befreite. Vielleicht konnte ich ihn ja auch überreden, den Zierkohl durch etwas Zivilisierteres zu ersetzen, wenn sich ein geeigneter Moment ergab.

Der Kaffeeautomat ging kaputt, und da der Wartungsmechaniker ebenfalls Grippe hatte, musste tagelang mit eilig aufgetriebenen Thermoskannen improvisiert werden. Ich schleppte Tabletts voll dampfender Tassen hin und her, von denen immer eine zu wenig Milch oder drei zu wenig Kaffee enthielten.

Das Wochenende brachte keine Verschnaufpause, da wir auch dann geöffnet hatten. Ich stellte Adri an die Kasse, was er mir ziemlich übel nahm, aber er hatte nun mal nicht die Geduld, hundertmal dieselben Fragen zu beantworten: Ja, die Blüten von *Helleborus niger* sind hübsch seitwärts gerichtet. Nein, als Nachbarpflanze nehmen Sie besser *Helleborus arum* oder *galanthus*. In der Tat, der Pflanzabstand beträgt fündunddreißig bis sechzig Zentimeter.

In nur zwei Monaten müssen wir drei Viertel unseres gesamten Jahresumsatzes machen. Da heißt es in dieser Zeit sowieso schon immer ranklotzen, aber jetzt ging es wirklich hart auf hart. Normalerweise wäre natürlich Storm eingesprungen, das machte auch was aus. Wie oft hatte er an den Wochenenden beim Einpacken geholfen und ganze Wagenladungen Pflanzen zum Parkplatz gekarrt. Seine Verstärkung war immer ganz selbstverständlich gewesen, die normalste Sache von der Welt, für Peter und mich genauso wie für unsere Angestellten.

Saß unser Sohn jetzt am Fuße des Ayers Rock und lachte sich vor Schadenfreude ins Fäustchen: Ha, jetzt merken die endlich mal, wie sie mich getriezt und ausgebeutet haben?

Vielleicht waren wir ja einer der Gründe dafür, dass er sich nach seinem Abitur sein Fahrrad geschnappt und ans andere Ende der Welt abgehauen war. Hör mal, Storm, sagte ich in Gedanken, aber weiter kam ich nicht, denn eine Kundin fragte mich gerade, ob es stimme, dass die Wurzeln der Lenzrose giftig seien. Ja, antwortete ich, und die Blätter auch, aber das heißt nicht, dass Sie …

Heleen, rief Adri, ich hab kein Wechselgeld mehr!

Mir war plötzlich, als hinkte ich einen Gang hinterher. Storm!, dachte ich zu meiner Schande, Storm, SOS!

Er machte die Reise doch hoffentlich nur, weil meine Mutter ihm das Geld dafür gegeben hatte, oder? Seit sie die Hunderttausend gewonnen hatte, hatte sie meinen Kindern ausgemalt, dass sie später auf ihre Kosten in die weite Welt hinaus könnten. Reisen, sagte sie, darauf habe ich selbst mein ganzes Leben verzichten müssen.

Sie hatte sich das Gewinnlos bei der Staatslotterie selbst zum fünfundsiebzigsten Geburtstag geschenkt. Man kann ja in Lotterien heutzutage Millionen gewinnen, aber hunderttausend Gulden (damals hatten wir noch den Gulden) waren auch nicht übel. Ma kaufte sich auf der Stelle dumm und dämlich. Brillis noch und nöcher. Ausgefallene Handtaschen und Schals. Sogenannte »Antiquitäten« und vergoldete Schäferinnen. Dass ich mir das jetzt erst leisten kann, sagte sie manchmal indigniert. Ihr war nämlich nichts in den Schoß gefallen, nein, sie hatte genau das bekommen, was ihr zustand, doch darauf hatte sie verdammt noch mal ihr ganzes Leben lang warten müssen. Nun endlich konnte sie der Welt vorführen, wer sie war: Eine Frau mit dem Geschmack einer Elster. Was machte es schon, dass ihre fieberhaften Bemühungen um Schmuck und Verschönerung nicht so ausfielen, wie sie es sich vorgestellt hatte, und ihre Ankäufe sie im nachhinein enttäuschten: Sie konnte ja jederzeit wieder ins Einkaufszentrum gehen und mit geröteten Wangen erneut zuschlagen.

Ausnahmsweise feierten wir Weihnachten in jenem Jahr mit der ganzen Familie, da Ma von ihrer Beute Flugtickets für Francien und Nell gekauft hatte. Bevor wir zu Tisch gingen, teilte sie ihre Geschenke an uns aus. Ich bekam ein Armband, an dem sechzehn Elfenbeinpagoden baumelten. Sie legte mir das Kitschding selbst um. Nach Atem ringend sagte ich: So was … hab ich noch nie gesehen.

Als wir danach in unserem mit zerknülltem Glitzergeschenkpapier übersäten Wohnzimmer beim Glühwein saßen, sagte Storm innig zu meiner Mutter – in ihrem knallroten Kostüm mit Messingknöpfen und dazu passenden, wagenradgroßen Ohrringen, die im Licht funkelten, strahlender Mittelpunkt –, Oma, du stellst jeden Christbaum in den Schatten.

Es trat eine kurze Stille ein.

Dann erwiderte Ma mit unbeholfener Großspurigkeit: Wieso auch nicht?

So ist es, sagte Peter.

Ich murmelte: Mal eben nach dem Essen sehen.

In der Küche lief alles nach Plan. Ich hatte dort eigentlich nichts zu suchen. Ohne Sinn verschob ich eine feuerfeste Form auf dem Herd. Prompt blieb eine der Pagoden meines Armbands hinter dem Griff hängen, sodass mein Handgelenk ans heiße Glas gedrückt wurde. Mit einem Fluch riss ich mich los und hielt den Arm unter den Wasserhahn. Das blöde Ding machte ich ab und schmiss es auf die Fensterbank.

Ich stand noch keine zwei Sekunden mit dem Handgelenk unter dem strömenden Wasser, als meine Mutter die Küche betrat. Kann ich etwas tun?, fragte sie.

Ich drehte den Wasserhahn zu, zog den Ärmel runter

und sagte über meine Schulter hinweg: Nein, nein, alles unter Kontrolle.

Aber sie ging nicht weg. Sie postierte sich auf einem Hocker und schaute schweigend zu, wie ich mich ans Pürieren der Maronen machte, was mir langsam, aber sicher das Gefühl vermittelte, ich hätte das umfangreiche Menü eigens dazu bedacht, feurige Kohlen auf ihr Haupt zu sammeln. Im Wohnzimmer sagte Francien etwas Unverständliches, was schallendes Gelächter der Kinder nach sich zog.

Francien macht wieder einen Elch nach, sagte meine Mutter. Sie fasste sich an die Ohren und zog ihre Ohrringe ab. Tja, das ist der Nachteil von Clips, sagte sie wie beiläufig, die tun mit der Zeit weh.

Damit war ihre Mission offenbar erfüllt, denn sie erhob sich, wieder vor Selbstvertrauen strotzend: Du reichst doch auch Apfelmus dazu, oder? Danach warst du schon als Kind ganz verrückt, weißt du noch, Heleen, du hast dir immer ein Glas zum Geburtstag gewünscht, das du ganz allein essen durftest, und natürlich hast du es dann auch bekommen … Sie stockte und schaute auf mein Handgelenk.

Ich habe es kurz abgemacht, sagte ich.

Gefällt es dir denn nicht?

Doch, aber in der Küche … Wenn man irgendwo damit hängen bleibt und es versehentlich kaputt …

In gekränktem Ton sagte sie: Ich dachte, du würdest dich darüber freuen. Aber du kannst es natürlich jederzeit umtauschen.

Mach doch nicht gleich so ein Drama draus, Mam.

Und das sagst du! Du willst einfach nicht, dass ich dir eine Freude mache. Nicht einmal zu Weihnachten darf ich dich ein bisschen verwöhnen.

Die Innenseite meines Handgelenks brannte noch wie verrückt. Warum musste ich sie unbedingt schonen, was war das für ein Zwang bei mir? Ich brauchte ihr nur zu sagen, dass ich das blöde Armband abgemacht hatte, weil ich mich dadurch verbrannt hatte, dann würde sie schon den Mund halten. Und bei dem Gedanken sah ich vor mir, wie meine Worte sie vor Schreck erbleichen und durch den Zeittunnel purzeln lassen würden. So sagte ich denn ganz ruhig und ausgeglichen: Komm, wir tragen die Suppe auf.

Dienstags sagten drei Gruppen ab, da winterliche Schauer prognostiziert wurden. Ich wäre beinahe der Versuchung erlegen, mich an den Ofen zu hocken und ein paar Stunden lang gar nichts zu tun, oder irgendwas Schönes zu unternehmen. Wann hatte ich mich eigentlich zum letzten Mal mit einer Freundin unterhalten oder bei jemandem Kaffee getrunken? Aber leider war dies seit Tagen die erste Gelegenheit, zum Sonnenhügel zu fahren. Jetzt, da es so kalt wurde, brauchte meine Mutter ein paar zusätzliche Pullover und vielleicht auch einen anderen Mantel.

Es hagelte, als ich losfuhr, und es gingen heftige Böen. Der Verkehr bewegte sich nur im Schritttempo voran. Nach einer Stunde hatte ich noch nicht mal die Hälfte der Strecke hinter mich gebracht. Ich hielt bei einer Raststätte, um mir ein belegtes Brötchen zu kaufen, denn nun, da Peter krank war, lagen keine Rosinenbrötchen oder andere Leckereien mehr in meinem Handschuhfach. Es war voll in der Raststätte. Mit ergebenem Gesichtsausdruck aßen die Leute ihr Stück Kuchen oder ihre Wurst: Das Wetter war zu schlecht, um sich vorzumachen, man könnte an diesem Tag seinen vollen Terminplan einhalten. Ich war bestimmt die Einzige, für die das Unwetter keine Entschuldigung war, sondern vielmehr ein Grund, schleunigst weiterzufahren.

In Nieuwegein quollen nasse Post, Prospekte und durchweichte Zeitungen aus Mas Briefkasten. Und ihre Wohnung fand ich in einem trostlosen Zustand vor. Die Zimmerpflanzen waren völlig verdorrt. Überall auf der Fensterbank lagen verschrumpelte Orchideenblüten. Keine der Uhren tickte mehr. Die ganze Wohnung roch nach Fäulnis.

In der Küche öffnete ich die Kühlschranktür und hätte sie am liebsten gleich wieder zugeworfen. Mit kleinen Korrekturen war es hier nicht mehr getan, das erforderte einen operativen Eingriff. Aber gut, dann konnten die Pflanzen unterdessen schön ins Tauchbad. Ich mistete alles aus, einschließlich der Küchenschränke, brachte vier bis obenhin gefüllte Müllsäcke zum Container, sortierte die Post nach Sachen, um die ich mich kümmern musste – als wenn nicht auf meinem Schreibtisch zu Hause schon ein großer Stapel läge –, und kennzeichnete sie mit »Ma«, suchte aus dem proppenvollen Kleiderschrank einen hübschen Pullover und eine Strickjacke heraus, nahm einen warmen Mantel von der Garderobe und flitzte wieder los.

Als ich am Einkaufszentrum vorüberkam, gab ich einer Eingebung nach und bog ab.

Während ich kurz darauf zwischen den Läden nach einer Drogerie suchte, fragte ich mich unwillkürlich, ob Peter es vielleicht auch so machte. Ob er vielleicht heimlich bei einem unbekannten Drogisten Kondome kaufte, wenn er zu … Mein Gott, jetzt fing ich schon wieder an! War das nun eine von den gefürchteten Stimmungsschwankungen, oder war ich einfach verrückt? Wie kam ich nur darauf? Selbst wenn er inzwischen danach lechzen mochte, er hätte doch gar nicht die Zeit dazu fremdzugehen, geschweige denn die Gelegenheit!

Außer natürlich, wenn ich bei meiner Mutter war.

Schluss damit. Hör auf! Das kam nur durch meine eigene Unsicherheit, das Gefühl, dass er bei mir zu kurz kam, so als gehörte mein Körper nicht einfach mir, sondern ihm … Aber warum sagte er nie was zum Winterschlaf meiner Libido?

Als wenn Peter so viel sagen würde.

Immer willst du reden, Heleen. Was erwartest du dir denn davon? Worte, Worte, Worte! Die tragen doch kein bisschen zur Klärung bei. Je mehr man alles durchkaut, desto komplizierter wird es doch!

Da lebte man jahrzehntelang mit diesem Mann zusammen und wusste, dass er Miles Davis und die Stummfilme von Buster Keaton liebte, dass er Prinzipien hatte, aber nie darauf herumritt, dass er, was seine Kinder betraf, eine Engelsgeduld hatte, dass er sich nichts aus Autos machte und sich über unnötige Verschwendung ärgerte. Aber *kannte* man einander? Es blieb doch bei der unabänderlichen Tatsache, dass Mann und Frau nicht ganz dieselbe Sprache sprachen. Wenn Peter sagte: Ich habe ein Problem, dann meinte er, dass er schon dabei war, es zu lösen. Wenn ich das sagte, meinte ich, dass ich das Bedürfnis hatte, die Situation erst einmal sieben, acht Stunden lang mit Bedacht zu erörtern.

Nach außen hin wirkte Peter offen und unkompliziert, doch wie Nell einmal treffend bemerkte: *Peter is essentially a deeply private person.* Ich erfuhr meistens erst hinterher, wenn ihm irgendetwas Kopfzerbrechen bereitet hatte. Eigentlich gefiel mir dieses Selbstständige, Unabhängige, Unerschütterliche auch gerade so gut an ihm. Angenommen, er wäre einer, der furchtbar klammerte und zentnerschwer an mir hinge: Nein, das wäre nichts für mich. Aber wie dem auch sei, ich kam einfach nicht dahinter, wie es für ihn war, dass ich wie von der Tarantel gestochen reagierte, wenn er auch nur einen Finger nach mir ausstreckte. Und selbst davon anzufangen, war auch wieder so was. Das machte es nur noch nachdrücklicher zu einem *Problem*, das aus seiner Sicht immer lauter nach einer *Lösung* schrie.

Jetzt war es aber wirklich genug. Ich hing mir selbst zum Hals raus.

Im »Kruidvat« stand eine lange Schlange vor der Arzneimitteltheke. Ich schloss mich an und hüpfte vor Ungeduld auf der Stelle. Wenn man die ganze Zeit, die man in seinem Leben mit Warten vertat, zurückbekäme … Ich fuhr zusammen.

Jetzt tu bloß nicht so, als hättest du mich nicht gesehen, Heleen, sagte Elly. So eine karierte Einkaufstasche auf Rädern hinter sich herziehend, wie viele alte Leute sie hatten, kam sie auf mich zu. Sie sah alt und verloren aus unter ihrer Pelzmütze.

Hallo, Elly. Entschuldige, ich hab vor mich hin geträumt. Wie geht's?

Hm. Ich hatte mir gerade vorgenommen, mal bei dir anzurufen. Ich habe nämlich alle naselang deine Mutter am Apparat, völlig aufgelöst. Wird sie dort eigentlich vernünftig betreut? Soweit ich sie verstanden habe, gibt es dort nicht mal einen Arzt, und man lässt sie den ganzen Tag im eigenen Saft schmoren.

So empfindet sie das, aber in Wirklichkeit …

Ach, du denkst also, sie spinnt sich was zurecht?

Nein, aber sie überblickt die Dinge im Moment (nur jetzt!) nicht so ganz. Sowie der Arzt oder Therapeut die Tür hinter sich zugemacht hat, hat sie vergessen, dass jemand bei ihr war.

Das sieht ihr aber gar nicht ähnlich.

Und doch ist es so, sagte ich mit verkniffenem Mund. Ich musste sehr an mich halten, um nicht herauszuschreien: Sie hat schließlich einen Affen im Ko-hopf!

Es geht mich ja nichts an, fuhr Elly fort, aber wenn ich du wäre, würde ich sie sofort von dort wegholen. Ich habe neulich noch in einer Reportage im Fernsehen gesehen, dass sie die Ärmsten nicht beizeiten sauber machen und oft nicht mal anziehen. Das kann man seiner eigenen Mutter doch nicht zumuten, oder? Ihr habt doch Platz genug, warum nehmt ihr sie nicht zu euch? Den ganzen Tag im Pyjama, das ist nun wirklich nichts für Margriet.

Mit Mühe brachte ich hervor: Wir müssen erst abwarten, welche Indikation für ihre weitere Pflege gestellt wird. Übrigens, *ich* fahre gleich zu ihr. Ich richte ihr dann Grüße von dir aus.

Es mag ja altmodisch sein, Heleen, aber ich finde, dass man seinen Eltern gegenüber verpflichtet ist. Eine heilige Pflicht hat. Du verdankst Margriet dein Leben. Und ihre Wohnung kann auch nicht ewig leer stehen. Eine unbewohnte Wohnung zieht wer weiß was nach sich. Und dann haben wir womöglich noch die Bescherung. Ich habe das schon bei der Wohnungsbaugesellschaft zur Sprache gebracht.

Jetzt fing ich wirklich an zu kochen. Aber ich durfte mir Ellys Freundschaft nicht verscherzen. Sie war für meine Mutter praktisch die einzige Verbindung zur Außenwelt. Peter hatte ihre Nummer bestimmt unter der 3 gespeichert. Ein Wunder übrigens, dass es Ma gelang, die richtigen Tasten zu drücken. Unweigerlich musste ich denken: Sieh mal an, wenn es in ihrem eigenen Interesse ist!

Kündigen kann ich natürlich nicht für sie, sagte Elly. Dazu bin ich nicht befugt. Lass dir aber eines gesagt sein, Heleen …

Ich konnte plötzlich nicht mehr für mich einstehen. Zitternd vor Beherrschung scherte ich aus der Schlange aus – dann eben kein Multi-Gyn gegen eine tr. Sch. –, schnauzte: Tschüss, Elly, und rauschte aus dem Geschäft.

Als ich beim Sonnenhügel ankam, war es schon fast wieder dunkel. In der Eingangshalle lief mir die Logopädin über den Weg, ein liebes, blondes Mädchen mit dem Gesicht eines Schutzengels auf einem Andachtsbildchen. Sie schien erleichtert, mich zu sehen. Wir setzten uns in die schon geschlossene Kaffeebar.

Ein wenig zögernd kam sie zur Sache. Ma war bei der

Rehabilitation ihrer Aphasie offenbar nicht sonderlich kooperativ.

Ich unterdrückte einen Seufzer. Nein, das lag nahe. Es war natürlich meilenweit unter ihrer Würde, sich bunte Bilder anzusehen und dann »Ball« sagen zu müssen oder »Baum«.

Sanftmütig sagte die Logopädin: Sie schämt sich, sie findet es schrecklich, dass sie so schlecht sprechen kann. Aber weil auch ihr Verstand recht schwer beeinträchtigt ist, begreift sie nicht, dass sie nur mit Üben und noch mal Üben weiterkommt.

Oje, sagte ich, und ausgerechnet gegen Wiederholungen ist sie so allergisch.

Ja, das macht sie sehr reizbar. Aber vielleicht könnten Sie versuchen, regelmäßig etwas mit ihr zu lesen? Über die Schrift werden manchmal ganz erstaunliche Resultate erzielt.

Ich versprach es.

Oben auf der Station sprach Bill mich an: Nicht erschrecken, wenn Sie Ihre Mutter sehen, sie hat einen schlechten Tag. Wir haben ihren Schrank schon mindestens zehnmal wieder einräumen müssen. Hier, fünfzig Euro. Die hatte sie Anita gegeben, damit sie ihr einen Koffer besorgt.

Oh, Bill, sagte ich, Sie alle hier sind wirklich große Klasse.

Bescheiden senkte er den Blick, doch das Kompliment freute ihn sichtlich. Ich nahm mir vor, beim nächsten Mal Pralinen oder Kuchen für die ganze Abteilung mitzubringen. Wenn man hier die Geduld mit Ma verlor, dann sah ich schwarz für sie.

In ihrem Zimmer saß meine Mutter bei grellem Neonlicht an dem runden Tisch und trank Wasser aus einem viereckigen Plastikbehälter, in dem Apfelsinenschalen schwammen. Als sie mich sah, machte sich ein schuldbewusster Ausdruck auf ihrem Gesicht breit. Kleinlaut sagte sie: Der Fernseher geht nicht mehr.

Hallo, Mama. Ich schau gleich nach dem Fernseher, will nur erst das hier aufhängen.

Ich machte schon den Schrank auf, um ihre Strickjacke und den Pullover hineinzulegen, als mir einfiel, dass sie noch keine Namensschildchen hatten. Wie hatte ich die nur vergessen können? Und im selben Moment fiel mein Blick auf die Kleider, die an der Stange hingen. Alle waren am Kragen kaputt. Bestürzt nahm ich eine Bluse vom Bügel. Was ist denn das?

Meine Mutter zog einen Flunsch.

O nein! Du hast alle Namensschildchen rausgeschnitten! Jetzt wissen sie in der Wäscherei nicht mehr, dass es deine Sachen sind und dass sie nach G12 zurückmüssen. G ist deine Abteilung, und 12 ist dein Zimmer. Jetzt kann ich wieder ganz von vorne anfangen!

Nein, sagte sie beunruhigt. Sie riss mir die Bluse aus der Hand und zog sie sich über ihre anderen Kleider.

Ich hätte mich ohrfeigen können, dass ich eigenhändig eine Nagelschere für sie eingepackt hatte. Was hatte ich noch alles Dummes gemacht? Das gelbe Langbein! Welcher Idiot gab seiner dementen Mutter ein Feuerzeug! Wenn Bill das erfuhr, würde er Schlitten mit mir fahren. Nicht von ungefähr durfte Ma nur unter Aufsicht rauchen, draußen auf der Terrasse.

Meine Mutter hatte sich die Bluse bis unters Kinn zugeknöpft.

Herrje, Ma! Ich kann ja verstehen, dass du es nicht schön findest, Namensschildchen in deiner Kleidung zu haben, aber wir müssen schon ein bisschen pragmatisch bleiben. Ich nehme jetzt alle deine Sachen mit nach Hause und mache neue Etiketten hinein. Damit musst du eben eine Weile (es ist ja schließlich nur vorübergehend!) zu leben versuchen.

Mit erbitterter Standhaftigkeit schüttelte sie den Kopf und hielt ihre Bluse am Kragen zu.

Dann nicht, sagte ich, vor Verzweiflung schier aus der Haut fahrend. Dann musst du selbst sehen, wie du zurechtkommst.

Sie runzelte alarmiert die Stirn und stammelte etwas Unverständliches.

Meine Güte, war ich ein Ekel.

Du bist jetzt die Mutter, nicht? Ängstlich sah sie mich an.

Ach, Mama.

Langsam knöpfte sie die Bluse auf und sagte: Als Mutter hat man viel Gift.

Gift? Hast du Gift gesagt?

Keine Reaktion. Sie streifte die Bluse ab und breitete sie auf dem Bett aus. So kann ich sie nicht verlieren, sagte sie laut zu sich selbst.

Irre sagen die Wahrheit, so ähnlich hieß es doch. Nur kamen sie auch furchtbar schnell vom Thema ab. Gift?, fragte ich nochmals.

Ja, nicht, sagte sie vage.

Ich gab es auf.

Sie griff zu ihrer Handtasche: Gehen wir jetzt nach Haube?

Nein, Mama. Darf ich übrigens mal eben in deine Tasche schauen?

Einen Augenblick lang war sie im Zweifel. Dann gab sie mir die Tasche, sichtlich widerstrebend.

In ihrem Portemonnaie fand ich drei Fünfzig-Euro-Scheine, säuberlich zusammengefaltet. Wie nebenbei fragte ich: Soll ich dir die nicht lieber in kleinere Scheine umtauschen? Das ist doch viel praktischer.

Man hörte ja hin und wieder von Leuten, die das gesamte Konto eines hilfsbedürftigen Angehörigen plünderten. Dagegen war das, was ich machte, noch harmlos. Ich zog drei Zehn-Euro-Scheine aus meinem Portemonnaie, steckte sie feierlich in das meiner Mutter und ließ die anderen Scheine schnell in meinem Portemonnaie verschwinden.

Ach, herrlich, sagte sie dankbar, sonst versinkt es nur, und dann kann ich dich nicht mehr einladen. Wir gehen doch zusammen essen, nicht? Nur konnte ich das Rest nicht raufen, weil der Fernseher kaputt ist. Aber sie haben bestimmt einen Teller für uns. Man kennt sie dort, sie kann immer dazu.

Ich verstand sie einwandfrei. Aber ich konnte getrost so tun, als wäre dem nicht so. Ein dementer Mensch hatte ohnehin alles gleich wieder vergessen. Und außerdem musste ich das Feuerzeug noch verschwinden lassen.

Als könnte sie meine Gedanken lesen, riss sie mir, plötzlich so erregt, dass sie bebte, die Tasche aus der Hand und wich damit in eine Ecke des Zimmers zurück.

Ich atmete ein paarmal tief in den Bauch, wie ich es von Francien gelernt hatte. Ganz ruhig. Es ging ja nur um eine Handtasche. Eine Handtasche, die enthielt, was noch von ihrem Leben übrig war. Oder vielleicht war es sogar noch schlimmer als das, vielleicht enthielt die Tasche nur noch die Schatten von Dingen, die einmal so selbstverständlich gewesen waren. Ihr Adressbüchlein: Als hätte sie noch ein reiches gesellschaftliches Leben. Kamm und Lippenstift: Als gäbe es noch einen Grund, sich schön zu machen. Brillenetui: Als würde sie je wieder ein Buch lesen. Schlüsselbund: Als könnte sie noch nach Hause.

Ich konnte ihr dieses Feuerzeug nicht wegnehmen. Dann ging eben der ganze Sonnenhügel in Flammen auf. Ich musste versuchen, ihrem Leben noch einen Schein von Würde zu geben. Auf etwas anderes lief es doch nicht hinaus, oder?

Um sie davon zu überzeugen, dass ich nichts Böses im Sinn hatte, griff ich zur Fernbedienung des Fernsehers und schaltete das Gerät ein. Das Bild erschien nach wenigen Sekunden. Auch der Ton war in Ordnung. Problemlos zappte ich durch die Kanäle. Wahrscheinlich hatte sie einfach auf die falschen Tasten gedrückt. Diese ganzen Apparate waren aber auch so kompliziert.

Heleen?, sagte sie.

Ja? Mein Blick hatte sich an einem Werbespot festgesogen, in dem eine lachende Familie Eintopf aß. Irgendwo außerhalb des Bildes hatte die glückliche Runde natürlich eine silbergraue Oma, die kompetent Schals strickte und Apfelkuchen backte. Eine von allen geliebte Oma, die fröhlich mit in den Vergnügungspark ging. Ich las das daran ab, mit welchem Appetit die Familienmitglieder ihre Maggi-Suppe aßen: Ihr Gewissen war blitzsauber, sie hatten niemanden in ein Heim gesteckt.

Ich schaltete den Fernseher aus.

Heleen, sagte meine Mutter erneut, er ist kaputt.

Er ist völlig in Ordnung, sagte ich ungeduldig, da ist nichts.

Bedripst stand sie vor mir, das Telefon in der Hand, an dem ein loses Kabel baumelte.

O nein! Du hast doch wohl nicht …

Sie ließ den Kopf hängen.

Warum machst du denn so was? Damit schadest du dir doch nur selbst!

Ich habe gepackt, sagte sie eingeschüchtert.

Deswegen brauchst du doch das Telefonkabel nicht durchzuschneiden! Und hör doch mal mit dieser Packerei auf, verdammt!

Nein, denn ich wollte nach Haube, aber mein Kobbel kam nicht, ich habe das ganze Jahr darauf gewartet, sie sagte, sie würde einen bezahlen, aber sie sagen hier einfach was, du hast keine Ahnung, wie das ist, man bestellt einen Boffel und …

Ich stemmte die Hände in die Seite: Und wie stellst du dir das jetzt vor? Jetzt hast du kein Telefon mehr! (O weh, welche verführerische Fata Morgana tat sich da plötzlich vor mir auf: Keine Abende mehr, an denen sie mich vierzehn- oder dreiundzwanzigmal hintereinander anrufen würde.)

Unglücklich zog sie die Schultern hoch.

Mama, sagte ich einlenkend, Kabel durchzuschneiden

ist sehr gefährlich, das weißt du doch. Und sofort fuhr mir selbst der Schreck in alle Glieder. Deshalb hatten sie hier auf der Station Neonröhren in der Decke und keine gemütlichen Stehlampen! Wer sagte denn, dass meine Mutter (lieber tot, lieber tot) beim Zerschneiden des Kabels nicht auf irgendwas gehofft hatte?

Sie fing an zu weinen.

Ich ging zum Waschbecken, kippte ihren Kulturbeutel aus und steckte ihre Nagelschere in meine Tasche.

Am gleichen Abend klopfte ich an Lizzys Tür, die mit Postern von niedlichen Ponys und Welpen beklebt war. Meine Tochter saß mit gekreuzten Beinen auf dem Bett und las angestrengt in einem dicken Ordner.

Hast du das alte Märchenbuch noch?, fragte ich. Das möchte ich mit Oma zusammen lesen.

Ohne aufzuschauen murmelte sie: Das sind doch Kindergeschichten.

Oma ist ja auch wieder wie ein kleines Kind.

Kriegst du das später auch, Mama? Oh, warte mal. Sie kramte ihr Handy hervor, das mit einem Klingelton den Eingang einer SMS anzeigte.

Während sie die Nachricht las, studierte ich sie amüsiert. Ihr langes, dunkles Haar glänzte im Lampenlicht. Unsere unschuldige Lizzy, die selbst noch gar nicht mitbekommen hatte, wie hübsch sie war.

Guck dir das mal an, dieser Storm! Mit schallendem Gelächter warf sie sich rücklings aufs Bett.

Ich sah mir die Nachricht an. SOOO MUCH IN LOVE, hatte Storm geschrieben.

Hm, sagte ich.

Lizzy richtete sich auf und tippte mit flinken Fingern eine Antwort ein. Dabei kicherte sie laut vor sich hin. Vertraulich sagte sie zu mir: Das ist schon das dritte Mal, weißt du.

Was? Dass Storm verliebt ist?

Mitleidig sah sie mich an. Wo lebst du denn?, sagte sie.

Leicht verdattert trat ich an ihr Bücherregal. Versuchte mir Storm auf seinem Fahrrad vorzustellen, sah ihn jedoch mit einem Mädchen im Bett liegen. Siebzehn, was war denn da anderes zu erwarten? Das galt heutzutage wahrscheinlich schon als spät. Begann im Kopf eine verwirrte E-Mail, die nur auf ein vorgeblich beiläufiges PS abzielte: Verhütung nicht vergessen, ja?

Na, der würde sich bedanken! Nein, das musste Peter machen.

Mit dem Buch unterm Arm ging ich wieder nach unten. Unser Sohn hatte eine Freundin und ein Sexleben, und ich würde meiner Mutter Rotkäppchen vorlesen. Ging es noch verrückter? Ja, denn wenn wir bei Schneewittchen und den Sieben Zwergen angelangt sein würden, war Lizzy vielleicht auch gerade reif für ein Sexleben. Warum auch nicht? Die Tatsache, dass man selbst auf dem Gebiet ausrangiert war (nur zurzeit! Das war bestimmt nur vorübergehend!), brauchte die Kinder schließlich nicht daran zu hindern, nach Herzenslust zu experimentieren.

Im Wohnzimmer saß Peter mit Handtuch über dem Kopf über einem Dampfbad. Er prustete und schnaubte, nieste und schniefte.

Ich wollte sagen: Armer Schatz, geht es einigermaßen?

Und dann würde er sagen: Muss ja. Oder: Nein, ich fühl mich beschissen.

Und darauf ich: Aber jetzt muss ich dir was erzählen! Weißt du, dass Storm …

Ach, Mensch, fuhr ich ihn an, nimm doch nicht immer die Salatschüssel dafür!

Er ließ das Handtuch ein wenig sinken und schaute mich aus roten Äuglein kläglich an: Was hast du denn auf einmal?

FEBRUAR

Amsel

Der Februar kam, und die Tage wurden sichtlich länger. Bei Sonne sangen die Amseln manchmal so, als hätten wir schon Frühling.

In Saugatuck musste Francien noch Tag für Tag Schnee schaufeln, wie sie erzählte, wenn sie treu anrief, um sich zu erkundigen, ob ich es mit Ma noch schaffte. Per Mail schickte sie winterliche Fotos. Und einmal auch stolz ein Bild von einer Torte, mit der Nell bei einer örtlichen *Bake & Sale* allen die Schau gestohlen hatte: ein herzförmiges Marzipan-Ungetüm. Der Anblick erinnerte mich an ein Gespräch, das wir vor Jahren in Michigan, in einem kleinen Café am Fuße des Leuchtturms geführt hatten, während wir ein Chili aßen und der Wind draußen Sandspiralen über den Strand wirbelte. Nell erzählte damals, dass sich ihr Vater, der aus einer Familie mit einer Geschichte von Herzdefekten stammte, vorsorglich sein Leben lang bemüht hätte, nur ja kein Herz zu zeigen. Sie wurde dabei sehr traurig, und ihre schönen grünen Augen füllten sich mit Tränen, als sie mit Vehemenz sagte: *Love is never a mistake. Not even when it's unanswered.*

Stellte zu meinem Bedauern fest, dass ich seit damals

wohl ziemlich abgestumpft war, denn diese optimistischen Worte sagten mir jetzt rein gar nichts. Sollte noch schwer damit zu tun bekommen, denn »Herzklopfen« schien das Thema des Monats zu sein.

Am Valentinstag überraschte Lizzy mich damit, dass sie mit einer großen Papierrose nach Hause kam. Ich nahm automatisch an, sie sei für mich bestimmt. Doch Lizzy hatte sie selbst geschenkt bekommen. Sie verschwieg geheimnisvoll, von wem. Peter begann sie sofort damit aufzuziehen. In unserer Mail war am gleichen Tag eine elektronische Karte von Storm (mit einem Mundharmonika spielenden Koalabären), der jetzt auch uns gegenüber keinen Hehl mehr daraus machte, dass er auf Freiersfüßen war. Sie hieß Carli. »Carli« zweifellos mit einem Herzchen auf dem i.

Am Freitag danach heiratete Adri, an einem strahlendschönen Morgen. Auf dem Fest, in einer der Blumenzwiebelscheunen unserer Nachbarn Frans und Helma Bax, wurde Peter den ganzen Abend von Freundinnen der Braut zum Tanzen aufgefordert, aufreizenden Weibsen in Glitzertops, straff in ihrer schimmernden Haut. Er musste sich zwar nach jedem dritten oder vierten Tanz kurz hinsetzen, aber er hielt durch.

Eine Woche später kam Adri mit leicht breitbeinigem Gang wieder zur Arbeit.

Nur Bingo und mich schien der nahende Frühling unberührt zu lassen. Bingo roch mittlerweile nach verschimmeltem Heu. Wenn ich sie hochnahm, war es, als klapperten ihre eingezogenen Beine lose in ihrem Panzer herum. Dabei hatte ich sie eigens ins Gewächshaus gestellt, damit sie in sicherer Entfernung von den Lenzrosen war: Die konnten für das Tier schließlich tödlich sein.

Und ich fuhr zwar eines Nachmittags mit felsenfesten Vorsätzen nach Noordwijk, um in der dortigen Drogerie endlich das Mittel gegen eine tr. Sch. zu kaufen, doch als ich gerade danach fragen wollte, kamen zwei kichernde Klassenkameradinnen von Lizzys früherer Schule herein. Guten Tag! Hallo, Mädchen. Statt sich nun den Lakritzen oder dem Nagellack zuzuwenden, blieben sie stocksteif neben mir stehen. Ich bekam das paranoide Gefühl, dass sie neugierig waren, was Lizzys Mutter denn wohl hier kaufen wollte. Womöglich was Ekliges! Zog also mit einer überflüssigen Packung Zahnstocher ab. Aber wer weiß: Vielleicht brauchten sie ja selbst zum ersten Mal Tampons und kamen sich genauso blöd vor wie ich mir.

(Anzahl der vergeblichen Expeditionen: drei, bis dato.)

Mit meiner Mutter las ich derweil Dornröschen, Schneewittchen, Aschenputtel, Der Gestiefelte Kater, Hänsel und Gretel und Die Bremer Stadtmusikanten. Wir quälten uns von »Es war einmal« zu »Und wenn sie nicht gestorben sind, so leben sie noch heute.« Die Kleine Meerjungfrau und Das Mädchen mit den Schwefelhölzern ließ ich aus. Mitleiderregende Geschichten konnte ich nicht gebrauchen. Ich wollte Treue und Durchsetzungsvermögen belohnt, Prüfungen glorreich bestanden und augenscheinlich unlösbare Aufgaben dennoch bewältigt sehen.

Das eine Mal stieß Ma die mehr als bekannten Worte ohne das geringste Verständnis hervor, als wäre ihr ein vergifteter Apfel in die Kehle geschossen. Das andere Mal war die Lektüre weit unter ihrem Niveau, und sie lehnte es ab, sich in »erfundenen Kinderkram« zu vertiefen. Meine Geduld wurde mächtig auf die Probe gestellt. Und dann kam noch das Problem mit der Hose.

Das hatte man davon, wenn man die Prinzessin auf der Erbse spielte und die Namensschildchen aus seiner Kleidung schnitt: In der Wäscherei vom Sonnenhügel ging eine von Mas Hosen verloren. Es war eine beige Altedamenhose, die, an Mas eigenen Maßstäben gemessen, fade und langweilig war, die aber, da sie nun weg war, prompt den Status der Lieblingshose erwarb. Ohne diese Hose hatte das Leben meiner Mutter keinerlei Sinn mehr. Mindestens fünfmal stieg ich in die Katakomben des Gebäudes hinab und durchsuchte dort die Regale, scharf beobachtet von der Chefin, einer Frau mit entzündeten, blutunterlaufenen Augen, die mir schließlich zu verstehen gab, dass es wohl besser wäre, wenn ich eine neue Hose für meine Mutter kaufte.

Kein Problem. Die Läden waren voll von beigen Altedamenhosen. Ich kaufte gleich die teuerste, eingedenk Mas Devise, dass das Teuerste meistens auch das Beste war. Diese Regel galt aber leider nicht mehr, wie sich herausstellte: Ma fand den Stoff »zu zäh«. Ich tauschte die Hose gegen ein Exemplar um, das sie wegen eines kleinen Schlitzes im Bein, den die ursprüngliche Hose nicht gehabt hatte (wie dumm von mir!), genauso schnell für untauglich befand. Die dritte Hose »schmeckte nach Fledermaus«, die vierte war ihr in der Taille zu eng und hatte einen zu tief sitzenden Schritt, bei der fünften war die

Gürtelschnalle unzulässig »späng«, die sechste »rippelte«, und was mit der siebten nicht stimmte, weiß ich schon nicht mehr. Jedenfalls hatte auch sie nicht das nötige Wasweißich, nach dem sich meine Mutter in ihren seltenen guten Momenten so verzehrte. Oder sie flößte ihr, als neues Kleidungsstück, die Existenzangst ein, die zu ihren schlechten Momenten gehörte.

Während ich eigentlich Aufträge hätte schreiben oder Lizzy in einem trauten Gespräch unter vier Augen hinsichtlich ihrer Rose auf den Zahn hätte fühlen müssen, schleppte ich Hose über Hose an. An der Stange im Laden sah eine wie die andere nach einer unschuldigen beigen Altedamenhose aus, doch sowie meine Mutter sie aus der farbenfrohen Plastiktragetasche nahm und anzog, geschah etwas Seltsames damit. In der einen Hose glich sie Clint Eastwood, in der nächsten Daisy Duck.

Ungelogen, sagte ich zu Hause verzweifelt zu Peter.

Ach, Liebes, entgegnete er, lass dich doch wegen solcher Bagatellen nicht verrückt machen.

Das klang vernünftig, doch ich hatte mittlerweile Gutscheine von diversen Modegeschäften in der Tasche, da ich dort das gesamte Sortiment ausgeschöpft hatte. Eines Nachts träumte ich, dass ich an die verschlossene Tür der Wäscherei vom Sonnenhügel hämmerte, hinter der die Chefin unter satanischem Gelächter weitere Kleidungsstücke meiner Mutter unterschlug. Beim Aufwachen fragte ich mich bestürzt, ob Wahnsinn womöglich ansteckend war. Nach dem Frühstück zog ich resolut mit meinen Gutscheinen los, kaufte eine schicke graue Hose, fuhr wieder die elende Strecke zum Sonnenhügel und lieferte sie dort am Empfangsschalter ab. Mir reichte es jetzt. (Anzahl der Hosen, die ich hin- und herbefördert hatte: siebzehn.)

Auf der Rückfahrt gönnte ich mir einen Besuch beim Friseur. Das erwies sich als gute Idee. Allein schon die Haarwäsche empfand ich als so wohltuend, dass ich beinahe laut gegrunzt hätte. Und als ich danach unter einem frischrosafarbenen Frisierumhang, ein Tässchen Espresso in Reichweite, gemütlich mit meiner Friseuse schwatzte, kam ich mir geradezu leichtfertig vor. Ihr jüngster Sohn, Ben, ist schon seit der Krabbelgruppe mit Storm befreundet, wir kennen uns ein halbes Leben lang. Es war gerade ruhig im Salon, Corinne hatte alle Zeit der Welt für mich. Beim Reden kämmte sie mit den Fingern durch mein nasses Haar, bis mir die ganze Kopfhaut prickelte.

Ich seufzte vor Entspannung.

Soll ich es diesmal etwas kürzer schneiden?, fragte sie schließlich. Deine Haare dünnen in letzter Zeit so aus.

Sag bloß nicht, dass ich jetzt auch noch kahl werde!

Na ja, alles wird ein bisschen schlaffer und geht zurück, nicht? Schau dir mich an, hier, diese Strähne … Wenn ich die nicht jeden Tag über die Rundbürste föhne, seh ich aus wie 'ne kranke Pute.

Gemeinsam starrten wir auf ihr Spiegelbild. Jetzt, wo du's sagst, sagte ich, dein Haar sah früher in der Tat … nach mehr aus.

Mit kritischem Blick zupfte sie an der bewussten Strähne.

Ich beugte mich vor und studierte mein eigenes Spiegelbild. Links oben am Haaransatz war eine regelrechte

Geheimratsecke entstanden, wieso hatte ich das nicht längst bemerkt? Ich konnte gerade noch einen Aufschrei des Entsetzens unterdrücken.

Grausig, nicht?, sagte sie. Aber was können wir dagegen tun? Muslimin werden und uns unter einer Burka verstecken? Wird dein Schamhaar übrigens auch schon grau? Soll ich dir was zum Färben mitgeben? *Redken*, zwölf fünfundneunzig.

Und was machen wir hiermit?, fragte ich, mit der flachen Hand unter mein Doppelkinn klatschend.

Wie aus der Pistole geschossen antwortete sie: Dreimal täglich eine Viertelstunde lang die Zunge gegen die obere Zahnreihe drücken. Mach mal, du wirst die Wirkung sofort sehen.

Tatsächlich, es brachte was.

So macht Monique van de Ven es auch. Das hält sie so schön. Muss sie als Schauspielerin ja auch sein, nicht?

Und die Oberarme? Hast du dafür auch einen Tipp?

Die Begeisterung schwand aus ihrem Gesicht: Nein. Bedecken ist die einzige Lösung. Gegen einfallendes Bindegewebe ist kein Kraut gewachsen. Daher diese Ohrläppchen, Heleen. Und auch das Hundeköpfige. Siehst du, was ich meine? Keine von uns hatte früher solche Hängewangen. Der ganze Laden sackt einfach in sich zusammen.

Unsere Spiegelbilder betrachteten einander sorgenvoll. Man mochte es kaum glauben, aber wir waren mal richtig kecke junge Frauen gewesen. Da hatten wir nicht mal gewusst, dass wir überhaupt Bindegewebe besaßen. Ältere musterten wir mit einer Mischung aus Abscheu und Misstrauen: Dass jemand es so weit kommen lassen konnte! Uns würde das nicht passieren. Wir dachten, dass unsere blühende Jugend unser eigenes Verdienst sei. Wir prunkten damit auf Familienfeiern und Geburtstagen und tanzten dort herausfordernd mit den bedauernswerten Ehemännern stockalter Tanten. Das würde mal ein Muntermacher für sie sein.

Verrückt, nicht?, sagte ich zu Corinne. Verrückt, dass alles, na ja, letztlich einfach nur so ist, wie es ist, während man sich doch irgendwie so viel mehr davon erwartet hatte.

Sie sah mich resigniert an. Ach, Kind, sagte sie.

Wenn Lizzy wüsste, dass es Menschen gab, die mich »Kind« nannten, würde sie tot umfallen.

Corinne ging daran, mir die Haare zu schneiden. Nach einer Weile sagte sie: Dass bei Jugendlichen die Hormone verrückt spielen, findet jeder normal. Für sie verändert sich ja so viel, nicht? Aber was ist mit uns? Ist das etwa keine Veränderung: totaler Verfall, also ich bitte dich, dagegen ist die Meuterei auf der Bounty doch ein Klacks, oder? Ab und zu könnte ich wirklich laut schreien.

Das sind bestimmt Stimmungsschwankungen, sagte ich.

Und da wundert sich Joop, dass ich ihm manchmal wegen einer Kleinigkeit ein Messer zwischen die Rippen stechen könnte. Wie würdest du es denn finden, frage ich ihn dann, wenn das Vertrauteste, das du besitzt, dein eigener Körper, vor deinen Augen auseinanderfällt? Welche Sicherheiten bleiben einem Menschen da? Wie soll ich unter diesen Umständen noch die Alte bleiben können? Hör doch auf, Mensch. Mit einem Mal bin ich zu schwabblig für eine ärmellose Bluse, aber ich fühle mich weiß Gott noch nicht reif für einen Rollator.

Ja, wir sitzen mal wieder zwischen allen Stühlen.

Demnächst kriegen wir auch noch solche Pigmentflecken im Gesicht. Oder Barthaare. Das ist der Lauf der Natur, man weiß es vorher, aber wenn es dann so weit ist, zieht es einem doch den Boden unter den Füßen weg.

Man weiß das vorher nicht, Corinne. Man denkt, dass man die ewige Jugend besitzt.

Ja, mag sein. Schau mal, wenn ich es hier jetzt stufig schneide, sieht man diese gelichtete Stelle fast nicht mehr.

Eine halbe Stunde später saß ich wieder im Auto. Während der Fahrt betastete ich immer wieder meinen Kopf und schaute alle naselang in den Spiegel. Ich war keine Frau mit Geheimratsecke mehr. Ich fühlte mich aufgepeppt und durch das Gespräch auf wundersame Weise wie ausgetauscht. So konnte man es auch betrachten: Wenn die Hormone einen zum zweiten Mal im Leben umhauten, ging kein Weg daran vorbei, dass man erneut den Boden unter den Füßen verlor. Und das war noch nicht alles. Denn während man selbst seinem Verfall ins Auge sah, waren die eigenen Kinder auch noch dabei, selbstständig zu werden, und die eigenen Eltern wurden hilfsbedürftig. Alles stand auf dem Kopf. Vieles würde aufs Neue hinterfragt, aufs Neue herausgefunden werden müssen. Das war durchaus eine Herausforderung.

Komisch nur, dass man aus Sicht der Außenwelt als Fünfzigjährige keine nennenswerte Rolle mehr spielte und als dummes Geschöpf ohne sonderlich interessante Beschäftigungen oder Gedanken betrachtet wurde. Dabei hatte man noch nie in seinem Leben so viele Turbulenzen auf einmal mitgemacht.

Als ich zu Hause ankam, musste ich ganz hinten auf dem Gelände parken, so viel war bei uns los. Kurz vor dem Haus lief mir Willem über den Weg. Er hatte eine Gruppe von Schulkindern in seinem Kielwasser, die ein rebellisches Lied schmetterten. Gutmütig ließ er sich von rechts und links puffen und rempeln. Im Vorübergehen rief er mir zu: Hübsche Frisur, Heleen.

Zufrieden schob ich mich an meinen Schreibtisch. Aber ich saß kaum, als Bill anrief, hi, hier Bill, um mir mitzuteilen, dass meine Mutter beim Anblick der grauen Hose, die ich vormittags abgeliefert hatte, in eine Art Katatonie gefallen war. Sie war auf die Knie gesunken und hockte dort noch immer, während sie unaufhörlich und fieberhaft murmelte: Erlöse mich von Heleen! Mutter Maria, erlöse mich von Heleen!

Tja, sagte Bill, jetzt sind Sie die Übeltäterin, was?

Fühlte mich nach dem Anruf plötzlich völlig zermürbt. Wie lange konnte ich noch den Kopf in den Sand stecken und die Sache auf die lange Bank schieben? Auch wenn sie hin und wieder noch große Töne spuckte, war meine Mutter eindeutig gaga. Schon vor Wochen, im Krankenhaus, war festgestellt worden, dass sie nicht mehr selbstständig leben konnte. Ich musste der Realität ins Auge sehen und aktiv werden. Bald würde über ihre Pflegebedürftigkeit entschieden sein, und dann konnte sie nicht mehr dort bleiben, wo sie jetzt war. Es musste eine endgültige Unterbringung für sie gefunden werden.

Unter protestierendem Knirschen aller meiner Zahnräder zog ich mein Uhrwerk wieder auf.

Ein einziger Anruf beim Sozialen Dienst vom Sonnenhügel genügte, und ich hatte eine Liste von Pflegeeinrichtungen in der Umgebung von Nieuwegein, wo Ma wieder näher bei ihren Mädels sein würde. Dazu bekam ich den Rat, in der Tat schon mal möglichst viel Vorarbeit zu leisten und eine Wahl zu treffen.

Das erste Heim, das ich mir ansah, war in einem strahlendweißen Hochhaus in einem Neubauviertel direkt an der Autobahn untergebracht. Es hätte auch eine Investmentgesellschaft oder dergleichen sein können. Mit ein wenig Fantasie kam ich hierher, um einen Überbrückungskredit zu beantragen.

Ich war leicht außer Atem, als ich in der Eingangshalle stand. Worauf musste ich achten? Was durfte ich nicht vergessen? Francien hatte gesagt: Hauptsache, es ist ein bisschen heimelig. Vielleicht war das ja auch das Einzige, worauf es ankam.

Die Rezeptionistin verwies mich an ein Büro im achten Stock. Auf dem Weg zum Fahrstuhl kam ich am Aufenthaltsraum vorüber. Hellblaues Linoleum auf dem Fußboden, lindgrüne Vorhänge und dazu passendes blaugrünes Mobiliar. Auf jedem Tisch stand eine Fettpflanze. Küchenhilfen waren gerade dabei, Kaffeegeschirr hinzustellen. Ich redete mir ein, dass es sauber und gepflegt aussah, aber mir war, als spürte ich Mas bohrenden Blick im Rücken.

Oben erwartete mich jemand von der Aufnahme. Eine

Frau um die vierzig, die mich an Elly erinnerte, weil sie sich auch so aufplusterte und so viel Wind machte. Sie stellte sich als Thea vor und führte mich in ihr Büro, während sie ununterbrochen plapperte, dass das Wetter für diese Jahreszeit so schön sei und man schon überall Krokusse sehe. Um sie für mich einzunehmen, sagte ich: Mein Mann und ich haben eine Gärtnerei. Da war sie gar nicht mehr zu bremsen. Es dauerte mindestens zehn Minuten, bis wir zum Anlass meines Besuchs kamen.

Ach ja, Ihre Mutter. Abwartend sah sie mich an.

Ich begann, ihr die Situation zu erläutern, und versuchte, während ich redete, zu einem Entschluss zu gelangen, ob ich damit herausrücken sollte, dass Ma Telefonkabel und Kleidung zerschnitt. Ich hatte keine Ahnung, ob ich sie eher als jemanden schildern sollte, der noch ganz gut beisammen war, oder als ein sabberndes, in die Hose machendes, wirres Zeug redendes Wesen, das vergessen hatte, wie man sich die Schuhe zuband. Was, wenn Thea in letzterem Fall sagen würde: Nein, tut mir leid, da müssen wir passen?

Hätte ich doch nur Peter mitnehmen können. So ein netter Mann hat bestimmt auch eine manierliche Schwiegermutter, hätte sie dann gedacht. Aber Peter wusste nicht mal, dass ich hier war. Um Diskussionen zu vermeiden, hatte ich den Termin extra auf einen Vormittag gelegt, an dem er auf dem Großmarkt war. Nicht einmal von meinem Telefonat mit der Sozialarbeiterin vom Sonnenhügel hatte ich ihm erzählt. Irgendetwas sagte mir, dass wir uns über dieses Thema mächtig in die Haare geraten könnten. Und Streit mit Peter war gerade das Letzte, was ich wollte. Von einer fürchterlichen Hitzewallung heimgesucht, redete ich wie fremdgesteuert weiter.

Gehirnschlag. Vaskuläre Demenz. Aphasie. Mir gegenüber schrieb Thea alles in ein Formular. Sie sagte: Das Sprechen ist also auch ein Problem?

Zu der vertrauten erstickenden Wärme gesellte sich ein Gefühl der Leere in meinem Kopf. Wie sollte ich den Zustand meiner Mutter beschreiben? Sie war in eine Art prähistorische Düsternis geraten, für die es keine Worte gab, ja, wo noch nicht einmal eine Sprache existierte. Sie war wie die Höhlenbewohner auf einer Abbildung aus einem veralteten Geschichtsbuch, die vor einem Unwetter oder dem Einbruch der Nacht davonliefen, weil »Unwetter« und »Nacht« für sie noch unerklärliche Begriffe waren. Man konnte nur begreifen, was man benennen konnte. Sonst blieb alles übermächtig und unbeherrschbar.

Respekteinflößend, dass es der Menschheit gelungen war, für alle Erscheinungen in ihr und um sie herum Wörter zu finden, sogar für die hysterische Angst, dass der Penis immer kleiner wird. Und um so schwerer fassbar, dass man dieses Vermögen mir nichts, dir nichts verlieren konnte und dann alles bedeutungslos wurde.

Thea notierte noch einige Daten. Dann sagte sie: Die Pflegebedürftigkeit dürfte irgendwo zwischen zwölf und vierundzwanzig Stunden psychogeriatrischer Betreuung angesetzt werden. Soll ich Ihnen die Abteilung kurz zeigen?

Wir nahmen den Aufzug in den vierten Stock. Erst jetzt sah ich, dass an der Fahrstuhlwand eine Liste der im Haus angebotenen Aktivitäten hing. Mittwochnachmittags war

Chor. Freitagabends geselliges Beisammensein mit Imbiss im Aufenthaltsraum. Sonntags Bingo. Automatisch dachte ich: Schön für Ma. Als läge es noch in ihrem Vermögen, in rascher Folge lange Zahlenreihen zu erkennen und anzukreuzen. Sie würde nie mehr eine Schildkröte oder auch nur eine Mettwurst gewinnen.

Zunächst sahen wir uns ein gerade frei gewordenes Zimmer an. Würde meine Mutter noch erfassen, dass erst jemand hatte sterben müssen, um Platz für sie zu machen? Zum Glück war das Zimmer bei weitem nicht so trübselig, wie ich befürchtet hatte. Alles war frisch gestrichen, und mochte Mas Büfett auch nicht hineinpassen, so war doch genügend Platz für ein ganzes Set ihrer geliebten Beistelltischchen. (Anderswo im Gebäude – ich traute mich nicht, danach zu fragen – hatten sie natürlich Säle, in denen wund gelegene Insassen Bett an Bett lagen. Für meine Mutter galt es, mobil zu bleiben und geistig nicht noch weiter abzubauen. Dann konnte sie durchaus noch eine ganze Weile kommod in so einem Zimmer wohnen, umgeben von einem Teil ihrer eigenen Sachen.)

Danach war das Wohnzimmer dran, ein quadratischer Raum mit großen Fenstern. Ich verschloss mich vor dem Anblick der irrlichternden Alten, die dort stumm vor sich hin dösten. Es musste ja auch furchtbar müde machen, wenn einem ständig alles unbekannt vorkam. Ein hageres altes Männlein war der Einzige, der mich ansah. Laut sagte er: Zisch ab, Pisskopf.

Tag, Herr van Velzen, sagte Thea ungerührt.

Tag, Herr van Velzen, sagte ich, während ich kurz meine Frisur befühlte.

Weil er darauf leidenschaftlich in der Nase bohrte, wandten Thea und ich den Blick wie auf Kommando ab. Auf den Fensterbänken standen Margarinebecher mit Stecklingen von Usambaraveilchen. Ein tolles Gewächs, dieses Usambaraveilchen, sagten wir zueinander, man braucht nur ein Blatt abzubrechen und in die Erde zu stecken, und binnen zwei Wochen hat man eine neue Pflanze. Einfach ideal.

Ich musste einen ruhigen, kompetenten Eindruck machen. Thea sollte denken: Das ist eine Frau, die nur das Beste für ihre Mutter möchte. Doch in meinen Ohren klang meine Stimme eigenartig schrill und laut. Vielleicht lag es daran, dass es in dem Wohnzimmer wenig gab, was den Schall dämpfte: keinen Teppichboden, keine Vorhänge. So war es zwar hygienischer, aber nicht sonderlich gemütlich für Menschen einer Generation, die ihr Leben lang in Häusern voller Plüschdecken, bestickter Kissen und Perser-Treppenläufer gewohnt hatte. Wahrscheinlich wurde hier unter der Fertigbauzimmerdecke schon so etwas Schlichtes wie das Rühren in der Teetasse zu einem unbekannten Hörerlebnis. Zu Hause hatte das früher natürlich ganz anders geklungen. Und zu Hause hatte es bestimmt auch anders gerochen: nach Schmorfleisch, Pfeifentabak, Schweißfüßen, Seifenlauge, verwelkten Rosen, prallem Leben.

Wo fanden arme, verwirrte Sinnesorgane hier noch einen Halt?

Routiniert zählte Thea unterdessen eine Reihe praktischer Fragen auf. Pflegeminuten, diätetische Vorkehrungen, gesetzliche Leistungen bei Pflegebedürftigkeit.

Hinter uns brabbelte Herr van Velzen irgendetwas Unverständliches. Ob der alte Mann noch jemanden auf der Welt hatte, der ihn hin und wieder besuchte? Ich sah schon vor mir, dass ich meine Aufmerksamkeit hier zwischen ihm und meiner Mutter würde aufteilen müssen. Das würde bei Ma nicht gut ankommen.

Haben Sie noch Fragen?

Nein, sagte ich bedrückt.

Wir machten gerade Anstalten, das Wohnzimmer zu verlassen, als eine Pflegerin in weißem Hosenanzug hereinkam. Astrid!, rief Herr van Velzen erfreut aus. Er nahm die Finger aus der Nase und trippelte ihr entgegen.

Das ist Maja, die Leiterin der Abteilung, stellte Thea sie vor.

Guten Tag, sagte Maja. Sie sehen sich für Ihre Mutter um, nicht wahr?

Ich nickte.

Wir haben demnächst einen Tag der offenen Tür. Dann können Sie noch einmal mit ihr zusammen kommen. Das empfehlen wir den Angehörigen immer. Sonst wird so über den Kopf der Menschen hinweg entschieden, nicht?

Ich spürte, dass ich rot wurde. Na ja, manch einer hatte halt eine andere Art Mutter als ich. Die meine nahm man auf keinen Fall zu einem Tag der offenen Tür hierher mit. Sie würde auf der Stelle kehrtmachen, wenn ihr aufging, welche Absicht dahintersteckte.

Hat Thea Ihnen alles gesagt, was Sie wissen wollten? Auch über unsere Warteliste? Die Wartezeit beträgt momentan nur drei Monate, das ist relativ wenig.

Wie es mit dem Rauchen aussieht, sagte ich, das hatte ich noch vergessen. Meine Mutter …

Da können Sie völlig unbesorgt sein. Im ganzen Haus ist Rauchverbot.

Ich meine, sie raucht.

Tja, das ist dann erst einmal schwierig. Aber in einer rauchfreien Umgebung vergessen die meisten Menschen rasch, dass sie Lust auf eine Zigarette hatten. Also dann bis demnächst, ja? Mit freundlichem Lächeln reichte sie mir die Hand.

Ich dachte: Aber ohne Fräulein kann meine Mutter nicht schreiben, Maja.

Astrid, sagte Herr van Velzen drängend, dauert der Tag noch lang?

Der Tag hat gerade erst angefangen, Herr van Velzen. Kommen Sie, wir gehen rasch die Vögel füttern.

Darauf sagte Thea gleich begeistert zu mir: Oh, das haben Sie noch nicht gesehen. Das ist nett.

Zu viert verließen wir das Wohnzimmer. Auf dem breiten Flur war es inzwischen voller geworden: Etliche murmelnde Alte schlurften dort herum.

Meine Damen, meine Damen, sagte Maja, der Kaffee kommt gleich, nehmen Sie doch ruhig schon mal Platz.

Pissköpfe, schimpfte Herr van Velzen. Er zog seine Hose hoch, blickte böse um sich und fügte indigniert hinzu: Und da hock ich den ganzen Tag dazwischen.

Aber Sie sind doch ein Glückspilz, sagte Maja, so als einziger Hahn im Korb! Jede Menge Freundinnen zur Auswahl.

Und da erst wurde es mir bewusst. Anzahl der Männer

auf der Station: einer. Ja, so waren nun mal die Bevölkerungsstatistiken. Aber wie sollte sich meine gefallsüchtige Mutter je damit begnügen? Zu Hause hatte sie sich zumindest noch regelmäßig den Besuch eines Klempners oder Elektrikers gönnen können. Die fraßen ihr allesamt aus der Hand, sagte sie immer triumphierend.

Ob sich unser Willem dazu bewegen lassen würde, gegen Bezahlung natürlich, sie einmal im Monat zu besuchen? Er war noch Junggeselle, bald würde er eine Freundin haben, mit der er die Wochenenden verbringen wollte.

Thea stieß mich an: Schauen Sie mal, schön, nicht?

Wir waren bei einer Nische im Flur angelangt, in der eine große Voliere stand. Bunte kleine Vögel flogen zwitschernd darin hin und her oder hingen kopfüber an Zweigen und Schaukeln. Mindestens ein Dutzend waren es.

Maja nahm eine Packung Samen von der Fensterbank und füllte die Futternäpfe.

Die Finger in den Maschendraht gekrallt, schaute Herr van Velzen zu. Raus können sie nicht, lispelte er, aber sie bekommen gut zu essen, sehr gut.

Thea sagte zu mir: So holen wir doch noch etwas Natur ins Haus. Und Haustiere tragen zur Lebensqualität bei, wissen Sie.

Meine Mutter hat eine Schildkröte, sagte ich unbesonnen. Könnte die hier …

Oh, das ist kein Problem. Darauf richten wir uns dann ein.

Fein, sagte ich. Jetzt war ich festgenagelt. Was, wenn Bingo unter meiner Obhut einging und das Frühjahr nicht mehr erlebte? Ich sah mich schon auf der Suche nach einem Double von Zoohandlung zu Zoohandlung gehen, während meine Manteltaschen allmählich von Gutscheinen ausbeulten. Ma würde das Tier wahrscheinlich sowieso nur als Aschenbecher benutzen, wenn sie heimlich rauchte. Ich musste auf einmal an die Goldfische in der neurologischen Ambulanz denken. Genauso gut würde sie hier den Sittichen den Hals umdrehen. Kein lebendes Wesen war bei ihr in sicheren Händen. War ich nicht selbst ein Beweis dafür?

Ich sagte, dass ich die vielen Eindrücke erst auf mich wirken lassen müsse und mich dann in Kürze wieder melden würde. Dann verabschiedete ich mich. Als ich zum Fahrstuhl lief, klingelte das Handy in meiner Tasche. Dreimal darfst du raten! Wir hätten das funktionsuntüchtig gemachte Telefon niemals ersetzen dürfen. Das war natürlich wieder sie, mit der Mitteilung, dass sie auf mich wartete, um nach Haube gebracht zu werden. Ich kannte die ganze Geschichte in- und auswendig, von vorn bis hinten und wieder zurück. Besser gar nicht erst drangehen.

Als ich zu Hause eintraf, war Peter schon vom Großmarkt zurück. Er führte gerade eine Gruppe herum. Kein guter Stil von mir, mich ausgerechnet jetzt zu verdrücken, aber andererseits hatte er so viel um die Ohren, dass er gar nicht mitbekam, wo ich war. Meistens nahm er sich nicht einmal Zeit für eine Pause, und es vergingen ganze Tage, ohne dass er zwischendrin mal reinkam: eine gute Gelegenheit für mich, Recherchen zu betreiben, alle Möglichkeiten aufzulisten und Argumente zu sammeln. Wenn ich dann alles hübsch geordnet hatte, würde er zumindest bestätigen müssen, dass ich gewissenhaft vorgegangen war.

Ich ging ins Büro, nahm ein neues Auftragsbuch aus dem Regal und setzte mich an meinen Schreibtisch. Sicherheitshalber machte ich meinen Computer an, falls jemand hereinschauen sollte. Dann schlug ich das Buch auf und notierte, wie Francien es mir angeraten hatte, das Datum und den Namen des Hauses, von dem ich gerade kam. Um fair abwägen zu können, teilte ich die Seite durch einen senkrechten Strich in zwei Spalten und überschrieb die linke mit FÜR und die rechte mit WIDER. Sauber, neu und gepflegt, schrieb ich in die linke Spalte. Freundlicher Umgang. Geräumige eigene Zimmer. Feste wöchentliche Aktivitäten für die Bewohner. Pflanzen im Wohnzimmer. Schildkröten erlaubt.

Dann kaute ich eine Weile auf meinem Stift. Herr van Velzen, war der, da Mann, ein FÜR? Oder sollte ich ihn lieber unterschlagen? WIDER war so hart. Die Sittiche waren genauso ein Zweifelsfall, wenn man Mas Veranlagung berücksichtigte. Beschloss, sie aber doch dem FÜR zuzuordnen, zur Illustration der Atmosphäre. Das Rauchverbot war ein absolutes WIDER.

Meine armselige Aufzählung stimmte nicht ganz mit den gemischten Gefühlen überein, die ich von dem Besuch zurückbehalten hatte, und deshalb schrieb ich unter WIDER noch: Gerüche und Geräusche: checken, wie anderswo.

Während ich schrieb, hatte mein Computer regelmäßig gepiepst, um den Eingang von E-Mails anzuzeigen. Die

Arbeit türmte sich. Rasch konsultierte ich die Liste der Einrichtungen, die mir vom Sonnenhügel durchgegeben worden waren. Ich würde meine Besuche gut koordinieren müssen. Wenn ich zu oft unterwegs war, kriegte ich zu Hause unweigerlich Ärger.

Ich griff zum Telefonhörer und arbeitete eine Aufnahmeabteilung nach der anderen ab. Erläuterte die Situation, vereinbarte einen Termin und notierte in meinem Terminkalender fein säuberlich und mit Pfeil versehen Datum, Uhrzeit und Adresse. Es hatte etwas Beruhigendes, so effizient zu agieren. Ich sagte gerade zusammenfassend zum letzten meiner Gesprächspartner: Schön, dann sehen wir uns also am …, als Peter hereinkam.

Mit verschränkten Armen baute er sich vor meinem Schreibtisch auf.

Schnell legte ich auf und klappte meinen Terminkalender zu.

Irritiert sagte Peter: Adri meckert, dass du über seine Überstunden nicht ordentlich Buch geführt hast.

Erst nach einem Augenblick konnte ich herausbringen: Ich habe ihm aber Montag seine überarbeitete Karte gegeben.

Hast du eine Kopie?

Ja, natürlich! Ich führe die Personalkartei schon seit zwanzig Jahren mit größter Sorgfalt. Willst du mich etwa bei irgendwas ertappen?

Was meinst du damit? Er begann, sich den Nasenrücken zu massieren.

Genau das, was ich sage!

Adri hat den ganzen Vormittag geschmollt, und du

warst weit und breit nicht auffindbar. Dürfte ich jetzt bitte die Kopie haben?

Ich zog die Schublade mit den Hängeordnern unter dem Schreibtisch auf und nahm Adris Karte heraus. Böse sagte ich: Sonst hat er sich wegen ein paar Überstunden mehr oder weniger nie angestellt, aber jetzt, wo er verheiratet ist, müssen wir offenbar jede einzelne Minute belegen, sonst kriegt er Ärger mit Madame Adri.

Peter musste unvermittelt lachen. Ach, Heleenchen, sagte er, wir waren früher bestimmt auch nicht anders.

Mein Computer piepste wieder.

Peter kam um meinen Schreibtisch herum und fasste mich bei den Schultern. Er sagte: Es ist jedes Jahr um diese Zeit dasselbe, wir können einfach nicht mehr. Hier, schau's dir doch an, du ertrinkst auch in Arbeit.

Der Bildschirm war ganz schwarz vor lauter neu eingegangenen Mails.

Peter bückte sich und gab mir einen Kuss auf den Scheitel: Wie war's heute Morgen bei deiner Mutter?

Ich lehnte mich kurz an ihn, um einer Antwort auszuweichen.

Er sagte: Ich fahre diese Woche schon auch noch mal zu ihr, wenn ich es ermöglichen kann. Du solltest dich nicht übernehmen.

Du bist ein Schatz, sagte ich mit belegter Stimme. Schick Adri mal zu mir, wenn er sich beschweren will.

Wir waren beide nicht gut darin, dem Personal gegenüber den Buhmann zu spielen, aber Peter hasste das noch mehr als ich. Ihm diese unangenehme Aufgabe abzunehmen, war das Mindeste, was ich tun konnte. Über mich wurde ja ohnehin schon gedacht: Mutter Maria, erlöse mich von Heleen.

Als ich am späten Nachmittag gerade von einer Besorgung in Lisse zurückkam, fing es heftig an zu regnen. Um auch einmal etwas zu tun, was einem anderen Freude bereitete, beschloss ich, Lizzy die Fahrradfahrt durch die Nässe zu ersparen und sie mit dem Auto im Tierheim abzuholen.

Lautes Bellen schlug mir entgegen, als ich auf das matschige Gelände fuhr. Es war schon eine Weile her, seit ich das letzte Mal hier gewesen war, und das Ganze kam mir noch armseliger vor, als ich es in Erinnerung hatte. Das Tierheim war in drei ausrangierten, streifig dunkelrot gestrichenen Baucontainern untergebracht, die im rechten Winkel zueinander standen. Dahinter gab es ein Stück Wiese, auf der die Hunde bei schönem Wetter den Tag verbrachten.

Ich fand Lizzy im vorderen Container, wo sie zwischen den Hundekäfigen über einem Pudel kniete, der sich verzückt von ihr den Bauch streicheln ließ. Meine Tochter ging so sehr in ihrem Tun auf, dass sie mich erst bemerkte, als ich sie ansprach. Mit glasigem Blick wandte sie sich zu mir um: Was machst du denn hier?

Es gießt draußen, deshalb komme ich dich mit dem Auto abholen.

Aber ich habe Paco gerade erst aus seinem Käfig geholt. Der Arme kann sich hier überhaupt nicht eingewöhnen.

Ich hockte mich zu ihr und tätschelte mit einer gewissen Zurückhaltung die Flanke des Tiers.

Er musste aus dem Haus, weil er das neue Baby gebissen hat, sagte Lizzy mit Grabesstimme.

Oje, das wird ein Mordsschreck gewesen sein.

Ja, schlimm, nicht? Er war so sehr an seine eigenen Sachen gewöhnt, und jetzt hockt er hier, wo ihm nichts bekannt vorkommt. Er versteht das einfach nicht. Er hat totales Heimweh.

Mit Unbehagen sagte ich: So ist das eben manchmal, Liz. Wenn der Zustand untragbar wird …

Aber Paco war vorher immer ein ganz Lieber. Das haben sie selbst gesagt. Da überlegt man sich das doch erst noch 'ne Weile, oder?

Tja, aber es fragt sich natürlich, welches Risiko man eingehen kann, entgegnete ich. (Sollte ich etwa auch warten, bis Ma jemanden biss? Fühlte mich schlagartig leicht überspannt. Seine alte Mutter um Haus und Herd zu bringen, noch bevor sie überhaupt jemanden gebissen hatte, das war erst ein Verbrechen!)

Lizzy! Lizzy!, rief jemand von draußen. Wo steckst du?

Meine Tochter fuhr hoch. Das ist Arend! Sie drückte den Pudel an ihre Brust und erhob sich. Ihr Kopf war feuerrot geworden.

Die Tür ging auf, und der Leiter des Tierheims lugte um die Ecke: Ach, hier bist du. Er kam herein. Er war ein gedrungener Mann unbestimmten Alters mit einem mürrischen, unzufriedenen Gesicht. Mir gönnte er nicht mehr als ein beiläufiges Nicken. Zu Lizzy sagte er: Du wolltest doch die Katzen füttern, oder?

Ich hab nur kurz mit Paco gespielt, erwiderte meine Tochter angespannt.

Aber kümmerst du dich jetzt noch um die Katzen, oder muss ich jemand anderen darum bitten?

Ich warf ein: Ich nehme Lizzy gleich mit nach Hause.

Nein, Mama, ich muss erst …

Papa wartet bestimmt schon mit dem Essen auf uns. Wir gehen.

Lizzy presste die Lippen aufeinander. Mit zornsprühenden Augen ging sie, den Pudel auf dem Arm, zu den Käfigen. Ach du Schreck, ich hatte sie blamiert! Bis morgen, sagte sie kaum hörbar zu Arend.

Während wir ihr Fahrrad hinten ins Auto legten, sagte ich: Du bist zu deinem Vergnügen hier, ja, und nicht dazu, dich von diesem Grobklotz anblaffen zu lassen.

Er ist eigentlich ganz nett, sagte sie verteidigend. Wieder wurde sie rot.

Mühsam an mich haltend, stieg ich ein. Das Kind leistete gratis und für umme einen Haufen Arbeit in dem verdammten Tierheim. Da konnte dieser Arend doch wohl ein kleines bisschen freundlicher zu ihr sein, oder? Der Mann bestätigte meine schlimmsten Vermutungen: Wer sich für eine Laufbahn mit Tieren entschied, tat das vor allem, weil die armen Tröpfe keine Widerworte geben konnten. Eine Berufung aus Unfähigkeit war das. In diesem Tierheim liefen lauter Autisten herum und Typen, die so schlampig und nonkonformistisch waren, dass kein normaler Mensch etwas mit ihnen zu tun haben wollte.

Ich warf einen Seitenblick auf Lizzy. Sie hockte zusammengeduckt neben mir und kaute an einer Haarsträhne. Die Manschetten ihrer Jeansjacke waren ausgefranst.

Heute Abend haben die Geschäfte länger geöffnet,

sagte ich. Wollen wir nachher noch kurz nach Haarlem fahren?

Sie zuckte die Achseln.

Ein hübsches Kleid für den Frühling, wär das nichts?, regte ich an. Und dann lassen wir Corinne auch gleich deine Spitzen schneiden.

Meine Tochter reagierte nicht. Wahrscheinlich brannte sie darauf, Storm eine SMS zu schicken: Mama hat mich heute im Tierheim total lächerlich gemacht.

Ja, so war das Leben: Man war seiner Mutter hilflos ausgeliefert.

Lizzy? Und auf dem Großen Markt gönnen wir uns dann ein Eis.

Mürrisch sagte sie: Ich hab viel zu viele Hausaufgaben.

Ach, du Ärmste.

Die in der Schule denken nicht dran, dass wir auch noch so was wie ein Leben haben.

Sie rührte mich. Wie schlecht das doch alles geregelt war. Ausgerechnet in einer Phase, in der man an völlig anderen Dingen interessiert war, musste man Tag für Tag zur Schule. Das war der völlig falsche Zeitpunkt. Tja, aber was traf sich schon gut oder kam gerade recht?

Zu Hause brannte kein Licht, nirgends. Ich stellte den Wagen ab und eilte, plötzlich beunruhigt, im Laufschritt ins Haus. Auf dem Küchentisch lag ein Zettel.

Es goss noch immer in Strömen, als ich wieder ins Auto stieg. Die Scheibenwischer kamen selbst auf der höchsten Stufe kaum dagegen an. Es wird schon gehen, sagte ich laut zu mir selbst, es wird schon gehen. Seltsam, dass ich nicht wesentlich panischer reagierte. Das war doch jetzt der Anfang vom Ende, anders konnte es doch gar nicht sein, so lief das doch ab, das war allseits bekannt.

Tut mir leid, dass ich es dir auf einem Zettel mitteilen muss, Heleen, aber du hast dein Handy nicht an.

So eine war ich: Eine, die ihr Handy ausschaltete, damit ihre hilfsbedürftige Mutter sie nicht erreichen konnte. Eine, die sich für ganz schlau hielt. Mein Gott, wie pathetisch.

Noch gut eine Stunde Fahrt, und ich war schon jetzt ganz verkrampft von der Starrerei durch die Windschutzscheibe. Ich drosselte die Geschwindigkeit. Zum Glück kannte ich die Strecke in- und auswendig.

Es war zwanzig nach acht, als ich beim Krankenhaus eintraf. Die normale Besuchszeit war schon vorüber. Die Flure und Fahrstühle waren leer.

Erster Stock, Wachstation, hatte Peter aufgeschrieben.

Ich sah ihn, sowie ich durch die Glastür trat. Vom Anmeldetresen her sah mich eine Schwester fragend an, aber ich bedeutete ihr, dass ich schon wusste, wohin ich musste. Ich ging an piepsenden Monitoren vorüber, mit denen Patienten verstöpselt waren, aber ich hielt den Blick eisern auf meinen Mann gerichtet.

Er schlief. Den müden Kopf in die Hand gestützt saß er am Bett meiner Mutter. »Ich fahr schon mal mit dem Taxi hin.«

Hundertzwanzig Euro, schätzte ich. Ich berührte ihn an der Schulter.

Heleen, sagte er, sofort hellwach, wo warst du denn bloß?

In Lisse, du weißt doch, um das Material zum Binden zu holen. Und weil es plötzlich so stark regnete, bin ich ins Tierheim weitergefahren, um Lizzy …

Ich wusste nicht, wo du warst und wann du nach Hause kommen würdest. Und dein Handy war aus.

Ich beugte mich über meine Mutter: Ist sie schon wieder zu sich gekommen?

Sie haben ihr keine Vollnarkose gegeben, sondern eine Spritze ins Rückenmark. Sie war wach, als ich kam, aber sie hat überhaupt nicht begriffen, wo sie war und warum. Sie mussten ihr etwas zur Beruhigung geben. Der Chirurg ist auch schon da gewesen. Er sagte, es sei ein glatter Bruch. Er hat ihr einen Stift in die Hüfte eingesetzt.

Meine Mutter lag regungslos da. Ihr Gesicht war eingefallen. Sie hatte eine ungute, gelbliche Farbe, aber das kam vielleicht durch das grüne Operationshemd, das ihr auch viel zu groß zu sein schien. Unbeholfen zog ich die Decke etwas höher hinauf. Oh, warum nur zählte es für den Allmächtigen offenbar nicht, dass man als Durchschnittsmensch schon sein ganzes Leben lang Rückschläge erlitten, Enttäuschungen weggesteckt und sich die größte Mühe gegeben hatte, das Beste daraus zu machen? Am Ende erwartete einen keine Fanfare, keine feierliche Huldigung. Stattdessen bekam man kurz vor Toresschluss ein weiteres Päckchen aufgeladen. Man wurde invalide, dement oder was man nicht sonst noch alles werden konnte, und wenn nicht das, so bekam man zumindest furchtbare Schmerzen. Das war nicht nur unfair, sondern hundsgemein.

Meine Mutter schlug die Augen auf. Schläfrig sagte sie: Ha, Francien.

Tag, Mama. Wie fühlst du dich?

So komisch geträumt.

Was hast du denn geträumt?

Dinge verloren, sagte sie. In den Mundwinkeln hatte sie weiße Speichelpfropfen.

Zum Glück war es nur ein Traum, nicht?

Jetzt war ich mir sicher: Als sie mich heute Morgen nicht an den Apparat bekommen hatte, war sie auf die Suche gegangen, war umhergewandert und -geirrt. Sie mochte vielleicht vergessen haben, dass sie mich anrufen wollte, aber sie wusste noch ganz genau, dass sie etwas gewollt hatte, und danach hatte sie gesucht, war herumgestampft, immer wütender, immer unglücklicher, bis sie vor lauter Elend nicht mehr sehen konnte, wohin sie trat, und stürzte und sich die Hüfte brach, weil ich hinter ihrem Rücken damit beschäftigt gewesen war, sie in einem Heim unterzubringen, und alte Leute, die sich die Hüfte brachen und dadurch lange das Bett hüten mussten, bekamen Probleme mit den Bronchien und den Schleimhäuten, was eine Lungenentzündung zur Folge hatte, und dann waren sie hinüber. (Anzahl der Gewissensbisse: nicht mehr zu zählen.)

Plötzlich grinste sie mich verschwörerisch an: Vorhin war auch dieser Mann da, spamzell der eine.

Peter? Der ist noch da, schau mal, ja, speziell deinetwegen.

Na, Margriet, sagte Peter und rückte etwas näher.

Am Kopfende ihres Bettes las eine Schwester gerade die Infusionswerte ab und schrieb etwas auf ein Klemmbrett. Sie machte nicht den Eindruck, als sei sie besorgt.

Ach ja, sagte meine Mutter innig zu meinem Mann, dich vergesse ich nie, Teep. Wirklich, das war vollkommen in der Aktualität. Und dein Hintern war vielleicht rot.

Ma!, sagte ich.

Und du hast so selig geguckt, wie ein Osterei, sagte meine Mutter. Sie kicherte ein bisschen.

Hast du Schmerzen?, fragte ich Hals über Kopf.

Verärgert sah sie mich an: Was suchst du denn hier?

Ich bin gekommen, weil du dir die Hüfte gebrochen hast.

Ach wo. Das hast du geträumt.

Na, jedenfalls haben sie dich gerade operiert. Deshalb liegst du …

Sie wandte sich ab. Traurig sagte sie zu Peter: Die wieder. Du hättest die andere heiraten sollen, wie heißt sie noch.

Ich bin ein zufriedener Mann, Margriet.

Meine Mutter brach in schallendes Gelächter aus und machte diese unausstehlich schelmische Gebärde, die besagen sollte: Ach, hör doch auf, mir kannst du nichts erzählen. Dann fiel sie übergangslos in Schlaf, gebrochene Hüfte hin oder her.

Auf der Rückfahrt schlief auch Peter neben mir ein. Von Zeit zu Zeit schaute ich kurz auf sein vertrautes Profil. Es musste dieses eine Mal in Saugatuck gewesen sein, worauf meine Mutter angespielt hatte.

Francien hatte gerade mit Nell die Pferdezucht angefangen. Auf die Homo-Phobie ihres neuen Vaterlandes war sie in der Umnebelung ihrer Verliebtheit allerdings nicht vorbereitet gewesen. Sie konnte es zum Beispiel einfach nicht lassen, Nell mitten auf der Straße mal so richtig abzuknutschen. Eines Nachts wurden die Fenster ihres Wohnwagens eingeworfen.

Sie erzählte es mir erst Monate später, als Peter und ich sie zum ersten Mal besuchten. Wenn ihr so gemütlich Arm in Arm die Straße entlangspaziert, sagte sie, bin ich einfach neidisch. Wenn wir das machen, sind wir die Huren von Babylon.

Es war eine unschöne Geschichte, und mir fiel zu Franciens Aufmunterung nichts Besseres ein, als zu sagen: Wenn du dich mal wieder achtbar fühlen möchtest, kannst du dir Peter gern ausleihen.

Ach, die Zeit heilt alle Wunden. Verletzungen können unüberwindlich erscheinen, aber das sind sie in Wirklichkeit selten. Beide Seiten gießen zähneknirschend Öl auf die Wogen, und Schwamm darüber. Früher oder später findet sich der Mensch mit allem ab, und sei es auch nur aus Bequemlichkeit. So vertrugen sich am Ende auch Saugatuck und die beiden Frauen.

In dem Sommer, als Peter und ich dort waren, war es aber noch nicht so weit. Ich sah die Blicke, mit denen meine Schwester und ihre Geliebte verfolgt wurden, ich spürte die unterschwellige Aggression. Das bekümmerte mich, aber zugleich bezog ich meinerseits daraus eine Sicherheit, die völlig neu für mich war: Ich selbst erfüllte die Norm, ausgerechnet ich. Einfach dadurch, dass ich heterosexuell war.

Ein frappierender Gedanke, den ich mir immer wieder gierig bestätigen wollte, indem ich mit Peter schlief. Wir wohnten gegenüber vom Gestüt in einer kleinen Pension mit verblichenen Tapeten und einem falschen Picasso an der Wand, und allein schon beim Anblick des großen Holzbettes bekam ich Lust.

Tagsüber picknickten wir mit Nell und Francien am Strand, alle vier nicht ganz bei Sinnen vor sexueller Verausgabung.

Meine Mutter sollte auch für eine Woche rüberkommen. Es war kurz nach dem Tod meines Vaters, ein wenig Abwechslung würde sie vielleicht aufheitern. Peter und Francien holten sie an einem Samstagnachmittag vom Flughafen in Detroit ab. Während Nell und ich zu Hause eine Torte backten, die wir mit überreifen, zuckersüßen Birnen belegten, gab ich meiner Schwägerin einen Schnellkurs in Sachen Ma. Ich hoffte, dass sie einander mögen würden. Ich war so glücklich, dass ich allen nur das Beste wünschte.

Es wurde eine mühsame Woche. Ma war desinteressiert und abwesend, was immer wir auch mit ihr unternahmen. Eine Bootsfahrt auf dem Kalamazoo, ein Ausflug auf den Mount Baldhead, von wo man einen grandiosen Ausblick hatte, ein Bummel durch die Main Street mit ihren altmodischen, charmanten Dorfläden: Es ließ sie alles kalt. Sie klagte über das unbekannte Essen und den Umstand, dass alle Dollarscheine gleich aussahen. Sie meckerte über die Sandflöhe und das Licht, das der Leuchtturm nachts um sich warf. Für den Betrieb, den Francien und Nell gerade aufbauten, zeigte sie nicht den Hauch von Interesse.

Sie hatte Angst, denke ich jetzt. Sie, die immer geprahlt hatte, sie wolle mal zum Südpol, war noch nie außerhalb von Europa gewesen. Sie schützte Probleme mit ihren Krampfadern vor. Mit hochgelegten Beinen in ihrem Pensionszimmer sitzen, das war alles, was sie wollte. Ihr habt ja keine Ahnung, wie das ist, wenn man solche Beine hat, sagte sie vorwurfsvoll.

Das warme Wetter sei auch nicht förderlich. Das bekamen wir ebenfalls mehr als nur einmal zu hören.

Nell massierte Ma täglich die Fußsohlen. Sie gab sich wirklich alle Mühe, die gute Nell, aber ich glaube nicht, dass meine Mutter je Notiz von ihr nahm.

Eigentlich komisch, nicht, Heleen, sagte Francien am dritten Tag, dass weder wir diese Frau je gewürgt haben noch sonst irgendwer.

An Mas letztem Abend hatte Nell auf dem Grill, der vor dem Wohnwagen stand, Spareribs gemacht. Als wir, im Halbdunkel auf Bierkästen und umgedrehten Eimern sitzend, die beinahe abgeknabbert hatten, flog eine Bierdose an unseren Köpfen vorbei. Aus einem geöffneten Autofenster war Gelächter zu hören. Wir starrten auf die Dose, die mit einem dumpfen Plumps im Sand gelandet war, ohne jemanden zu treffen. Einen Augenblick lang blieb es beklemmend still, aber dann sagte meine Mutter, dass man Menschen, die ein künstliches Gebiss hätten, mit Fleisch, das sie mit den Zähnen vom Knochen nagen müssten, keine Freude machte, und Francien sprang auf und sagte zu mir: Darf ich mir mal kurz deinen Mann ausleihen, und Peter sagte: Ja, auf zum Sheriff.

Wie gemütlich!, kommentierte meine Mutter. Nichts wies darauf hin, ob sie mitbekommen hatte, dass sich hier etwas Unerfreuliches abspielte.

Nell räumte ab.

Deinen Mann ausleihen, sagte Ma schlecht gelaunt, das solltest du meiner Meinung nach nie tun. Du weißt ja, gibt man dem Teufel den kleinen Finger, dann nimmt er die ganze Hand.

So ein Quatsch. Du weißt doch, dass Francien lesbisch ist.

Ja, das glaubt sie *jetzt*.

Geh bitte zu Bett, Mam, das können deine Beine jetzt bestimmt gebrauchen.

Wie nett, dass ihr meine Gesellschaft so genießt, erwiderte sie, erhob sich mit bösem Gesicht und ging über die Straße zu unserer Pension hinüber, die Schultern kämpferisch hochgezogen, doch mit wackligen Beinen. Ach, wie tat sie mir da plötzlich leid, so weit weg von zu Hause, und wie sehr hätte ich mir für sie gewünscht, dass sie sich mal mit dem Rest der Welt verbunden fühlen konnte, mit anderen Menschen, die auch manchmal Rückschläge hinnehmen mussten. Aber leider war anderer Leute Leid für sie immer gar nichts im Vergleich zu ihrem eigenen Schicksal.

Nell und ich murksten mit dem Grill herum, kochten schon mal Kaffee und spülten das Geschirr. Erst nach Stunden kamen Peter und Francien wieder. Sie sahen verbissen, aber zufrieden aus. Sie hatten Anzeige erstattet.

Er war in Topform, sagte Francien mit einem Klaps auf Peters Schulter. Er hat nicht aufgehört zu sagen: *It is certain against the law.*

Thanks, Batman, sagte Nell.

Wir machten eine Flasche Wein auf, um auf den Sieg

der Gerechtigkeit anzustoßen, und sangen *I shot the sheriff*. Jedes Mal, wenn ich mir vorstellte, wie Peter in seinem unbeholfenen Englisch vom Leder gezogen hatte, wurde ich fast ohnmächtig vor Verliebtheit. Die meisten hielten ihn für einen ruhigen, freundlichen Genossen, aber ich wusste es besser: Er konnte ein wahrer Tiger sein, er hatte eine wilde, gefährliche Seite.

In dieser Nacht vögelten wir so heftig, dass ich mich tagelang mürbe fühlen sollte. Wir hatten den Fernseher angemacht, damit unser Gepolter übertönt wurde: Mas Zimmer war direkt neben dem unseren. Es lief irgendein Musikprogramm, und wir liebten uns im langsamen, lasziven Rhythmus von *Riders on the storm* von den Doors, wobei wir auf dem Fußboden landeten und dort unseren Sohn zeugten, wenn wir das damals auch noch nicht wussten. Ich war so erregt, dass ich gleich zwei Orgasmen hintereinander hatte. Beim zweiten Mal blickte ich über Peters Schulter hinweg direkt ins Gesicht meiner Mutter.

Sie stand in ihrem glänzenden rosafarbenen »Frisiermantel«, den sie mit einer Hand am Hals zuhielt, im Türrahmen. Ihr Mund stand halb offen, in einem kläglichen Zug erstarrt, der ihre Mission verriet: Könnt ihr den Fernseher nicht etwas leiser stellen, ich versuche zu schlafen!

Vor Schreck stieß ich einen Schrei aus, Peter wandte sich um, das Keyboardmotiv von *Riders on the storm* verebbte im Rauschen von Wind und Wasser, und noch immer rührte sich meine Mutter nicht.

Wie sie guckte. Voller Erstaunen und Unglauben.

Mit einem Griff zog Peter die Decke vom Bett und warf sie über uns. In dem dämmrigen Zelt, in dem wir uns nun befanden, spürte ich das leise Zucken seines Körpers. Er grinste verschmitzt wie ein ungezogener kleiner Junge und flüsterte mir etwas ins Ohr, das ich nicht verstand. Zwischen meinen Beinen wummerte und pochte es noch, mir zitterten die Muskeln in den Schenkeln, und mein Atem kam stoßweise. Du liebes bisschen, war das Einzige, was ich denken konnte, du LIEBES BISSCHEN. Dann fing ich hilflos an zu lachen, obgleich ich auch eine vage Wut verspürte, zu diffus, um sie benennen zu können.

Beim Frühstück am nächsten Morgen ließ Ma sich nicht das Geringste anmerken. Sie sprach nur vom Kofferpacken und davon, dass sie möglichst pünktlich am Flughafen sein wollte. Sie hatte so viel Haarspray aufgesprüht, dass ihre Frisur einem Helm glich, und mit ihrem geliebten Augenbrauenstift hatte sie sich zwei messerscharfe kleine Dächer über die Augen gemalt: Sie war ganz in ihrem Element, bereit, Stewardessen um den Finger zu wickeln und ihren Freundinnen daheim zu erzählen, wie bravourös sie alles gemeistert hatte.

Nur als Peter beiläufig fragte, ob sie gut geschlafen habe, bekam ihre Rüstung einen kleinen Sprung. Ein vages Erröten stieg ihren Hals hinauf. Ach, Junge, sagte sie, das Schlafen war nie meine Stärke. Dick hat dir bestimmt mal erzählt, wie ich nachts herumgeistern kann. Anscheinend schlafwandle ich sogar! Ein sonderbares Phänomen.

Später brachten wir sie weg. Als sie sich am Gate noch kurz umschaute, sah ich erneut diesen eigenartigen Blick. Verwundert musterte sie mich, aber es stimmte, sie hatte es selbst gesehen: Es war möglich, dass sich jemand an meinem verunstalteten Körper ergötzen konnte.

Und vielleicht, hoffe ich jetzt, hat sie das auch irgendwie gefreut.

Die Pfützen auf der Straße schimmerten dunkel im Scheinwerferlicht. Auf dem Beifahrersitz war Peter wieder wach geworden. Er legte mir die Hand aufs Knie: Was sinnierst du denn vor dich hin?

Ich wollte ihn nicht an die Nacht in Saugatuck erinnern und antwortete daher nur obenhin: Ach, nichts, ich denke daran, was Lizzy wohl den ganzen Abend gemacht hat.

Ich dachte schon, du machst dir Sorgen wegen der Hüfte deiner Mutter. Darüber, was das jetzt wieder für Konsequenzen haben wird und so.

Daran will ich eigentlich noch gar nicht denken.

Nach einem Moment sagte er: Lizzy ist übrigens keine fünf mehr.

Nein, erwiderte ich schroff.

Und du bist auch dann noch eine gute Mutter, wenn du dich etwas weniger bemühst. Wenn du etwas …

Weißt du, nur weil Storm so selbstständig und unternehmungslustig ist, erwartest du das auch von Lizzy. Aber sie ist anders gestrickt. Storm war schon im Laufstall ein Draufgänger.

Ach, war das eine schöne Zeit, sagte er ablenkend. Ich sehe den kleinen Dreikäsehoch noch bei mir auf dem Fahrrad sitzen.

Storm bei Peter auf dem Rad, Storm in der Sandkiste, Storm, wie er auf seinen drallen nackten Beinchen umherrannte, lachend, immer lachend. Was für ein pflegeleichtes, unerschütterliches Kind er doch gewesen war. Das hatte er von seinem Vater. Oder vielleicht war dieses Vermögen, sich von nichts und niemandem aus der Bahn werfen zu lassen, ja auch einfach ein Bestandteil der männlichen Chromosome.

Wenn es je mein Schicksal sein sollte, dement zu werden, würde das meinem Sohn dann den Schlaf rauben? Würde er sich um mich kümmern, würde er mit Inkontinenzbinden und gelben Schnapphähnen hin- und herfahren, oder würde er das Lizzy überlassen? Da würde sie sich dann schon zu helfen wissen: Kann Mama nicht einfach eingeschläfert werden? Halt, Heleen, sagte ich mir, hör auf. Aber es wollte mir nicht gelingen. Ich konnte mir lebhaft vorstellen, wie Storm und Lizzy kopfschüttelnd zueinander sagen würden: Dass die noch keiner gewürgt hat, ist wirklich ein Wunder.

Francien und ich hatten es schließlich auch für das Normalste von der Welt gehalten, so über Ma zu reden. Die eigene Mutter war selbstverständlich ein Ungeheuer, aber man selbst, welche Verletzungen brachte man selbst seinen Kindern bei? Wie oft war man nicht sozusagen mit heißem Bügeleisen über ihre kleinen Seelen gefahren, ohne es zu merken oder sogar ganz bewusst, »zu ihrem eigenen Besten«?

Sie hatten dich am Hals, bis man starb. Sie hatten nie um dich gebeten. Aber man hatte sie ja unbedingt haben wollen. Ihnen war einfach nicht klar, wie sehr ihre Mutter sie liebte und dass sie gar nicht anders konnte, als sie zu lieben.

Hoffentlich stimmte es, was Nell behauptete: dass Liebe niemals falsch war.

MÄRZ

Schwester, ich habe meine
Bimmeln verloren

Ein Krankenwagen brachte meine Mutter nach fünf Tagen zum Sonnenhügel zurück. Sie durfte die Hüfte in den nächsten vier bis sechs Wochen nicht belasten. So lange war sie weitgehend an einen speziellen Rollstuhl gebunden, in dem sie halb saß und halb lag.

Bill und Anita lifteten sie jeden Morgen mit Hilfe einer genialen Winde aus dem Bett, wie eine Ladung Muscheln im Netz. Um zu verhindern, dass sie versehentlich aus dem Rollstuhl aufstand – sie hatte keine Ahnung, wieso sie in dem Ding saß –, wurde sie mit einer Schnur um die Taille darin festgebunden.

Jetzt konnte sie ihre Unruhe nicht mehr abreagieren. Das machte sie noch verwirrter. Wenn sie nicht gerade wild vor sich hin brabbelte, keuchte sie mit vor Entsetzen verzerrtem Gesicht: huh-huh-huh, manchmal stundenlang hintereinander, als versuchte sie, etwas von sich wegzuhecheln. Auch verschmierte sie überall Kot, denn es gelang den Pflegekräften bei weitem nicht immer, sie rechtzeitig aufs Klo zu befördern.

Ich konnte es kaum noch mit ansehen, wie sie dasaß, huh-huh-huh, wie ein Hund an der Leine, den eigenen

Kot unter den Fingernägeln. Nicht einmal die bösesten Märchen aus Lizzys Buch enthielten ein derart abscheuliches Szenario. In denen war man höchstens dazu verurteilt, hundert Jahre lang im Koma zu liegen, in einem verzauberten Schloss, das allmählich von undurchdringlichem Dornengestrüpp überwuchert wurde, zwar auch nicht schön, aber man bekam wenigstens nichts davon mit. Und um einen herum hatte überdies alle dasselbe Schicksal ereilt: Der Schmied war mitten im Beschlagen eines Pferdes eingeschlafen, die Köche dösten über ihren Töpfen, und der Stiefelknecht lehnte an einer Wand, während Spinnen ihn in ihre klebrigen Fäden einspannen.

Leiden hatte weder Sinn noch Zweck, sagte ich mir. Es brachte nichts, sich Fragen nach dem Warum zu stellen. Doch ich hatte die moralisierende Sprache der Märchen (belohne das Gute und strafe das Böse gleichermaßen) in den zurückliegenden Wochen so sehr verinnerlicht, dass mir mitunter verwirrende Gedanken im Hinterkopf herumquengelten.

Und noch etwas anderes bereitete mir Sorgen. Zu einer Lungenentzündung würde es zwar dank des Rollstuhls nicht kommen. Aber war das nun so gnädig? Es fragte sich, wie meine Mutter darüber dachte. Lieber tot, lieber tot? Ach, aber in der Hinsicht hatten wir sie ja nie allzu ernst nehmen dürfen. Als mein Vater mal mit einem Gemälde nach Hause gekommen war, das sie hässlich fand, hatte sie auch mit eisiger Stimme gesagt: Wenn das Ding hier an die Wand kommt, häng ich mich auf.

Nein, ich kam zu keinem Ergebnis. Ich fragte Bill, wie er es sah.

Das ist jetzt natürlich erst mal unangenehm für Ihre Mutter, sagte er, während er unbekümmert einen Zahnstocher zwischen seinen strahlendweißen, geraden Zähnen zermalmte. Aber Sie werden sehen, im Nu läuft sie wieder flink wie ein Wiesel. Das ist ein Vorteil der Demenz: Das Schmerzgedächtnis funktioniert nicht mehr, und dadurch sind die Leute oft superschnell wieder auf den Beinen.

Elly würde sagen: Das ist dann Glück im Unglück. Margriet trifft es doch immer gut.

Schön, dann kann sie bald wieder laufen. Und dann?, hakte ich nach.

Bill sah mich regungslos an, ein leichtes Erstaunen im treuherzigen Blick.

Darauf sprach ich bei Staalman vor. Es wurde nur eine kurze Unterredung. Ich wusste nicht, wie ich die Sache einkleiden sollte (konnte ja schwerlich fragen: Meinen Sie nicht, es wäre besser, meine Mutter sechs Wochen lang ans Bett zu fesseln, Herr Doktor?), und stand binnen zwei Minuten wieder draußen auf dem Flur, mit der Versicherung, dass Mas Hüfte auf dem Röntgenfoto prima aussehe.

Anscheinend musste ich selbst abwägen, was richtig und was falsch war. Aber was hatte ich denn erwartet? Dass das Personal vom Sonnenhügel von sich aus sagen würde: Ihre Mutter wäre besser unter der Erde, meinen Sie nicht auch? Ich war ja schon wie Nell. Die hatte mal strahlend vorgebracht, dass man im Falle aussichtslosen Leidens ja einfach in die Niederlande fliegen könne, und am Flughafen würde dann ein Arzt mit der erlösenden Spritze für einen bereitstehen. Ihrer Meinung nach brauchte man hier, wenn das Leben unerträglich geworden war, nur mit dem Finger zu schnippen, und falls man das selbst nicht mehr konnte, würde es schon ein anderer für einen tun.

Staalman und Bill würden sich hüten. Das wär ja auch was, wenn jeder, der irgendeinen Defekt hatte, gleich umgelegt wurde. Nur, konnten sie wirklich verstehen, was die Situation für meine Mutter bedeutete? Sie hatten den ganzen Tag demente Alte um sich, das stumpfte ab. Da fand man das dann, auch aus Selbsterhaltungstrieb, bestimmt alles nicht mehr so schlimm. Außerdem hatten die meisten anderen Bewohner Alzheimer, und die litten, auch wenn sie nur noch blasse Schatten ihrer selbst waren, zum größten Teil nicht mehr als jeder x-beliebige Mitmensch. Manche von ihnen waren sogar, obwohl sie ihre eigenen Kinder nicht mehr erkannten, so glückselig, dass sie stundenlang händeklatschend vor sich hin sangen oder sich jeden Nachmittag um fünf in aller Gemütlichkeit ein imaginäres Gläschen Genever aus ihrem Nachtschränkchen einschenkten. Der Fall meiner Mutter lag anders: Sie war sich bisweilen über ihren Zustand im Klaren.

Meine Mutter, die schon immer anders als alle anderen hatte sein wollen.

Mit dem Gefühl, dass ich sie im Stich ließ, aber auch erleichtert, weil ich jetzt wieder ein Weilchen Ruhe hatte (Anzahl der Male pro Woche, die ich unter den gegebenen Umständen wohl würde antanzen müssen: hör auf, hör auf), verließ ich das Gebäude. Kurz vor dem Auto knirschte etwas unter meinem Schuh, und ich bückte mich. Es war ein flacher, ovaler Kieselstein in ungewöhnlichem Rosa. Ich hob ihn auf und ließ ihn in meine Tasche gleiten. Er war warm von der Sonne.

Als Kind wollte ich Zuckertütchen sammeln, aber Ma sagte missbilligend: Zuckertütchen! Das macht doch jeder! Können wir uns nicht was Originelleres einfallen lassen?

Einige Tage später fand ich in meinem Zimmer auf dem Bord über meinem Bett die ersten Steine. Weil sie dort so demonstrativ ausgelegt waren, sah ich sofort: Das war der Anfang einer Sammlung. Während meine Freundinnen am schulfreien Mittwochnachmittag gegenseitig ihre Zuckertütchen bewunderten, ordnete ich meine gesammelten Steine. Ich konnte sie mit niemandem tauschen, aber zu meinem Referat über »Meine Sammlung« nahm ich sie mit in die Schule und galt von da an als stilles, aber tiefes Wasser.

Ob sie das noch wusste?

Ich wollte gerade ins Auto steigen, als ich noch etwas auf dem Straßenpflaster liegen sah. Es war ein Handy, genau so eines, wie ich es hatte. Ich hätte es natürlich als Fundsache an der Rezeption abgeben müssen, aber ich konnte mich nicht überwinden, noch einmal hineinzugehen. Der Kotgeruch hing mir noch zu sehr in der Nase. Ich lechzte auf einmal nach dem größtmöglichen physischen Abstand von meiner Mutter. Um zu verhindern, dass jemand das Handy kaputt fuhr, steckte ich es in meine Tasche. Morgen oder übermorgen würde ich ja wieder hier sein, dann gab ich es ab.

Die ersten leuchtendgelben Narzissen waren auf den Feldern aufgetaucht. Am Wochenende verkauften Kinder aus der Gegend Sträuße davon am Straßenrand. Das Stroh wurde beiseite geräumt und lag schimmernd aufgetürmt in den Gräben.

Willem und ich schnitten einen Teil der letzten *Helleborus*-Blüten ab und banden jeweils fünf zu Sträußchen in Violett, Weiß und Rosa zusammen. Drei Sträuße fünf Euro. Den Text für unseren Stand an der Auffahrt, HELEENS LENZROSEN, machte Willem am Computer, in satt dunkelvioletter Schrift. Er war selbst ganz entzückt davon.

Zwischendrin gelang es mir noch ein paarmal, mich unbemerkt davonzuschleichen und einige Pflegeeinrichtungen zu besichtigen. Meine Befunde schrieb ich zu Hause ins Auftragsbuch.

Ich hatte es mir angewöhnt, nach dem offiziellen Termin noch ein Weilchen dazubleiben und hier und da ein Gespräch anzuknüpfen. Meistens ging das ganz von selbst, denn ich brauchte nur durch einen dieser langen Flure zu laufen, und schon kam irgendwer auf mich zugehumpelt und sprach mich an:

Schwester, ist das jetzt mein Haus?

Schwester, kommt unser Herman heute noch zu Besuch?

Schwester, wo soll ich nachher essen? Ich bekomme doch etwas zu essen, oder?

Schwester, ich habe meine Bimmeln verloren, für die Augen, wissen Sie, diese Brellen, mein Bill ist weg.

Schwester, ich habe doch immer in der Laurierkade gewohnt, wo ist denn jetzt meine Haustür, das geht doch nicht so ohne weiteres?

Schwester ... ach, jetzt weiß ich nicht mehr, was ich fragen wollte.

Einmal zog mich eine alte Dame mit allerliebstem Madonnengesicht heftig an den Haaren, und ein anderes Mal hielt ich einen stattlichen Mann in dreiteiligem Anzug wie selbstverständlich für einen Arzt, bis er mich unvermittelt packte und aufforderte, seine Frau zu werden. Ich bin schon verheiratet, sagte ich. Oh, aber es muss ja nicht heute sein, entgegnete er darauf begütigend, ich muss ohnehin erst noch meine Mutter fragen.

All diese alten, verletzlichen Menschen, die von anderer Leute Fürsorge und Zuwendung abhängig waren. Es waren so schrecklich viele. Und es würden nur noch immer mehr werden. Hilfe, in dreißig Jahren würde meine ganze Generation greis und hilfsbedürftig sein. Wo würden sie uns hinstecken? Wer würde für uns sorgen? Die Politik fasste meines Wissens keine diesbezüglichen Maßnahmen ins Auge, jedenfalls hatte ich in den Nachrichtensendungen noch nie davon gehört.

Mir fiel auf, dass, wo immer ich mich auch umschaute, Dasitzen und Warten die Hauptbeschäftigung der Bewohner war. Sie wurden morgens zum Frühstück an den Tisch gesetzt, und dort blieben sie den ganzen Tag sitzen, warteten auf den Kaffee, das Mittagessen, den Tee, das Abendbrot. Das war anders, als ich es vom Sonnenhügel gewohnt war. Dort waren die Tage zwar auch lang und eintönig, aber durch die Rehabilitationsprogramme kam doch ein wenig Leben in die Bude.

Auch stellte ich fest, dass mehr als die Hälfte der Pflegekräfte nicht niederländischer Abstammung waren. Ja, was hatten Sie denn gedacht?, sagte eine müde aussehende Indosurinamerin. So ist es doch auch bei der Müllabfuhr, oder? Wir machen die Jobs, vor denen ihr die Nase rümpft. Bedenken Sie, dass den Bewohnern hier oft der Kot bis in den Haare klebt. Manchmal müssen wir schon vor dem Frühstück fünfzehn von ihnen sauber machen. Und wenn wir die Wäscheschränke nicht abschließen, machen sie nachts da rein.

Mehr, als die Leute in einem annehmbaren äußeren Zustand zu erhalten und sie mit Essen zu versorgen, konnte das Personal kaum schaffen. Es wurde mächtig über die Arbeitsbelastung, die Unterbesetzung und den hohen Krankenstand geklagt. Trotzdem waren die Pflegekräfte nett zu den Bewohnern. Ich fand sie lieb und geduldig. Vielleicht, weil sie aus Kulturen stammten, in denen man noch Respekt vor dem Alter hatte. Aber das änderte wenig an der Tatsache, dass ich nach jedem Besuch eine lange Reihe von Punkten unter WIDER schrieb und kaum etwas unter FÜR.

Im Nachhinein betrachtet, hätte ich damals schon merken müssen, dass es mir nicht gut ging. Aber hinterher hat man immer leicht reden, zumal ich jetzt alle Zeit der Welt habe, über die Dinge nachzudenken. Unmengen an unausgefüllter Zeit habe ich hier, ja, das ist schließlich der Zweck des Ganzen.

Ein beunruhigendes Zeichen war, wie mir zum Beispiel erst jetzt aufgeht, dieses Getue mit dem Handy.

Es fing damit an, dass ich zum Zahnarzt musste, weil ich eine Krone entzweigebissen hatte. Die Behandlung vor mir zog sich in die Länge, und auch bei mir ging mehr Zeit drauf, als ich vorhergesehen hatte, sodass es schon fast fünf Uhr war, als ich endlich wieder draußen stand. Ich wollte kurz bei Peter anrufen, um Bescheid zu geben, warum ich so lange fortgeblieben war, und registrierte im selben Moment, dass das ganz schön komisch war: Ein ums andere Mal schlich ich mich hinter seinem Rücken davon, aber jetzt, wo ich aus einem völlig legitimen Grund außer Haus und verspätet war, brannte ich darauf, ihm das zu erklären. Ja, klar, weil es mich belastete, dass ich so handelte.

Was würde er sagen, wenn er zum gegebenen Zeitpunkt erfuhr, dass ich mir ganz allein eine Pflegeeinrichtung nach der anderen angesehen hatte? Das hatte ich bestimmt nicht getan, weil ich ihn nicht damit behelligen wollte. Er würde sofort durchschauen, dass ich es bewusst so gedeichselt hatte, weil er schon beim ersten Heim geseufzt hätte: Das ist doch nichts für deine Mutter, Heleen, das können wir ihr doch auf keinen Fall antun, gibt es denn wirklich keine andere Lösung?

Er würde mir zu Recht übel nehmen, dass ich ihn so hintergangen hatte. Ich musste ihm gegenüber mit offenen Karten spielen. Zumal ich jetzt noch leichthin sagen konnte: Auf Anraten der Sozialarbeiterin hab ich schon mal angefangen, aber wenn es dich interessiert, solltest du unbedingt einmal mitkommen.

Mit etwas Glück überließ er dann gerne alles Weitere mir. Und falls nicht, würden wir schon weitersehen. Zuerst einmal aber musste dieses Hindernis aus dem Weg.

Ach ja, ich würde ihm vorschlagen, heute Abend zusammen essen zu gehen. Das hatten wir wirklich seit Ewigkeiten nicht mehr gemacht. Wir sahen uns derzeit vorwiegend beim Zähneputzen. Ob das neue italienische Restaurant in Noordwijk, von dem Adri neulich gesprochen hatte, etwas war? Sein Bruder arbeitete dort in der Küche, sehr italienisch konnte es also nicht sein, aber wenn wir dort essen gingen, konnten wir das mit einem Strandspaziergang verbinden. Wer sagte, dass man seinen Mann nicht ein bisschen manipulieren durfte? Oh, das sagte ich immer. Aber egal, allein schon die Aussicht, zu zweit eine Flasche guten Chianti zu köpfen und nicht in der Küche stehen zu müssen, war verlockend.

Ich kramte in meiner Tasche nach dem Handy, machte es an und gab die PIN ein, viermal die Null. Murmelte in Gedanken brav: Ja, Schatz, ich werde den Code demnächst mal personalisieren.

Sofort ertönte der SMS-Ton. Ich blickte aufs Display. Die Nachricht lautete: BESORGST DU AM SAMSTAG BITTE DAS FLEISCH FÜRS SATÉ? Unterschrieben mit: JOHAN.

Johan? Saté? Offenbar fehlgeleitet.

Ein Flugzeug flog über mich hinweg, und ich wartete einen Moment mit dem Anruf bei Peter, bis sich der Krach gelegt hatte. Und in diesen paar Sekunden dämmerte mir: Das war gar nicht mein Handy! Es war das identische Ding, das ich vor anderthalb Wochen auf dem Parkplatz vom Sonnenhügel gefunden und danach glatt vergessen hatte.

Ich stellte meine Tasche auf den Gepäckträger meines Fahrrads, grub darin und ja, da war meins.

Mist. Das war wirklich blöd. Jetzt würde irgendwer am Samstag kein Fleisch fürs Saté haben, weil ich so zerstreut gewesen war und das Handy bei mir behalten hatte. Ich hatte zu viel um die Ohren, deshalb war das passiert. Was hatte ich jetzt wohl alles auf dem Gewissen, wie viele Verabredungen hatte ich unbeabsichtigt sabotiert, wem die Suppe versalzen?

Komisch übrigens, dass dieses Handy nicht längst gesperrt worden war. Wurde es nicht vermisst? Dann ging sein Besitzer wahrscheinlich genauso nachlässig damit um wie ich. Das ließ sich ja auch schon daraus schließen, dass die Standard-PIN nicht verändert worden war. Er oder sie konnte theoretisch, unmittelbar nachdem er das Ding verloren hatte, verreist sein und sich jetzt irgendwo im Ausland aufhalten, wo er davon ausging, dass er das Handy zu Hause liegen gelassen hatte, aber das war vielleicht nur gut so, im Urlaub. Und bei dem Gedanken dampfte ein Kreuzfahrtschiff in meinen Kopf, auf dem sich Leute in Deckchairs räkelten, eisgekühlte Campari-Sodas tranken und in Hochglanzmagazinen blätterten. Eine verlockende Vision. In der Sonne ausruhen. Nichts tun außer hin und wieder ein paar Bahnen schwimmen oder eine Partie Tischtennis spielen. Zwei Wochen lang kein Sonnenhügel. Und bei der Heimkehr, am kommenden Samstag, Saté mit Johan.

Ich schwang mich aufs Rad und war in zehn Minuten zu Hause, wo ich schnurstracks ins Büro ging. Dort schloss ich die Tür hinter mir und tat, was vermutlich jeder tun würde, aus reiner Neugier: Ich nahm das Handy und rief die Mailbox an. Sieben Nachrichten.

Erste Nachricht: »Ihr Steuerberater hat mich gebeten, Sie kurz wegen der Jahresabrechnung zu kontaktieren. Sie erreichen mich unter…«

Die zweite: »Hier die Reinigung. Wir haben den Rock zu Ihrem Kostüm wiedergefunden. Würden Sie ihn bitte im Laufe der Woche abholen?«

Vor Ungeduld begann ich mit den Fingern auf die Schreibtischplatte zu trommeln. Mein eigenes Leben war schon mit dienstlichen Mitteilungen und häuslichen Angelegenheiten angefüllt. Mir war nach Sensationen. Die dritte Nachricht enthüllte auch nicht viel: »Hallo Sabine, ich bin's, rufst du mich kurz zurück?«

Aber bei der vierten wurde ich fündig, das wusste ich schon, als ich im Hintergrund Kneipengeräusche hörte. Eine warme Männerstimme versprach in intimem Ton: »Ich komme, sobald ich kann, ganz bestimmt.«

Sabine also. Und sie hatte nicht nur einen Steuerberater und ein Kostüm, sondern auch Bewunderer. Das war doch schon mal was. Das war sogar äußerst vielversprechend. Ein blutjunger Hüpfer konnte sie, angesichts des Steuerberaters, nicht mehr sein, aber nach dieser Männerstimme zu urteilen, litt sie nicht unter einer tr. Sch. Na bitte, alles renkte sich von selbst wieder ein.

In dem Moment steckte Peter den Kopf zur Tür herein: Hat Lizzy dich noch erreicht… oh, entschuldige, du telefonierst gerade.

Nein, sagte ich, und ließ das Handy rasch in meiner Jackentasche verschwinden. Sag ruhig, was ist denn?

Er sah mich ein wenig befremdet an.

Ich räusperte mich: Was ist denn mit Lizzy?

Er setzte sich auf die Schreibtischkante: Sie hat gefragt, ob sie bei der Besetzung des Tierheims mitmachen darf. Es soll wieder mal geschlossen werden, Lizzy war ganz aufgebracht, und jetzt hat sich dieser Arend offenbar ausgedacht…

Ein ganz unangenehmer Mensch, finde ich! Was hast du ihr gesagt?

Dass ich mir nicht vorstellen kann, wie man ein Tierheim besetzen will. Aber Arend zufolge soll das vor allem pressewirksam sein.

Und jetzt will sie mit einem Transparent hin, oder wie?

Sie ist schon den ganzen Nachmittag dort. Und wir sollen auch kommen, um Sympathie zu bekunden.

Jetzt?

Jau, denn das geht natürlich nicht ewig. Ein Einsatzkommando der Polizei wird wohl nicht erst aufgeboten werden müssen, scheint mir.

Kurz darauf radelten wir auf dem Deich zum Tierheim. Es war ein schöner Abend. Überall begannen schon die Forsythien zu blühen. Neben mir summte Peter tonlos vor sich hin. Es klang brummig, aber das war einfach seine Version von zufriedenem Singen. Ich war froh, dass er das Ganze so lakonisch nahm. Aus seiner Ruhe schöpfte ich ein Gefühl von Sicherheit und Geborgenheit.

Auf dem Gelände des Tierheims wuselten eine Menge Leute herum. Wir begrüßten hier und da Bekannte. Es herrschte eine gesellige, ja fast schon festliche Atmosphäre. Es lief sogar jemand mit Kamera und Notizblock herum, man konnte die Aktion also schon mal gelungen nennen. Die Hunde mischten auch tüchtig mit: Der Lärm war ohrenbetäubend.

An einem Holztisch mit einem großen Schild HIER PETITION UNTERSCHREIBEN stand Lizzy in ihrer verwaschenen Jeansjacke, einen resoluten Ausdruck im Gesicht.

Peter versenkte die Hände in die Taschen: Mumm hat sie ja, die kleine Hexe. Dann rief er: He, Lizzy, Liz!, und lief mit großen Schritten zu ihr hinüber. Seine ganze Haltung drückte aus: Ich bin Lizzys Vater und darauf bin ich stolz.

Ich sah sie aufschauen und winken und sofort den Hals recken, ob ich auch mit von der Partie war. Ich hob die Hand. Mama!, machte ihr Mund. Sie reckte beide Daumen in die Höhe.

Und da dachte ich irgendwie: Das ist *auch* mein Leben. Und für einen Augenblick fühlte ich mich so unbeschwert wie schon lange nicht mehr.

So gingen wir denn an diesem Abend zu dritt essen. Lizzy durfte sagen wo, und sie entschied sich für die »Oase«, am Strand. Es war dort immer noch gemütlich voll, als wir endlich hineinkamen und uns am Fenster an einem Tisch niederließen, der mit Sirupflecken übersät war.

Unsere Tochter konnte sich gar nicht darüber beruhigen, dass sie einhundertzweiundvierzig Unterschriften gesammelt hatte. Vor lauter Euphorie stieß sie fast ihre Cola um. Sie redete in einem fort. Arend hier, Arend da. Und wenn diese dämlichen Affen von der Gemeinde jetzt immer noch nicht kapiert hätten, dass es ihnen ernst war, würden sie einfach in Hungerstreik treten, hatte Arend gesagt.

Peter hörte sich das mit amüsierter Miene an: Und wenn auch das nichts nützt, was macht ihr dann als Nächstes?

Lizzy versetzte ihm einen Rippenstoß.

Du bist nicht Nelson Mandela, sagte ich mit einem Flattern in der Brust. Ich finde, dass Arend das nicht von euch verlangen darf. Schon gar nicht von den ehrenamtlichen Helfern.

Na, jetzt macht sie es ganz bestimmt, Heleen, entgegnete Peter nach wie vor gut gelaunt. Such dir lieber einen Pfannkuchen aus. Und du, Lizzy? Nur ein kleiner für dich, damit du schon mal üben kannst?

Nein, ich hab unheimlichen… Sie biss sich auf die Lippe.

Ich auch. Er schlug die Karte auf: Ich fang mal mit einem mit Äpfeln, Speck und Rosinen an.

Wir bestellten auch noch ein Bier dazu.

Nach einer Weile sagte Lizzy: Jetzt ist es fast so, als wäre ich euer einzigstes Kind.

Einziges, korrigierte ich sie.

Egal, schön fänd ich's nicht. Immer nur mit den Eltern allein. Da hab ich mal hundertzweiundvierzig Unterschriften gesammelt, und jetzt ist Storm nicht dabei.

Du kannst es ihm doch schreiben. Und wenn es morgen in der Zeitung steht…

Das ist doch nicht dasselbe, Mama!

Unvermittelt sagte Peter: Ich vermisse ihn auch.

Es verschlug mir einen Moment lang die Sprache. Für

Peters Verhältnisse war das nicht weniger als ein Gefühlsausbruch.

Lizzy wandte sich ihm zu: Armer Papa. Allein gegen zwei Frauen!

Während ich ihm aufmunternd zunickte, klingelte in meiner Jackentasche plötzlich Sabines Handy.

Der verletzliche Zug wich aus Peters Gesicht. Geh ruhig ran, sagte er.

Nein, wir unterhalten uns gerade. Jetzt erzähl doch mal …

Da rief Lizzy aus: Womöglich ist Oma aus dem Bett gefallen! Sie sprang auf, kam um den Tisch herumgeschossen und tauchte zu meiner Jackentasche hinunter. Ehe ich es verhindern konnte, hatte sie das Handy zu fassen, doch gerade als sie es ans Ohr hielt, hörte es auf zu klingeln.

Peter sagte: Schau doch mal, ob es vom Sonnenhügel war.

Lizzy spähte aufs Display: Nein, irgendein Johan.

Sie sahen mich beide fragend an.

Hast du etwa einen heimlichen Verehrer, Mama? Bei dem Gedanken brach Lizzy in prustendes Gelächter aus.

Ach wo, sagte ich, da hat sich natürlich jemand verwählt. Ich konnte schwerlich erklären, dass sich dieser Mann um das Saté am Samstag sorgte, da Sabine noch im Urlaub war und so. Da würden sie sich höchstens fragen, ob ich vielleicht auch einen Affen im Kopf hatte: Wer lief denn anderthalb Wochen mit einem fremden Handy herum und hörte die gespeicherten Nachrichten ab? Das war zu peinlich.

Ich versuchte, den Faden des Gesprächs wieder aufzunehmen, doch der Moment war vorüber. Lizzy und Peter begannen sich gegenseitig im Witzeerzählen zu überbieten. Mein einziger Beitrag war ein Rätsel, das ich von Willem gehört hatte, aber ich hatte die Auflösung nicht richtig behalten. Oder nein, eigentlich war ich mit den Gedanken nicht mehr ganz bei der Sache.

Auch Sabine hatte also den Standard-Klingelton nie geändert. Wir hatten wirklich einiges miteinander gemein. Wir hatten sogar alle beide einen Angehörigen im Sonnenhügel, denn dort auf dem Besucherparkplatz hatte sie ja ihr Handy verloren. Aber wenn sie wochenlang in Urlaub fahren konnte, handelte es sich in ihrem Fall sicher um einen entfernten Verwandten. Jemand, den man noch kurz besuchte, bevor man seine Koffer packte, um ihn danach bequem aus dem Gedächtnis zu streichen. Die hatte es gut! Ich hätte sofort mit ihr getauscht.

Als wir später mit vollem Magen nach Hause radelten, schob sich Lizzy auf dem Muschelpfad neben mich. Aber Mama, sagte sie ein bisschen verschämt, der Name von jemandem erscheint doch nur auf deinem Display, wenn seine Nummer in deinem Adressbuch gespeichert ist, oder?

Mein Gott, wie soll ich denn wissen, wie das funktioniert? Das sind bestimmt wieder die neuesten Finessen.

Ah. Supi, sagte sie, so'n Handy wünsch ich mir dann auch zum Geburtstag.

In derselben Woche traf ich Ma zum ersten Mal wieder ein bisschen aufgeweckter an. Man hatte sie an einem der

Fenster im Flur, inmitten einer Pfütze strahlenden Sonnenlichts abgestellt. Sie saß ziemlich aktiv in dem Rollstuhl, nicht mehr als das Häuflein Gliedmaßen, das man aufs Geratewohl irgendwo hingeworfen hatte, sondern wie jemand, der weiß, wo sein Körper anfängt und aufhört. Dadurch dass sie jetzt schon seit Wochen zum Ruhen verurteilt war, hatte sie auch wieder etwas zugenommen. Sie erinnerte mich an eine Fettpflanze oder ein Kamel: Sie war dabei, neue Reserven anzulegen. Zwar saß der Scheitel in ihrem Haar auf der falschen Seite, aber ansonsten sah sie besser aus, als ich es in der letzten Zeit noch für möglich gehalten hätte.

Sowie sie mich kommen sah, rappelte sie sich in dem Stuhl noch etwas weiter hoch. Es war wirklich *gelungen*!, rief sie mir zu.

Das klingt gut, sagte ich. Ich schleppte einen Stuhl herbei und setzte mich neben sie. (Froh sein, ich musste FROH sein, dass es ihr wieder etwas besser ging.)

Und noch dazu funktional, fuhr sie fort.

Sagtest du funktional?

Meine Mutter zog ein erstauntes Gesicht. Sie schien zu denken: Und warum sollte ich das *nicht* sagen?

Heute, morgen, nächste Woche, nächsten Monat, nächstes Jahr: Wie viele solcher unpointierter Gespräche erwarteten mich noch, eines so richtungs- und ergebnislos wie das andere? Und die ganze Zeit würde mein eigenes Leben kraftlos auf der Stelle treten, auch ich würde in einer nirgendwohin führenden Geschichte gefangen sein, die in Fragezeichen, Wiederholungen, Ohnmacht über Ohnmacht stecken blieb.

Unlängst hatte ich noch zu Corinne gesagt: Also wirklich, über diese Zustände mit meiner Mutter könnte ich mittlerweile ein Buch schreiben. Schlagfertig hatte sie darauf entgegnet: Aber wer will das schon lesen? Sie selbst hatte sich gerade ein Bibliotheksbuch über den dritten Lebensabschnitt ausgeliehen, so nannte man nämlich die Phase, in der sie und ich uns gerade befanden. Sie war hellauf begeistert davon. Darin stand nämlich, dass wir uns Zeit dafür nehmen sollten, ernsthaft und andächtig um alles zu trauern, was nun ein für alle Mal hinter uns lag. Nur so könnten wir unser psychisches Gleichgewicht wiederfinden.

Einverstanden, hatte ich gesagt, aber wer hat die Zeit?

Mit Stentorstimme fuhr meine Mutter fort: Es war der perfekte Stülp für ein Fräulein! Sie machte dazu runde Knetbewegungen.

Betroffen sagte ich: Ach, hast du etwas aus Ton gemacht? Hier im Bastelraum?

Ja, mit solchen Dellen, für das Fräulein.

Das war's: Sie hatte einen Aschenbecher getöpfert. Die Beschäftigungstherapeutin, eine ungeheuer dicke Frau, hatte mich schon des Öfteren vorwurfsvoll gefragt, ob ich Ma denn nicht mal ein bisschen mehr für Bastelarbeiten, Kleben, Ausschneiden, Malen begeistern könne.

Und, wo ist er jetzt? Zeig doch mal!

Plötzlich wurde sie böse: Weggenommen!

Vielleicht muss er noch trocknen. Soll ich mal nachsehen?

Der Handarbeitsraum war um die Ecke. Bis auf Frau van Dam war niemand dort. Sie saß an einem langen

Tisch, auf dem Papierblumen und einige noch nasse Arbeiten mit Wasserfarbe lagen, und strickte wie eine Besessene an einem lila Lappen.

Haben Sie den Aschenbecher gesehen, den meine Mutter gemacht hat, Frau van Dam?

Ohne aufzuschauen sagte sie: Wenn man nicht arbeitet, wird man hier total verrückt.

Ein Aschenbecher, aus Ton.

Davon gibt es hier jede Menge.

Aschenbecher?

Sie fing eine neue Nadel an: Nein, es wird ein Schal, für Kees. Der muss jeden Tag durch Wind und Wetter mit dem Moped nach Zaandam.

Gerade als ich unverrichteter Dinge wieder weggehen wollte, kam ihre Tochter herein. Mit gehetztem Blick schleppte sie eine große Einkaufstasche.

Ach, da ist meine Schwester, sagte Frau van Dam erfreut.

Ich bleibe nicht lange, sagte die Tochter, ich bringe dir nur etwas Obst. Zu mir sagte sie: Sie geben ihr nur solche harten, grünen Äpfel. Und wenn ich Bananen für sie in die Küche lege, werden sie geklaut. Was soll man da machen?

Sie stellte die Tasche auf den Tisch und nahm eine Banane heraus: Holst du dir eben einen Teller, Mutter?

Frau van Dam blickte begehrlich auf die Banane.

Die Tochter bückte sich: Wenn du einen Teller und ein Messer holst, schneide ich sie für dich in Scheiben. Sonst verschluckst du dich wieder.

Ich dachte: Diese Frau ist eine Heilige.

Frau van Dam legte den Schal für Kees zusammen und steckte die Nadeln penibel in das Wollknäuel. Mit hastigen Trippelschrittchen verließ sie den Raum.

Ohne eine Sekunde zu verlieren, griff sich die Tochter das Strickzeug, zog die Nadeln heraus und rupfte das Ganze wie eine Wahnsinnige auseinander.

Ich traute meinen Augen nicht. Der Schal schrumpfte zusehends. Weniger als die Hälfte blieb von ihm übrig. Blitzschnell wand die Frau die Wolle um das Knäuel und nahm die Maschen mit einer Behändigkeit, die viel Routine verriet, wieder auf. Während sie das Strickzeug hastig zurücklegte, sagte sie: Zwei Fliegen mit einer Klappe, sage ich immer zu meinem Mann. So bekommt meine Mutter jeden Tag ihre Portion Obst und kann außerdem schön weiterstricken. Anfangs habe ich ein Vermögen für Wolle ausgegeben. Sie ist wie eine Maschine, nicht?

Sie sah mich ein wenig echauffiert an.

Ich murmelte ein Auf Wiedersehen und verzog mich, sonderbar berührt. Wir tun, was wir können, dachte ich, wir tun, was wir können.

Im Flur stieß ich auf die stämmige Anita.

Ach, Anita. Meine Mutter hat mir vorhin von einem Aschenbecher erzählt, den sie getöpfert hat und der jetzt nicht mehr da ist. Wissen Sie …

Sie presste kurz die Lippen aufeinander. Dann produzierte sie ein schwaches Lächeln: Ihre Mutter hat mit ihrem Kot gespielt.

Mir war, als bräche schlagartig der Boden unter meinen Füßen weg.

Nicht so schlimm, das kommt hier öfter vor.

Aus der Ferne rief meine Mutter: Hast du ihn, Seel? Hast du ihn?

Aber wo ich Sie jetzt schon spreche, sagte Anita, denken Sie bitte daran, rechtzeitig einen Rollator für Ihre Mutter zu bestellen? Man kann sie beim häuslichen Pflegedienst beantragen. Sie sind nicht immer vorrätig, deshalb sollten Sie sich am besten jetzt schon einen reservieren.

Diese Frau hatte gesehen, wie meine Mutter aus ihren eigenen Exkrementen einen Aschenbecher geformt hatte. Gut, sagte ich matt, ich kümmere mich darum.

Mit einem Nicken verabschiedete sie sich.

Wie betäubt blieb ich noch einen Moment stehen. Es gibt Schlimmeres auf der Welt, redete ich mir ein, wirklich weitaus Schlimmeres. Komm schon.

Mit bleiernen Beinen ging ich zu meiner Mutter.

Wie immer, wenn sie etwas verloren hatte, hatte sie sich in einen Zustand höchster Erregung hineingesteigert: Hast du ihn? Hast du ihn jetzt?

Ich schüttelte den Kopf. Blitzartig sah ich die Tochter von Frau van Dam vor mir, mit diesem unmissverständlichen Blick. Sie dachte nicht daran, in der Flutwelle von Gestricktem zu ertrinken, diesem Maschenmeer, das ihr bis zum Hals stieg. Doch ein Mensch konnte noch viel tiefer sinken. Man konnte zum Beispiel auch rundheraus zu seiner alten Mutter sagen: Versink doch in deiner eigenen Scheiße.

Stammelnd brachte ich hervor: Ich kann heute nicht so lange bleiben, ich muss noch in den Laden vom häuslichen Pflegedienst, um einen Rollator für dich zu organisieren.

Verständnislos stierte sie mich an. Ein kaffeebrauner

Speichelfaden rann ihr das Kinn herab. Aber ihr Stülp, stieß sie hervor.

Dafür habe ich jetzt wirklich keine Zeit.

Sie machte ein Gesicht, als würde sie gleich in Tränen ausbrechen. Was soll sie denn dann machen, rief sie, was soll sie machen, was soll sie machen?

Ach, Mam, jetzt lass das doch. Schau mal, da kommt Bill mit deinen Medikamenten.

Hi, sagte Bill und hielt sein Tablettenwägelchen an, hat Anita schon mit Ihnen über das Gebiss Ihrer Mutter gesprochen?

Ihr Gebiss?

Wir schauten beide auf meine Mutter.

Ja, es klappert, sagte sie glockenhell. Der Kummer um ihren Aschenbecher war offenbar schon vergessen. Sie sperrte den Mund weit auf und schob mit der Zunge ihre verschleimten Zähne heraus. Wie die Tasten eines Klaviers lagen sie auf ihrer Unterlippe.

Mach's mal wieder rein, Mam.

Bill sagte: Jetzt mit dem Rollstuhl ist es ein bisschen umständlich, aber sobald sie wieder gehen kann, müssen Sie mit ihr zum Zahnarzt. Bis dahin versuchen wir uns dann schon mit Kukident zu behelfen, wenn Sie das im Laufe der Woche mitbringen könnten.

Genau, sagte ich, mach ich.

Er gab meiner Mutter eine Tablette und ein Glas Wasser und fragte über seine Schulter: Und könnten Sie noch kurz zum Rauchen mit ihr rausgehen? Dafür war heute noch keine Zeit.

Selbstverständlich, sagte ich.

Es klappert, wiederholte meine Mutter.

Mach's mal wieder rein, Ma.

Keine Sorge, beschwichtigte Bill sie mit einem Klaps auf ihren Arm. Ihre Tochter bringt das für Sie in Ordnung. Munter pfeifend setzte er sich wieder in Bewegung.

Vielleicht war es Einbildung, aber sogar die Staus waren an diesem Nachmittag länger als sonst. Ich rief zu Hause an, um Bescheid zu geben, dass sie nicht mit dem Essen auf mich warten sollten: Peter wollte abends noch zu einer Anhörung über den Bebauungsplan der Gemeinde, und Lizzy hatte ich irgendwas von einem Referat murmeln hören.

Als der Verkehr zum x-ten Mal stockte, befiel mich am Steuer plötzlich das Gefühl, mich gar nicht in meinem Auto, ja nicht einmal in meinem eigenen Körper zu befinden. So als wäre ich in eine andere Dimension gelangt. Alles um mich herum war grau und still. Wohin geriet ein Mensch, wenn er den Kopf verlor? War ich jetzt etwa dort?

Dann wurde mir allmählich bewusst, dass ich Hunger hatte. Natürlich, das war's: Ich war den ganzen Tag kaum dazu gekommen, etwas zu essen.

Zum Glück floss der Verkehr gerade wieder. Ich wurde von einem dunkelblauen Cabrio überholt. Das wäre auch was für jemanden wie Sabine, schien mir, schick und doch sportlich. Ich versuchte mir vorzustellen, was sie wohl gerade machte, auf dem herrlichen Kreuzfahrtschiff. Ihr Urlaub war fast vorüber. Noch ein paar Tage, und sie musste zurück in die Tretmühle.

Schon wieder vergessen, im Sonnenhügel ihr Telefon abzugeben! Dabei hatte ich es mir so fest vorgenommen, ich hatte das Ding extra ganz oben in meine Tasche gelegt.

Erneut kam der Verkehr zum Stehen. Ich holte das Handy hervor … Das war doch ihres, oder nicht? Um sicherzugehen, öffnete ich das Adressbuch. In der Tat, alles unbekannte Namen. Unter P kein Peter, sondern nur der Eintrag PIZZAKURIER. Sofort lief mir das Wasser im Mund zusammen. Das war genau das, was ich jetzt brauchte, eine Pizza. Und wenn ich mir eine bestellte? Sie würde mit mir zusammen eintreffen, und dann brauchte ich zu Hause keinen Finger mehr zu rühren.

Ich rief die Nummer an. Wie hieß denn noch gleich diese Pizza mit den vielen verschiedenen Käsesorten drauf? Während ich darüber nachdachte, nahm am anderen Ende schon jemand ab.

Prego, Sabine?, fragte jemand mit der Stimme von Eros Ramazzotti.

Mir stockte der Atem. Rufnummernanzeige. Rufnummernanzeige! Er hatte uns erkannt!

Ciao, sagte ich in dem Ton, in dem jeder das sagt.

Geht's gut, Bella?

Sì, sì.

Und, was darf's denn heute Abend sein? Das Übliche, mit einer Extraportion Zucchini?

Was für ein Unsinn eigentlich zu denken, ich hätte Appetit auf Käse.

Allora? Eine Pizza Pescatore?

O ja, sagte ich aus tiefstem Herzen. Eine Pizza Pescatore mit einer Extraportion Zucchini war zwar keine Kreuzfahrt, aber doch immerhin eine Art Abstecher, etwas Exotisches, weit entfernt von meinem normalen Tagesablauf.

Kommt sofort, sagte Eros. *Ciao.*

Gerade rechtzeitig: Wir fuhren wieder. Auf der Spur neben mir hupte jemand. Ein Glatzkopf in einem Volvo zeigte mit dem Finger auf mich, hielt sich die Hand wie telefonierend ans Ohr und tippte sich dann verächtlich an die Stirn.

In der Tat. Ich war wohl verrückt. Komplett verrückt sogar. Es war nicht nur lebensgefährlich, ohne Freisprechanlage im Auto zu telefonieren, überdies würde jetzt in einer halben Stunde an einer mir unbekannten Adresse ein Pizzakurier vor verschlossener Tür stehen, und für mich war nichts da, wenn ich nach Hause kam. Der Gedanke ernüchterte mich auf der Stelle.

Und mir wurde heiß vor Scham. Wenn Sabine das nächste Mal eine Pizza bestellte, würde Eros ihr die Leviten lesen, und dann würde sie herausbekommen, dass irgendwer sich für sie ausgegeben und sogar ihr Lieblingsgericht bestellt hatte. Ganz schön gespenstisch, würde sie zu Johan sagen. Als hätte sich irgendein Trottel mein Leben anzueignen versucht.

Ich musste dieses Handy loswerden, bevor ich noch mehr damit anrichtete. Ich merkte, dass ich keuchte, huhhuh-huh. Als wäre ich meine Mutter, verdammt. Am liebsten hätte ich das Handy gleich aus dem Fenster geworfen, aber wetten, dass es ausgerechnet an diesem Tag einmal nicht heißen würde *Jeder für sich* und sich ein freundlicher

Helfer mein Kennzeichen notieren und mir das Ding über die Polizei wieder zukommen lassen würde? Ja, sehen Sie, Herr Polizist, auf der A9 ist es mir einfach aus dem Autofenster geweht.

Herrje, drehte ich jetzt durch?

Ich wollte schnurstracks nach Hause und zu Peter auf den Schoß. Nur, wie konnte ich mich in seine Arme schmiegen, solange meine Drogeriebesuche nicht von Erfolg gekrönt waren? Alles glitt mir durch die Finger, und bald würde auch die Pizza Pescatore in ihrer Schachtel kalt werden, genauso kalt wie ich und genauso unangerührt.

Ich konnte gerade noch einen Parkplatz ansteuern. Ließ dort die Stirn aufs Lenkrad sinken und blieb so sitzen. Ruft die Ritter. Holt die Helden. Ruft nicht mich.

Für meine Mutter wäre der Pizzakurier die Lösung gewesen, aber dafür war sie leider zu früh geboren.

Ich war sieben, die Fünfzigerjahre des vorigen Jahrhunderts lagen noch nicht weit hinter uns, als sie eines Tages mit Aha-Stimme konstatierte, weshalb ihr die Zubereitung des täglichen Essens so zuwider war: Weil es sich dabei durchweg um Hausmannskost wie Blumenkohl mit Bratwurst oder Endiviengemüse mit Bauchspeck handelte. Bei den Worten »Bratwurst« und »Bauchspeck« sahen Francien und ich wütende Spuckebläschen aus ihrem Mund kommen. Wie kann ein Mensch denn aus so was je Inspiration schöpfen?, sagte sie. Nein, von nun an würde sie es anders machen. Moderner. Aufregender. Gewagter, das war das Wort, das sie suchte.

Abgang: Kartoffel.

Auftritt: Paprika. Erst grün, dann rot.

Die fremdländische Küche, sagte Ma entzückt, während sie eine Paprika halbierte und die Stücke verwegen in einen Topf mit kochendem Wasser warf, ist so festlich, so … fremdländisch.

Francien, die damals fast sechs war, nannte das neue Essen »anderländisch«. Müssen wir heute wieder anderländisch essen, Heleen?

Francien war ein kleiner Brummbär. So nannte unsere Mutter das. Schon als Baby in der Wiege hatte sie mit kritisch gerunzelter Stirn um sich geschaut. Sie ließ sich nicht so leicht hinters Licht führen oder sich ein X für ein U vormachen. Mama hätte manchmal die Wände hochgehen können, wenn sie ihre neunmalklugen Fragen stellte oder vorlaute Bemerkungen machte. Verschone mich bitte eine Weile mit dir, Francien, sagte sie dann.

Das brachte mich in Gewissensnot, denn ich bewunderte meine kleine Schwester. Ich fand sie großartig, mit diesem gelassenen Blick von wegen: Mich kriegst du nicht klein. Wenn ich sie auf meinen Rücken klettern ließ und mit ihr durch den Garten trabte, war ich oft so stolz auf sie, dass ich über die Hecke hinweg der Nachbarin zurief: Hu-hui, ich bin Franciens Pferd!

Hallo, Pferd, sagte die Nachbarin, die ungefähr hundert war und alles glaubte und die besten Pfannkuchen machte.

Meine Schwester hatte einfach zu viel Grips für ihr Alter, das war ihr Problem. Und sie hasste Gesülze. Das war ein noch viel größeres Problem.

Du hast genau meine Haut, sagte Mama, wenn ich samstagabends mein wöchentliches Bad in der Wanne bekam und sie mir mit einem Schwamm den Rücken wusch. Wir beide sind sanft und zart wie Lämmer. Ach, verflixt, fällt mir denn nichts Originelleres ein? Wir sind zart wie die Achsel eines Neugeborenen. Denk dran, dass du deine herrliche Haut später so teuer wie möglich verkaufst. Dein Vater ist ein Schatz, aber mit ein wenig Glück hätte ich jetzt auch in Persien sein können, an der Seite von wie-heißt-er-noch-gleich, ach, nein, der von Monaco, den meine ich.

Nach dem Bad rieb sie mich von Kopf bis Fuß mit Öl ein. Sie summte dabei.

Auch in das neue Essen kam reichlich Öl. Oh, ich bin mir sicher: Eine Zeit lang schöpfte meine Mutter Hoffnung aus dem anderländischen Kochen. Und wir hatten beinah genauso hochgespannte Erwartungen an Gerichte, die sie nicht aus reiner Wut misshandelt hatte und die Böffburkinjon oder Schilikonkarne hießen, Namen, die sie geradezu ehrfürchtig aussprach.

Mamma mia!, rief mein Vater in den ersten Tagen beim Anblick der Speisen mit erhobenen Händen. Aber binnen einer Woche sah man ihm an, dass er sich zurücksehnte nach den angebrannten Soßen und der passenden Beilage, in die er eine Kuhle dafür machen konnte.

Ich verstehe das nicht, sagte Mama, in ihren matschigen Auflauf stechend. Ob es an den Zutaten liegt? Vielleicht haben die im Ausland eine andere Qualität?

Schon bald schlich sich in die Art, wie sie die Paprikas zerteilte, etwas von der alten, ohnmächtigen Wut. Sogar wenn Francien und ich ganz hinten im Garten nach Schneckenhäusern suchten, konnten wir sie hacken hören. Dann nahm ich meine Schwester noch fester bei der Hand.

Sie gab es erst auf, als mein Vater eines Abends beiläufig die Vermutung anstellte, dass sie diese arbeitsaufwendige Art zu kochen bestimmt doppelt so viel Zeit kostete wie vorher.

Mit zusammengekniffenen Augen taxierte sie ihn. Versuchst du mich wieder mal zu bremsen, Dick?, fragte sie. Aber man hörte ihr an, dass sie dankbar war für die elegante Ausflucht, die er ihr bot: Die Erleichterung in ihrer Stimme war unverkennbar.

Widerstandslos kehrten wir zu verkokeltem Rosenkohl zurück. Bis auf freitags. Freitags war Makkaronitag. Hörnchennudeln von Lassie mit Tomatensoße aus dem Glas. Es soll ja Leute geben, sagte meine Mutter, die die ganze Woche nur Kartoffeln essen und nie experimentieren.

Aber jeden Freitag, wenn die glasigen Makkaroni als greifbarer Beweis für den Untergang ihrer rebellischen kulinarischen Ambitionen auf den Tisch kamen, war sie mürrisch und gereizt.

Der Freitag wurde zu einem unsicheren Tag.

Und so war es denn auch ein Freitag, der mein Leben für immer veränderte.

Es war mitten im Sommer, und wir wollten an diesem Abend …

Erschrocken fuhr ich hoch. Ich wusste nicht gleich, wo ich war, befand mich noch halb in dem Traum von der Makkaronisoße, die ich auf mein gesmoktes Kleidchen kleckern sollte.

Es war dunkel, mir war kalt, und mein Nacken schmerzte. Ich saß im Auto. Meinem Gefühl nach hatte ich erst vor einer Minute auf dem Autobahnparkplatz angehalten und den Kopf kurz aufs Lenkrad gelegt, aber ich musste stundenlang geschlafen haben.

Ich registrierte, dass jemand ans Seitenfenster klopfte. Vorsichtig ließ ich es ein kleines Stück herunter. Ein Polizist musterte mich unter seiner Mütze hervor mit schiefgelegtem Kopf: Alles in Ordnung mit Ihnen?

So lebendig wie möglich sagte ich: Ich habe nur ein kurzes Nickerchen gemacht.

Sie benötigen also keine Hilfe?

Nein, ich bin gleich zu Hause.

Offenbar klang und roch ich nicht wie jemand, der zu viel getrunken hatte, denn er ging gleich wieder zu seinem Wagen zurück, der ein Stück weiter weg stand.

Ich rieb mir die Stirn. Ich war mir nicht sicher, ob es mich freute, dass der niederländische Bürger so genau im Auge behalten wurde, oder ob es mich vielmehr ärgerte. Wie gelang es da überhaupt noch jemandem in diesem Land, ein Verbrechen zu begehen? Glücklicherweise trug ich mich nicht mit diesbezüglichen Plänen.

(Ich weiß noch, dass ich das dachte. Dass ich das damals wortwörtlich dachte. Mord war zu dem Zeitpunkt ein Begriff, den ich nur aus der Zeitung oder dem Fernsehen kannte.)

Ich verließ den Parkplatz. Es war halb zehn. Die Staus hatten sich aufgelöst.

Zu Hause saßen Peter und Lizzy gemeinsam an meinem Computer. Sie hatten beide gerötete Wangen vor Eifer. Unbemerkt stand ich im Türrahmen und schaute zu.

Lizzy las gerade in getragenem Ton vor: … was viele für einen der größten Höhepunkte erachten …

Als, heißt es, glaube ich, unterbrach Peter.

Echt?

Für … halten, aber als … erachten.

Ach ja. Fleißig tippte sie auf eine Taste. Die Haare fielen ihr vors Gesicht, und sie strich sie sich hinter die Ohren: … als einen der größten Höhepunkte erachten, die die Geschichte der Popmusik je erlebt hat.

Spitze, sagte Peter. Nur …

Ein wenig irritiert sah sie ihn an, griff dann in meine Box mit Gummibändern und Büroklammern und bat: Bindest du mir mal die Haare zusammen, bitte?

Er nahm das Gummiband, drehte mit einer Hand ihre Haare zusammen und band sie schräg über ihrem linken Ohr fest: Ich wollte nur anmerken, dass *Abbey Road* was für alte Säcke wie mich ist. Sollte nicht von hipperen Gruppen als den Beatles die Rede sein?

Hip? Meine Tochter machte ein Gesicht, als verstehe sie gar nichts mehr.

Hip, Lady Lizzy, ist das, was alte Säcke wie ich statt »chill« sagen.

Nein, Papa, das kommt gar nicht in Frage. Wild schüttelte sie ihren Pferdeschwanz.

Er kniff ihr in den Nacken.

Sie brach in wehrloses Gelächter aus und ließ sich kurz gegen ihn fallen.

Storm kennt bestimmt ein paar chille Gruppen, sagte Peter.

Aber es muss morgen fertig sein!

Auf einmal sahen sie mich dastehen. Es wurde still.

Hallo, Familie, sagte ich.

Nach einem Augenblick erwiderte Lizzy statt einer Begrüßung: Dein Haar ist ja so plattgedrückt.

Ich fasste mir an den Kopf und versuchte, etwas mehr Volumen in meine Frisur zu bringen. Zu Peter sagte ich: Ich dachte, du wärst heute Abend nicht da? Du wolltest doch zu dieser Gemeinderatssitzung. So was Blödes, ich bin im Auto eingeschlafen.

Ohne aufzuschauen sagte er: Es stand doch hoffentlich? Und hier haben wir Bob Dylan. Dass du den kennst, Lizzy!

Ich ging in die Küche. Schenkte mir ein Glas Weißwein ein. Im Kühlschrank stand eine Schüssel Erbsen, aber mir fehlte die Energie, sie in die Mikrowelle zu stellen. Das lange Schlafen hatte mich ganz und gar nicht erfrischt, sondern ich fühlte mich ausgelaugt und ein bisschen fröstelig.

Im Wohnzimmer ließ ich mich aufs Sofa sinken, stellte den Fernseher an und schaute mir die letzten Bilder der Zehn-Uhr-Nachrichten an, ohne sie in mich aufzunehmen. Ich dachte: Wenn ich nun diese Woche einfach nicht mehr zum Sonnenhügel fahre. Aber irgendetwas sagte mir, dass ich dann in der darauffolgenden Woche überhaupt nicht mehr fahren würde. Ich musste versuchen, die eiserne Regelmäßigkeit beizubehalten und meinen Verstand dabei auf null zu schalten. Sowie ich mir zu denken erlaubte, dass ich eine Wahl hätte, war alles vorbei. Und wenn man sich nicht mehr blicken ließ und keine Wertschätzung mehr äußerte, kam das der Pflege sicher nicht zugute. Dann verbimmsten sie meine Mutter womöglich, wenn sie mit ihrem Kot gespielt hatte.

Themenwechsel!

Rollator. Morgen drum kümmern.

Und Kukident kaufen.

Was wäre, wenn Bill und Anita mich nicht hätten, auf die sie solche Besorgungen abwälzen konnten. Würde es meiner Mutter dann an allem fehlen? Aber wie lief das dann bei Leuten, die keine Kinder hatten?

Wenn ich die Tochter von Frau van Dam das nächste Mal traf, musste ich sie mal fragen, wie lange sie sich schon hin- und herschleppte, zum Sonnenhügel und zurück? Ja, und – was hätte ich damit in Erfahrung gebracht? Wann auch ich leicht plemplem werden würde? Und gab es überhaupt etwas zu vergleichen? Vielleicht *liebte* sie ihre Mutter ja.

Sofort loderten in mir wieder die Flammen empor.

Du bist ja knallrot, sagte Lizzy, die, an einer Möhre kauend, ins Zimmer trat.

Ich fächelte mit der Hand vor meinem Gesicht herum, mit Stummheit geschlagen. Erst nach mehr als einer Minute zog sich die Hitze aus meinem Körper zurück.

Lizzy sah mitleidig zu. Irgendwann explodierst du noch, sagte sie.

Bist du fertig mit deinem Referat? Ist es schön geworden?

Papa findet, dass ich einen komischen Geschmack habe.

Lass ihn doch reden.

Im Tierheim spielen wir immer Bob Dylan und …

Donnerwetter. Dieser Arend!

Was soll das? Musst du wieder auf ihm rumhacken?

Wo bleibt Papa eigentlich?

Der wollte noch Aufträge durchsehen.

Ich schoss hoch, rief, dass sie es nicht zu spät werden lassen solle, und flitzte ins Büro.

Zu meiner Erleichterung saß Peter immer noch am Computer. Er murmelte etwas in sich hinein, während er die Maus hin- und herbewegte. Seine Lesebrille war ihm auf die Nasenspitze gerutscht. Vielleicht sah er deswegen so seltsam verloren aus.

Ich beugte mich über seine Schulter. Oben auf dem Monitor stand ein rundes Ding, das ich nicht einordnen konnte: Was ist das denn?

Eine Webcam, sagte er starr. Das wäre vielleicht ein Geburtstagsgeschenk für Lizzy, dachte ich mir.

Ich legte die Hand in seinen Nacken: Und wenn du sie freundlich darum bittest, darfst du sie bestimmt ab und zu von ihr ausleihen. Ist noch eine Mail von Storm gekommen?

Er deutete auf meinen Terminkalender, der aufgeschlagen auf dem Schreibtisch lag: Schau lieber mal da rein.

Oh, sagte ich mit einem mulmigen Gefühl. Zwei dick unterstrichene Adressen von Pflegeheimen, diese Woche, mit Pfeil.

Plötzlich schlug er mit der Faust auf die Tischplatte: Ich bin doch nicht blind, Heleen! Was soll diese Heimlichtuerei?

Ach, du Schreck, es war noch schlimmer, als ich gedacht hatte. Er war stinkwütend. Ich zog meine Hand zurück. Bedripst sagte ich: Ich wollte es dir ja erzählen, ehrlich, aber jedes Mal…

Wie lange geht das jetzt schon? Na?

Ach, ein paar Wochen erst. Weißt du noch, dass du neulich hereinkamst, um Adris Karteikarte zu holen wegen der Überstunden? Da hab ich gerade… Meine Stimme erstarb.

Mit verzerrtem Gesicht starrte er vor sich hin. Ich sah ihn in seinem Gedächtnis forschen. Langsam sagte er: Verdammt. Du hast telefoniert und bist total erschrocken, als ich reinkam. Ja, da hätte ich gleich hellhörig werden müssen. Was bin ich doch für ein Trottel. Das gibt's gar nicht! Seit Wochen kann ich keine Tür öffnen, ohne dass du dahinter heimliche Telefonate führst.

Ich raufte mir die Haare vor Frust. O Mist, o Mist, Sabine.

Seine Stimme überschlug sich: Und erst heute Abend ist mir ein Licht aufgegangen. Im Auto eingeschlafen! Mensch, du dachtest, ich wär nicht zu Hause! Du dachtest, du hättest freie Hand!

Perplex entgegnete ich: He, warte mal.

Worauf? Verschon mich bitte. Ich darf dich nicht mal mehr ansehen, ohne dass du Zeter und Mordio schreist. Und dabei fährst du mehrmals die Woche …

Peter. Du denkst doch wohl nicht, dass ich fremdgehe?

Sein Mund war ein verkniffener Strich.

He. Ich beugte mich vor.

Er wandte das Gesicht ab. Ich sah seine angespannten Kiefer.

Ausgerechnet dieser Verdacht. So war es also um unsere Ehe bestellt. Ein einziger Berg überfälliger Instandsetzungsarbeiten. Schuldbewusst sagte ich: Da ist nichts, worüber du dir Sorgen machen müsstest, ehrlich nicht. Ich kann dir das alles erklären.

Er sah mich noch immer nicht an.

Ach, er tat mir so leid. Wir beide taten mir leid. Aber ich befand mich auch in einer Zwickmühle: Mit der Aufklärung des Missverständnisses würde ich mir neue, berechtigte Vorwürfe einhandeln. Wie kam ich da noch einigermaßen glaubwürdig raus? Wo stand eigentlich geschrieben, dass man seinem Mann gegenüber Rechenschaft über all sein Tun und Lassen ablegen musste? Und überhaupt, Peter überprüfte doch normalerweise nicht, was ich machte? Das wär ja noch schöner! Peter eifersüchtig? Peter besitzergreifend? So war das nicht vereinbart. Ich konnte nicht auch noch einen Mann gebrauchen, der dachte, sein Glück hinge ganz und gar von mir ab. Nein, da machte ich jetzt nicht mit. Meine Reserven waren aufgebraucht. Das hätte er sich zwanzig Jahre früher überlegen müssen.

Er nahm seine Brille ab, klappte sie zusammen und steckte sie in seine Brusttasche. Dann sagte er: Dein Verhalten hat mich furchtbar verunsichert.

Komisch, sagte ich, so kenne ich dich gar nicht.

Nein, aber gerade deswegen sollte es dich vielleicht alarmieren.

Hör zu, du kannst mir wirklich glauben, dass nichts ist.

Aber hättest du was dagegen, wenn wir das morgen besprechen? Ich bin fix und fertig und ...

Ja, das kommt davon, wenn man im Auto schläft.

Herrgott, Mann. Ich glaube fast ... Kennst du den Begriff Projektion?

Was soll denn das jetzt heißen?

Na, das liegt ja wohl auf der Hand.

Du kannst doch nicht einfach alles verdrehen, Heleen!

Und du, rief ich ohnmächtig aus, du ... Es ist manchmal leichter, mit Ma zu sprechen als mit dir, weißt du das? Du kapierst einfach überhaupt nichts!

APRIL

Tote Schildkröte

O ja, es gab eine Menge wiedergutzumachen. Und wollte ich meinen dritten Lebensabschnitt endlich ins Lot bringen, musste ich mich auch ganz gewiss sputen, andächtig um all das zu trauern, was ein für alle Mal hinter mir lag.

Doch mein Lot musste warten, denn die Saison der *Garden Fairs* und Messen hatte begonnen. Die erste war immer »Das Gute Leben« auf Gut Drevelstein. Wie immer losten wir aus, wer hingehen würde. Diesmal waren Adri und ich die Dummen.

Am Sonntagmorgen beluden wir schon in aller Frühe den Anhänger. Ich beschloss, Adri fahren zu lassen, das erschien mir besser für sein Ego.

Wir waren noch nicht mal um die Ecke, als er, den Ellbogen locker auf dem Rahmen des geöffneten Seitenfensters, anfing, mit seinem »Hortikular-Wissen« aufzuschneiden. Er warf mit lateinischen Artennamen um sich und stellte mir Fangfragen: Weißt du, welche Pflanze man auch »Pferdetöter« nennt?

Müde dachte ich: Den Taxus, Adri. Sogar Laien wissen, dass ein Pferd nur drei Bissen von einem Taxus zu sich zu nehmen braucht, und es stirbt den sicheren, qualvollen Tod. Doch ich hielt den Mund. Ich hoffte nur, dass unser Obergärtner damit nicht die Grundlage für Verhandlungen über eine Gehaltserhöhung schaffen wollte. Oder noch schlimmer, dass dies womöglich der Auftakt für seine Kündigung war. Was hatte denn so ein talentierter junger Bursche auch bei uns verloren, nicht wahr?

Bei dem Gedanken brach mir schon der Schweiß aus. Ich hätte Adri zwar manchmal erschießen können, aber er war eine erfahrene Kraft, der man nicht groß was zu erklären brauchte. Wenn er ginge, säßen wir ganz schön in der Tinte. Und selbst wenn wir schnell jemand anderen mit seinem Niveau fanden, würden wir den lange einarbeiten müssen. Wie und wo sollte ich die Zeit dafür hernehmen?

Es war viel los auf den Straßen, jetzt, da die Blumenfelder in voller Pracht, in knalligem Orange, Rot, Gelb, Lila und Blau, dastanden. Autos mit ausländischen Kennzeichen parkten kreuz und quer am Straßenrand; überall wurden kleine Kinder und hübsche junge Mädchen von ihren Eltern oder ihrem Liebsten zwischen den Tulpen oder Hyazinthen fotografiert. An den Feldwegen parallel zur Straße wurden Blütengirlanden verkauft. Anscheinend waren alle bester Dinge, und keiner hatte es eilig.

Dieser ganze Überschwang machte mich niedergeschlagen. In der vergangenen Woche hatten wir endlich den Bescheid über die Pflegebedürftigkeit meiner Mutter erhalten. Sie würde den Rest ihres Lebens in einer geschlossenen Abteilung verbringen müssen.

In dem weitläufigen Park von Gut Drevelstein fand sich das übliche Durcheinander von Partygrills, Motormähern, Regentonnen, Nistkästen und Kaninchenställen, Sonnenuhren, Häckslern, stimmungsvollen Holzöfen für die Terrasse, verzinkten Gießkannen (garantiert aus der englischen Grafschaft Kent), Weidenkörben, Schubkarren, Terracotta-Ziertöpfen, originalgetreuen Wannen mit Entchen auf den Seiten, noch besseren Gartenscheren, Liegen auf Rädern, Rechen und Spaten, schmiedeeisernen Pflanzentreppen, Kies in allen nur erdenklichen Sorten, Windspielen, Regenmessern, Laubsaugern, diversen Imbissen, Windlichtern, Hängeampeln, Zäunen (auch nach Maß), dekorativen Reisiggebinden, Kissen und Kerzen sowie wasserspeienden Delfinen für den Teich. Was ich auch sofort sah, war, dass der viereckige Sonnenschirm im kommenden Sommer nicht so gut laufen würde wie die Leinendraperien in zwei kontrastierenden Farben.

Wir waren neben der Gartenbuchhandlung Hamelen aus Middelburg, einem alten Bekannten, platziert.

Schnell richteten wir den Stand ein. Man machte das alles, um seinen Namen auf dem Gebiet von Winterblühern zu promoten, doch von denen konnten wir jetzt nur noch wenige Beispiele zeigen, Exemplare, deren Blüte wir gezielt hinausgezögert hatten. Blieb nur zu hoffen, dass die Leute aufgrunddessen unsere von Hand gewonnenen Samen kaufen oder unseren Katalog mitnehmen würden. Es sah arg bescheiden aus, als wir fertig waren. Wir hätten mehr Farne mitnehmen sollen, um für etwas mehr Masse zu sorgen. Ich war schon im Vorhinein ziemlich entmutigt. Wenn das mal kein verlorener Tag wurde.

Adri hegte offenbar auch keine großen Erwartungen: Er hatte sich mit einer Computerzeitschrift auf einem Klappstühlchen niedergelassen und ließ alles an sich vorbeirauschen.

Ein Stück weiter, bei den elektrischen Terrassengrills und der Außenbeleuchtung, begann es schon voll zu werden. Ich ging erst mal Kaffee holen.

Bei den Hängegeranien lief mir Marga von Gärtnerei »Herzenslust« aus Schoorl über den Weg. Sie hatte sich einen pfauenblauen Schal um die blonden Locken gebunden und sah beschwingt und unternehmungslustig aus. Hallo, Heleen, sagte sie, wie steht's in De Zilk?

Wie fade ich gegen sie aussah, in meinem alten Pullover und der unförmigen Jeans. Hoffentlich hatte ich einen Lippenstift in der Tasche. Ich musste ein bisschen mehr für mich tun. Das würde schließlich mich selbst zuallererst aufmuntern.

Ohne meine Antwort abzuwarten, fuhr sie fort: Dein Katalog war dieses Jahr übrigens mal wieder Spitze.

Schön zu hören, sagte ich dankbar.

Aber das hast du ja sicher schon unserer Bestellung entnommen, oder?

Ein bisschen blöde lachte ich mit ihr mit. Ich konnte mich beim besten Willen nicht erinnern, welche Sorten Herzenslust bestellt hatte, und in welcher Stückzahl. Hatte ich ihre Order etwa übersehen? Normalerweise brauchte ich nur an einen Kunden zu denken, und ich hatte schon die Kreuzchen auf der Preisliste vor Augen. Heute Abend gleich mal nachsehen.

Hast du noch Neuigkeiten?, fragte ich.

Marga schaute sich verstohlen um, fasste mich am Arm und setzte lustvoll zu einer Tratschgeschichte über einen unserer Kollegen an. Sie konnte ungemein witzig erzählen, und es dauerte nicht lange, da hielt ich mir den Bauch vor Lachen. Herrlich, sich gemeinsam so herzlos über anderer Leute Verfehlungen lustig zu machen. Mehr lachen, das musste auch auf meinen Terminkalender.

Ganz erbaut setzte ich eine Viertelstunde später meinen Weg fort. In einem Toilettenwagen legte ich Lippenstift auf. Bei einem Imbiss kaufte ich zwei Becher Kaffee. Für Adri nahm ich noch ein Wurstbrötchen dazu.

Er gab gerade jemandem Wechselgeld heraus, als ich an unseren Stand zurückkehrte.

Läuft's ein bisschen?, fragte ich.

Nein, kaum der Rede wert.

Hier, Kaffee.

Er setzte sich wieder auf sein Stühlchen: Ich verstehe nicht, wieso wir uns noch auf solchen Jahrmärkten präsentieren. Es wird von Jahr zu Jahr schlimmer.

Gut für die PR.

Erzähl mir doch nichts. Pflanzenkäufer kommen hier nicht her. Schau dir doch diese ganzen karierten Hosen an. Lauter pseudo-intellektuelle Snobs.

He, Adri, was ist denn mit dir los?

Denen geht's doch nur um »Das Gute Leben«, der Name sagt es ja schon. Ein Gläschen Wein auf der Terrasse, unter so einer Wärmekanone, das ist das einzige, woran Leute wie die interessiert sind.

Mit Zornesröte im Gesicht biss er in sein Wurstbrötchen.

Ich wusste einen Moment nicht, was ich sagen sollte. Und just in dem Moment kam jemand mit einer großen Steingans unter dem Arm vorüber, gefolgt von einem Mann mit Schubkarre und Grill darin. Okay, sagte ich, es ist bescheuert. Aber darüber können wir doch auch lachen, oder?

Ich finde aber, dass man sich als seriöse Gärtnerei nur auf seriösen Gartenmessen präsentieren sollte.

Schroff entgegnete ich: Das hat der Chef zu entscheiden. (Mutter Maria, erlöse uns von Heleen.)

Ja, wenn du gleich so anfängst! Ich versuche nur, einen konstruktiven Beitrag zu leisten.

Und ich erkläre dir nur, dass Peter und ich solche Entscheidungen nicht von ungefähr treffen.

Peter und du! Sein Ton war plötzlich so unverschämt, dass er selbst sichtlich darüber erschrak.

Ich fuhr ihn an: Geh dir mal eben die Beine vertreten, Adri. Vielleicht triffst du einen seriösen Kollegen, mit dem du dich mal so richtig ausmotzen kannst. Los. Nimm deinen Kaffee, und lass anderswo Dampf ab.

Ein wenig kleinlaut trollte er sich.

Ach, verflixt. Bei der Arbeit taten Peter und ich zwar, als wenn nichts wäre, aber offenbar hatte man doch bemerkt, dass es Spannungen gab. Obwohl wir versucht hatten, es mit einem Kuss, oder besser gesagt einer Aussprache beizulegen, war nach unserem Streit doch eine gewisse Unterkühltheit zwischen uns geblieben. Vielleicht lag es daran, dass er Sabines Handy sofort zum Sonnenhügel gebracht hatte. Ohne weiteren Kommentar hatte er es dort abgegeben, als hätte er es gerade auf dem Parkplatz gefunden. Ganz pragmatisch gelöst. Dass ich das Ding los war, hätte mich erleichtern müssen, aber komischerweise war mir, als hätte man mir etwas weggenommen, was sich schwer benennen ließ. Als wäre mir ein Weg verstellt worden, ein weiterer, oder als hätte man mir Knüppel zwischen die Beine geworfen, und es fiel mir schwer, ihm das nicht übel zu nehmen. Sie ist ja noch gar nicht wieder zu Hause, hatte ich pampig gesagt, sie ist noch im Urlaub und kommt erst Samstag von ihrer Kreuzfahrt zurück.

Darauf hatte er mich ein wenig befremdet gemustert.

Was haben wir denn jetzt hier?, fragte ein Mann in Kordsakko, während er sich über meine armselige Auslage beugte. Neben ihm stand eine kritisch dreinblickende Frau, eine Plastiktragetasche in der Hand, aus der ein Apfelsinenbäumchen hervorschaute.

Eine Varietät mit gefüllten Blüten, sagte ich. Eine schöne Pflanze und ganz pflegeleicht.

Sie braucht also keine speziellen Sachen?

Nein. Sie sollten lediglich im Herbst etwas Asche oder Kalk in den Boden einarbeiten, und vor und nach der Blüte natürlich immer …

Viel zu arbeitsaufwendig für uns, sagte die Frau.

Grußlos gingen sie weiter.

Ich trank meinen kalt gewordenen Kaffee. Für manche Leute eigneten sich nur Tagetes und umgekehrt. Aber Adri hatte recht: Von dieser Sorte liefen hier wirklich verdammt viele herum, bepackt mit Krimskrams und effekthascherischen Pflanzen zu Wahnsinnspreisen. Peter sagte immer, dass es beim Gärtnern nicht ums Haben gehe, sondern ums Sein. Man müsse sorgsam, geduldig und bei der Sache sein, sonst erziele man niemals gute Resultate.

Das dumpfe Klang-Klung-Klong der Bambus-Windspiele im Stand schräg hinter mir wuchs sich allmählich zu einer Folter vom Kaliber einer chinesischen Wasserkur aus. Viertel nach zwei war es erst, da hieß es noch eine Weile die Zähne zusammenbeißen. Ich setzte mich, widerstand der Versuchung, die Unterarme auf den Tisch zu legen und den Kopf darauf zu betten, und starrte geradeaus. Vorüber zogen zwei Zinkeimer, ein Spatenset, eine komplette Gartenmöbelgarnitur, eine Giraffe aus Maschendraht, die man mit Efeu begrünen konnte, ein mit Raffia bespannter Übertopf und wahrhaftig auch mal ein Tray Begonien. Meine Mutter wäre auf Drevelstein in ihrem Element gewesen.

Peter hatte die Woche gesagt: Eines verstehe ich nicht. Du hast immer getönt, dass du sie auf keinen Fall pflegen willst, aber unterdessen ...

Ich bitte dich, Peet, bei der Pflege-Indikation musst du doch auch einsehen, dass es gar nicht anders geht! Sie muss ja in eine geschlossene Abteilung!

Okay, das hat man uns aus der Hand genommen. Aber das meine ich nicht. Ich meine, dass du aber seit mittlerweile einem halben Jahr dabei bist, dich so für sie ins Zeug zu legen, dass du dem Zusammenbruch nahe bist. Das passt irgendwie nicht so ganz zusammen, finde ich.

Mit kurzer Verzögerung antwortete ich: Ich fühle mich permanent schuldig. Was ich auch tue, es ist nicht genug.

Moment mal, Heleen. Keiner hat was davon, wenn du dich aus Schuldgefühlen heraus völlig verausgabst. Und außerdem sind die ganz unangebracht. Du tust weit mehr, als von dir verlangt wird.

Jajaja, mag alles sein, aber nur nach männlicher Logik.

Die ist oft die beste, sagte er und sah mich dabei mit einem Blick an, den ich nicht recht deuten konnte. Es hatte den Anschein, als glaubte er mir nicht so ganz und dichtete mir ganz andere Beweggründe dafür an, dass ich mir meiner Mutter zuliebe die Hacken ablief. Und seiner Miene nach zu urteilen, erfüllte ihn dieser Gedanke nicht nur mit Sorge, sondern auch, das war unverkennbar, mit leichtem Widerwillen.

Zur Entschädigung für »Das Gute Leben« hatte ich Adri die Wahl zwischen einem freien Tag oder Ausbezahlung der Überstunden gelassen. Am Montagmorgen war er schon um Viertel nach acht wieder zur Stelle. Hm. Auf zusätzliche Freistunden kam es ihm also nicht mehr an. Das verhieß nichts Gutes. Ebenso, dass er sich beim Schattenhaus gleich provozierend eine Zigarette rollte.

Es versprach erneut ein sonniger Tag zu werden. T-Shirt-Wetter, hatte Lizzy mit ungewohnter Begeisterung ausgerufen. Na ja, kein Mensch würde mich komisch angucken, weil ich an so einem herrlichen Morgen nicht mehr Haut zeigte. Man würde es auf meine schwabbeligen Arme schieben. Das war auch was wert.

Ich ging zum Gewächshaus, um nach Bingo zu sehen. Im Vorübergehen sagte ich zu Adri: Nicht mit der Zigarette rein, ja?

Die Schildkröte lag immer noch reglos in der Kiste. Ihr Futter war unangerührt. Ich klopfte leicht auf ihren runden Panzer. Hallo, hallo, murmelte ich töricht. Aber Bingo streckte den Kopf nicht heraus.

Von der Tür her sagte Adri: Schmeiß das tote Ding doch weg.

Aber wie kann ich mir denn sicher sein, dass sie tot ist?

Er nahm einen Eimer, latschte zum Wasserhahn, füllte ihn und kam damit herein. Die Kippe hing noch in seinem Mundwinkel. Mit einem Knall stellte er den Eimer auf dem Boden ab. Sie haben Lungen, sagte er. Also sinken sie, wenn sie tot sind. Ich hab das gestern Abend im Internet nachgesehen.

Erstaunt sah ich ihn an.

Ja, man kann das ja nicht mehr mit ansehen, wie du jeden Morgen auf die Leiche hier einredest!

Mir kamen fast die Tränen. Dieser Adri. Bei ihm wusste man aber auch nie.

Na, kann ich sie zu Wasser lassen?

Aber wenn sie nun noch lebt?

Dann wird sie schon wach, sagte Adri mit Autorität. Er packte Bingo bei ihrem Panzer.

Vorsicht, sie beißt, entfuhr es mir.

Wie ein Backstein sank die Schildkröte auf den Boden des Eimers. Gespannt schauten wir zu. Draußen konnten wir die Bienen über den Pflanzen summen hören. In der Ferne tuckerte ein Traktor vorüber. Adri nahm einen Zug von seiner Zigarette. Dann warf er sie auf den Boden und trat sie aus. Na, dann ade, sagte er, ab in die ewigen Jagdgründe. Was machen wir damit? In den Müllcontainer?

Ja, mach ruhig. Was mag sie gehabt haben? Weißt du das?

Natürlich. Auf dieser Site stand, dass man sie nicht auf Holzwolle oder Stroh überwintern lassen darf. Davon bekommen sie eine Staublunge, und dann ersticken sie.

Nach diesen Worten richtete er sich zufrieden auf, nahm den Eimer und verließ das Gewächshaus.

Arsch, sagte ich, sowie er außer Sichtweite war.

Bills Vorhersage bewahrheitete sich: In erstaunlich kurzer Zeit genas meine Mutter von ihrer gebrochenen Hüfte. Sowie sie das Bein wieder belasten durfte, lief sie mit fanatischen, schiefen Schritten mit ihrem Rollator umher und rammte alles, als wollte sie mitten durch die Wand. Wenn man sie so sah, befürchtete man einen Ausbruchsversuch. Eines Tages, wenn Bill und Anita gerade anderweitig in Beschlag genommen waren, würde sie, mit ihrer Handtasche, ihrem Ein und Alles um den Hals, zur Tür hinaussteuern. Der Sonnenhügel mit seinen Reha-Patienten auf Zeit besaß keine geschlossenen Abteilungen.

Meine verwirrte, humpelnde Mutter würde auf der Straße zum Gespött der Kinder werden. Herumlungernde Jugendliche würden eine willkommene Ablenkung darin sehen, ihr den Rollator wegzunehmen und ihn ihr, vermeintlich hilfsbereit, immer gerade so hinzuhalten, dass sie ihn nicht erreichen konnte. Zum Totlachen! An jeder Straßenecke würde ein Junkie darauf lauern, sie zu berauben. Und Willem hatte mir mal ganz außer sich erzählt, dass seine Oma, die immer altes Brot für die Enten im Park aufbewahrte, mitten in der Woche und am helllichten Tag beim Teich ins Gebüsch gezogen worden war, von so einem … Nein, nein, vergiss es, Heleen, vergiss es.

Was soll ich jetzt machen?, fragte ich die Sozialarbeiterin vom Sonnenhügel.

Sie überall anmelden, sagte sie wie aus der Pistole geschossen. Überall, wo man ihr Sicherheit bieten kann.

Mit beklommenem Gefühl verließ ich ihr Büro. Es ging überhaupt nicht um Usambaraveilchen oder vielversprechend aussehende Tagesprogramme. Meine FÜR und WIDER waren für die Katz. Alles, worauf ich mich gestützt hatte, versank im Treibsand. Einzig, dass Ma nicht in das Heim mit den Sittichen konnte, hatte ich noch scharf im Blick, denn dort erwarteten sie auch eine Schildkröte. Logisch denken, ich durfte nicht aufhören, logisch nachzudenken.

Meine Mutter war nicht in ihrem Zimmer. Ich fand sie im Aufenthaltsraum, wo sie sich verschwitzt und mit verdrehten Augen am Rollator von der einen Seite zur anderen mühte. Laufzwang, nannte Bill das.

Mama, warum rennst du denn so hin und her?

Oh, sind Sie der Sypotereut? Endlich. Ich schwehm hier nie jemand.

Wollen wir uns irgendwo zusammen hinsetzen?

Nein, nein, dann krieg ich mickere Muscheln. Wenn ich train und train und train, darf ich zurück, sagen die Leute.

Zurück?

Nach Haube, sowie ich wieder alles selbst einkochen kann.

Ich konnte mir den Mund fusslig reden, aber diese

Wahnvorstellung konnte ich ihr nicht austreiben und würde ich ihr auch nie austreiben können. Als ich eine halbe Stunde später völlig ausgelaugt wieder draußen stand, war mir klar, dass es nur eine Lösung gab. Meine Mutter musste damit konfrontiert werden, dass sie keine Wohnung mehr hatte, in die sie zurückkehren konnte. Ich musste mich endlich um die Kündigung kümmern.

Francien bot sofort an zu kommen. Aber die Reise war kostspielig, und ich wusste überdies, dass sie sich gerade wegen einiger dämpfiger Fohlen sorgte. Nein, sie blieb besser zu Hause. So viel Arbeit war das nun auch wieder nicht. Es handelte sich ja schließlich nicht um unser Elternhaus, das ausgeräumt werden musste. Also fuhr ich einige Tage später allein mit einem Stapel Umzugskartons nach Nieuwegein.

Ich bekam die Wohnungstür fast nicht auf, so viele Drucksachen lagen drinnen auf der Fußmatte. Auf der Kommode im Flur funkelte noch immer der eine Swarovski-Ohrklunker, den ich am Abend ihres Infarkts unter einem Tischchen gefunden hatte.

Mein Plan war simpel. Hausrat und Mobiliar dahingehend sichten, was davon in ihr zukünftiges Pflegeheim mitkonnte. Den Rest nach Sachen von materiellem oder emotionalem Wert durchforsten. Und was dann übrig blieb, das meiste also, ging an einen Gebrauchtwarenhändler.

Trotz der trostlosen Atmosphäre des Unbewohntseins war alles in der Wohnung noch immer genauso, wie es gewesen war, als meine Mutter hier das Zepter geschwungen hatte. Auf dem Couchtisch lag ein aufgeschlagenes Rätselheft, letzter Zeuge ihres damals noch hellen Verstands. Die Zinnkanne auf dem Büfett, der Geburtstagskalender, der an der Toilettentür hing, die Kissen auf dem Sofa mit dem Teerosenmotiv – sie alle hatten sie als jemanden mitbekommen, der sich im Leben zu behaupten wusste. Indem ich das alles hier auflöste, würde ich sie noch weiter auslöschen, als es jetzt schon der Fall war.

Aufs Geratewohl zog ich eine Schublade des Büfetts auf. Auf dem schwarz gewordenen Tafelsilber, auf das sie so stolz gewesen war, lag ein Büchlein: *SCHILDKRÖTEN und ihre Pflege*. Dass sie die Sache so gewissenhaft angegangen war, hätte ich nicht von ihr erwartet. Sie hatte sich offenbar ganz darin vertieft. Sie hätte Bingo niemals auf Holzwolle überwintern lassen.

Das verschlug mir den Atem, bevor ich überhaupt etwas getan hatte. Ich setzte mich mit dem Büchlein an den Esstisch. Es klappte von selbst bei einer offenbar häufig konsultierten Seite auf. Die Vierzehenlandschildkröte. Das Tier auf dem Foto wies große Ähnlichkeit mit Bingo auf, es hätte glatt ihre Schwester sein können. Der Text befasste sich mit der Ernährung der Vierzehen. Manche Sätze waren mit rotem Kuli unterstrichen: Obst und Gemüse möglichst trocken reichen. Regelmäßig zu Pulver zermahlene Eierschalen beifüttern. Auf keinen Fall Apfelkerne oder Avocados geben. Hundebrocken immer erst in kaltem Wasser einweichen. Trinkwasser darf nie fehlen.

Ich fass es nicht!, sagte ich laut. Meine Mutter hatte ernsthaft studiert, was sie ihrer Schildkröte zu fressen geben sollte. Das musste ich Francien erzählen, das war ja der Witz. Für dieses garstige Reptil hatte sie Eierschalen gemahlen, von sich aus, ohne Ansporn und Ermunterung oder gar ein Wort des Dankes.

Mich ergriff so etwas wie manische Energie, ich sprang auf und zog die anderen Schubladen und die Schranktüren des Büfetts auf. Was würden wir hier sonst noch über Ma erfahren?

In dem Moment klingelte es.

Elly stand vor der Tür. Sie trat an mir vorbei in die Wohnung, auf eine Art und Weise, die ein merkwürdiges Mittelding zwischen Schüchternheit und Unverfrorenheit war, deutete auf die Umzugskartons und sagte: Ich sah dich vorhin damit kommen. Es ist also so weit. Wenn du beim Abstellraum angelangt bist, musst du mir mal kurz Bescheid geben, denn da habe ich neulich ein paar Sachen untergebracht, die mir gehören. So haben Margriet und ich das immer gemacht, wir waren immer füreinander da. Ach, es war so unheimlich gemütlich mit ihr.

Mir schoss das Blut in den Kopf. Was, wenn meine Mutter wieder ihre Telefonitis bekam und Elly ihr erzählte, dass ich dabei war, ihre Wohnung auszuräumen. Das durfte nicht sein. Mein Gott, warum war alles so kompliziert? Wie machten andere Leute das? Stumm vor Hilflosigkeit ließ ich den Kopf hängen.

Elly sagte: Alt werden ist nicht leicht, Heleen. Ich sehne mich sehr danach, wieder eine Nachbarin zu haben, mit der ich mich ein bisschen unterhalten kann. Man möchte doch mal sein Herz ausschütten, nicht wahr, das ist menschlich, aber in unserem Alter hat man nicht mehr so oft Gelegenheit dazu. Ich frage mich manchmal, wozu wir alt werden sollen, wenn sich keiner für alte Leute interessiert, da ist so ein langes Leben doch eigentlich zu nichts nütze, das habe ich so oft zu Margriet gesagt, und es hat ab und zu wirklich den Anschein, als sprächen wir eine andere Sprache als der Rest der Welt, man versteht sich nicht mehr so ganz, ich weiß nicht genau, wie das kommt, Kind, aber das war es, was ich dir mal eben sagen wollte.

Ich löste den Blick vom Fußboden, auf dem Ellys überraschend kleine Füße nervös hin- und herscharrten, dem Fußboden, auf dem die Garderobe stand, an der noch immer die Schals und Mützen meiner Mutter hingen, dem Fußboden, auf dem Bingo vielleicht umhergekrochen war, und ich sagte: Die Schildkröte ist tot.

Nein!, sagte Elly, und ihre Augen weiteten sich.

Ja, wirklich. Ich hatte das Büchlein von meiner Mutter nicht, in dem steht, wie man …

Na, so was aber auch! Ich denke manchmal: Wenn Gott nur nicht vergisst, mich irgendwann zu holen, und jetzt das, die erstbeste Schildkröte … Sie schüttelte den Kopf: Diese Dicky.

Dicky?

Ja, sie hatte sie doch nach deinem Vater genannt! Dieses Langsame, nicht. Aber komm, ich möchte dich nicht länger aufhalten.

Ich fasste sie beim Ärmel: Elly, wenn du mit ihr sprichst, darfst du nichts davon erzählen, ja? Sie fragt nie nach dem Tier, sie hat es bestimmt längst vergessen. Und sag besser auch nichts über die Wohnung.

Nach kurzer Pause erwiderte sie: Du willst mir doch

wohl nicht erzählen, dass du das hier nicht mit Margriet abgesprochen hast, oder?

Da gibt es nichts mehr abzusprechen! Wir müssen sie vor vollendete Tatsachen stellen. Klarheit, das ist das Einzige, wovon sie etwas hat.

Du bist also ganz eigenmächtig dabei, hier alles … Es stand ihr ins Gesicht geschrieben, dass *ihr* das niemals passieren würde, sie würde das nicht zulassen, sie würde bis in den Sarg hinein die Regie in Händen behalten.

Irgendwer muss es ja machen, sagte ich.

Nachdem sie mit hochrotem Gesicht vor Entrüstung abgezogen war, nahm ich endlich meine trübselige Aufgabe in Angriff. Am besten zuerst die Möbel, das war am einfachsten. Ich machte eine Liste von dem, was eingelagert werden musste. Dann brauchte ich jedenfalls nicht allzu lange über den Rest nachzudenken, den ich wegtun würde. Ach, der Sekretär konnte bestimmt auch mit. An dem hatten Francien und ich früher unsere Hausaufgaben gemacht. Es hieß ja immer, dass sich demente Menschen am besten an lange Zurückliegendes erinnerten.

Im Schlafzimmer stand ich unschlüssig vor dem überquellenden Kleiderschrank. Fast alles war nagelneu, kaum getragen. Nicht weiter beachten. Handeln. Unifarbenes konnte gleich weg: Darauf sah man den Speichel so sehr. Und zweiundzwanzig Paar Schuhe brauchte meine Mutter auch nicht mehr.

Auf dem Frisiertisch stand ein dreistöckiges Schmuckkästchen. Ja, das nahm ich nachher gleich mit zum Sonnenhügel. Damit konnte sie Kaufhaus spielen. Was machte es schon, wenn etwas geklaut wurde, es war ja sowieso alles

Ramsch. Dafür hatte sie ihr ganzes Geld ausgegeben: für wertlosen Tand und anderen Schnickschnack. Wenn sie das Geld nicht so zum Fenster hinausgeworfen hätte, wäre vielleicht genügend für eine Unterbringung in einem privaten Pflegeheim übrig geblieben, wo nicht in Pflegeminuten gedacht wurde, wo sich die Bewohner jeden Nachmittag ein gepflegtes Gläschen Portwein zum dementen Gemüte führten und wo ausreichend Personal vorhanden war, um zu verhindern, dass die Leute mit dem eigenen Kot spielten. Sogar der Gewinn der Hunderttausend war, wie alle anderen Projekte meiner Mutter, im Grunde im Nichts versandet.

Mit einem Mal war ich so aufgebracht, dass ich nach Luft schnappen musste. Ich hatte hier wer weiß wie viele Kubikmeter Plunder am Hals (Anzahl der Aschenbecher allein schon: dreizehn. Anzahl der Anwandlungen, sie Stück für Stück kurz und klein zu schlagen: dito), und über jeden Gegenstand musste ich entscheiden, über den Spiegel mit dem vergoldeten Rahmen, die sechs Elefanten aus sogenanntem Elfenbein auf der Fensterbank, die Kerzenleuchter aus Kristallglas, das keines war, die Keksdose mit dem wehmütig lächelnden Cherub darauf. Hatte ich dafür mein Leben lang versucht, ein mehr oder weniger anständiger Mensch zu sein, um hier, heute, bis zu den Hüften im Krimskrams zu stehen? War es das, wofür man das Ganze machte, um anderer Leute Porzellanschäferinnen einzupacken?

Bebend ging ich in die Küche, nahm ein Glas aus dem Schrank und hielt es unter den Wasserhahn. Dicky.

Eine Schildkröte nach dem verstorbenen Mann zu nennen – auf so eine Idee konnte auch nur sie verfallen. Das warf ein neues, noch beschuldigenderes Licht auf den Kadaver, der zu Hause im Müllcontainer lag. Vielleicht sollte ich ihn wieder zutage fördern und gebührend im Garten begraben. Es ging hier nämlich immerhin um meinen Vater. O nein, es war Mittwoch, der Container war heute Morgen geleert worden!

In großen Schlucken trank ich das Wasser aus. Meine Zähne schlugen gegen den Rand des Glases.

Wie einsam sie in den vergangenen Jahren gewesen sein musste. Wie erschütternd einsam. Sodass sie die Leere noch und nöcher mit materiellen Dingen überdeckt hatte. Allein zu Haube, zum Schluss glücklicherweise noch mit Dicky, der Vierzehenlandschildkröte und ihren eingeweichten Hundebrocken. Wenn ich mir beizeiten die Mühe gemacht hätte, mal im Internet nachzugucken, gäbe es Dicky noch, dann, tapste sie nach wie vor behäbig an den Fußleisten entlang.

Als Kind begleitete ich meinen Vater manchmal auf seinem Spaziergang nach dem Geschirrspülen. Wir wohnten in einem Nachkriegs-Neubauviertel mit Reihenhäusern, die so einförmig waren, dass mein Vater, der zerstreut sein konnte, schon mal in der falschen Straße bei Nummer 18 die Haustür aufzuschließen versucht hatte. An den penibel gepflegten Vorgärten entlang liefen wir aus dem Viertel hinaus. Wir redeten nicht viel, aber jedes Mal, wenn wir die Straße überqueren mussten, fasste er mich fest bei der Hand. Großes artikulierte man seiner Meinung nach am besten, indem man darüber schwieg. Das komme durch seine Arbeit in der Bibliothek, plapperte meine Mutter immer mit wissender Miene, Bücher täten keinen Mucks, sprächen aber eine klare Sprache.

Wir überquerten den Platz, wo freitags immer Markt war. Dahinter lag eine lange Fußgängerzone. Mein Herz begann schneller zu schlagen, ich tanzte beinahe an den geschlossenen Läden vorüber. Mein Vater zog schon den Geldbeutel aus der Gesäßtasche. Gleich würde er mir die Fünfundzwanzigcentmünzen in den Handteller zählen, er hatte immer genau die richtige Menge. Ich durfte die Münzen beim Automaten-Imbiss am Ende der Straße in den Schlitz stecken. Für jeden von uns eine Krokette, goldbraun und knusprig, die wir in der Hausnische aufaßen. Danach wischte er mir mit seinem Taschentuch die fettigen Hände und den Mund ab und zwinkerte mir zu.

Die Erinnerung an jenes unschuldige Geheimnis, das wir miteinander geteilt hatten, wirkte irgendwie beruhigend auf mich. Ich trocknete das Glas ab und stellte es in den Schrank zurück. Der Küche brauchte ich keine weitere Beachtung zu schenken: Das konnte alles unbesehen weg. Ich würde nur auf Tränenrühriges stoßen, wie zum Beispiel ihr Staubwischtuchkörbchen, das bis zum Rand mit sorgfältig in Stücke gerissenen alten T-Shirts gefüllt war. Ich hatte genauso ein Körbchen zu Hause, denn es war nun mal unstreitig, dass sich solche Lappen praktisch im gesamten Haushalt einsetzen ließen.

Ich holte einen Umzugskarton, faltete ihn auf und füllte ihn resolut mit den Gegenständen, die auf dem Büfett ausgestellt waren. Das waren wohl Mas liebste Dekorationsstücke. Ob sie später auf diese Schwimmkerzenschale stierte oder jene, war ziemlich einerlei. Es ging um das

Eigentliche, und das war, dass sie mit einer gewissen Menge vertrauter Nippessachen umgeben werden musste.

Das Bücherregal war auch rasch abgehakt. Nach leisem Zögern legte ich aber doch einen Orchideenführer in den Karton.

Auf dem untersten Regalbrett hatte Ma ihre Fotoalben gestapelt. Etwas von ihr selbst, nicht fix und fertig in einem Laden gekauft. Ich nahm das oberste vom Stapel und schlug es auf. Es war wie ein Schlag ins Gesicht. Wie gut meine Mutter hier noch aussah. Das Foto musste im letzten Sommer gemacht worden sein: Da hatte sie sich dieses türkisfarbene Kostüm gekauft, erinnerte ich mich. Sie saß unter einem blühenden Geißblatt in irgendjemandes Garten und trank ein Glas Sherry. Ihr Gesichtsausdruck hatte etwas Abgeklärtes. Sie sah entspannt und glücklich aus.

Vielleicht war sie gar nicht einsam gewesen. Es hatte Menschen gegeben, die ihre Gesellschaft geschätzt und sie zu Gartenfesten und anderen Geselligkeiten eingeladen hatten. Was wusste ich von ihrem Leben? Wir hatten immer tunlichst Abstand voneinander gewahrt.

Ich ging wieder in die Küche, um noch ein Glas Wasser zu trinken. Die anderen Alben schaute ich mir besser nicht an. Ehe ich mich's versah, würde ich dann ein Foto von mir selbst vor der Nase haben, von vor langer Zeit, als ich noch ihr Liebling gewesen war. Und im Übrigen hatte ich noch jede Menge zu tun. Ich musste noch die Papiere sichten, soweit ich die nicht schon zu einem früheren Zeitpunkt mit nach Hause genommen hatte. Und das Badezimmer wartete auch noch und der Haushalts- und Abstellraum. Ich konnte mich doch nicht mit nur einem Karton voller Nippes und Kleidung begnügen. Es würde in dieser Wohnung doch wohl noch etwas anderes als die Fotoalben geben, was auf würdige Art davon zeugte, dass meine Mutter mehr als achtzig Jahre lang gelebt hatte, oder?

Lizzys Geburtstag fiel zum Glück auf einen gartenmessefreien Sonntag. Ich hatte den Wecker auf halb acht gestellt und machte mich, noch schlaftrunken, gleich daran, Häppchen zuzubereiten, denn ich hatte so ungefähr den halben Ort eingeladen.

Während ich gefüllte Eier auf einer Platte arrangierte, erschien Peter auf der Bildfläche und mit ihm unsere Meinungsverschiedenheit. Er fand es nicht gut, dass ich alle unsere Bekannten zusammengetrommelt hatte. So entledigten wir Lizzy der Aufgabe, selbst Leute zu ihrem Fest einzuladen. Aber ich hätte nun mal die Vorstellung, dass dann ein stiller, langweiliger Tag daraus geworden wäre, der ihrem Selbstvertrauen nicht gut tat. Du denkst zu viel für sie, sagte Peter, während er eine Scheibe Brot in den Toaster steckte. Das ist dein Problem, Heleen, du traust ihr nichts zu.

Beim Frühstück schenkten wir Lizzy die Webcam. Storm hatte ein knallgrünes T-Shirt mit einem Känguru darauf geschickt und eine Karte, die *Happy Birthday* sang, wenn man sie aufklappte. Carli hatte auch unterschrieben. (Auf dem I war kein Herzchen. Durfte nicht so vorschnell urteilen. Musste alles Mögliche an mir selbst verbessern. So ermüdend.)

Nach dem Essen machte ich weiter mit den Pumpernickel-Canapés. Das Geburtstagskind lief in einem fort raus und rein, als stürbe sie vor Nervosität. Du machst viel zu viel zu essen, sagte sie immer wieder.

Das tue ich, weil dir unheimlich viele Menschen gerne gratulieren kommen möchten, sagte ich. (Oh, dieser geschraubte Ton! Und wo hatte ich denn jetzt bloß den Tortenheber gelassen?)

Es war ein schöner, heiterer Tag mit kleinen Schäfchenwolken am Himmel. Peter stellte draußen lange Biertische auf und pinnte mit Heftzwecken rundherum Krepppapierschmuck daran fest. Lizzy sagte: Die sehen aus wie vierblättrige Kleeblätter. Sind es auch, große Tochter, antwortete er.

Um Punkt drei trafen als Erste Corinne und Joop ein. Ich hatte gehofft, dass sie ihren Ben mitbringen würden. Das war so ein netter, lakonischer Junge mit Stoppelkopf und viel zu weiten Baseballshirts um den mageren Leib. Er war bei den Großen wie bei den Kleinen äußerst beliebt. Seine Anwesenheit hätte Lizzys Ansehen bestimmt gut getan. Tja, aber was sollte ein cooler Siebzehnjähriger beim Geburtstag der kleinen Schwester von Storm?

Im Nu hatte sich der Hof mit redenden und lachenden Menschen gefüllt. Lizzy, in ihrem grünen Shirt, stand verlegen dazwischen. Ich dachte: Wie hübsch du bist, Kind. So hübsch und noch ganz makellos. Das würde jeder hier sofort und von Herzen bestätigen. Du bist umgeben von Menschen, die dich mögen.

Dir auch herzlichen Glückwunsch, Heleen!, rief Willem. Mit großen Schritten kam er auf mich zu. Er trug eine graue Hose mit messerscharfer Bügelfalte und ein hellblaues Oberhemd.

Donnerwetter, wir sind aber schick heute, sagte ich.

Lachend hob er den Fuß, während er das Hosenbein ein wenig hochzog: Und dabei hast du das Schönste noch gar nicht gesehen.

Oh, Socken mit Tulpen drauf! Die will ich auch! Sag mal, hat Adri dir schon was von seinen Plänen erzählt?

Die Frage hatte ich auf gut Glück auf ihn abgefeuert, aber ich hatte ins Schwarze getroffen, das sah ich seinem Gesicht an. Ausweichend fragte er: Was für Pläne? Wo ist übrigens Lizzy, der habe ich noch gar nicht gratuliert.

Armer Willem. Er war nicht der Typ für ein Komplott gegen den Chef. Ich hob den Arm, um ihm zu zeigen, wo Lizzy war, doch plötzlich sah ich sie nicht mehr. Eine Entschuldigung murmelnd zog ich ab. Weil mich so gut wie jeder, an dem ich vorüberkam, in ein Gespräch verwickelte, dauerte es mindestens zehn Minuten, bis ich die Küche erreichte, wo unsere Tochter still inmitten der Platten mit Häppchen saß.

Lizzy?

Sie blickte stur geradeaus.

Vielleicht tat ich am besten so, als wäre es das Normalste von der Welt, dass sie hier allein saß, auf ihrem eigenen Fest. In neutralem Ton schlug ich vor: Was meinst du, sollen wir die Torte anschneiden? Jetzt sind so ziemlich alle da.

Nein, Mama!

Aber die Torten zerlaufen schon in der Sonne, Liz.

Sie presste die Fäuste auf die Augen und murmelte

kläglich: Er hatte versprochen, dass er kommen würde. Er hatte es echt versprochen.

Ich war so verdutzt, dass ich kurz Sternchen sah. Sie hatte selbst jemanden eingeladen. Und offenbar nicht irgendwen. Lieber Himmel. Dass ich ihr das nicht schon früher angesehen oder angemerkt hatte. War ich denn blind? Doch mit einem Mal ging mir ein Licht auf. Aha: Diese mysteriöse Rose am Valentinstag. Jetzt würde endlich die Katze aus dem Sack gelassen werden.

Unglücklich kaute sie an ihren Nägeln. Ach, diese Heftigkeit ersten Verliebtseins! Dass dieser Knabe sie jetzt seelenruhig sitzenließ! So was machte man doch nicht! Doch, gerade wenn man ein unbeholfener Teenager war, machte man das wahrscheinlich so. Aber das hatte Lizzy nicht verdient. Das durften sie nicht machen mit meinem Kind. Das konnten sie ihr nicht antun. Ich sagte: Kannst du ihn denn nicht nochmal anrufen? Vielleicht traut er sich nicht so richtig. Oder weißt du was, wahrscheinlich ist er längst da, während du dich hier grämst. Los, komm. Wir schauen mal nach.

Mit dünnem, aber hoffnungsvollem Lächeln erhob sie sich.

Ich legte den Arm um ihre Mitte, während wir hinaustraten. Ein Stück weiter weg stand Peter und unterhielt sich mit Helma und Frans Bax. Er warf den Kopf in den Nacken und lachte über etwas, was Helma sagte. Er und ich waren keine Backfische mehr gewesen, als wir einander gefunden hatten. Beschwörend dachte ich: Wird sich schon wieder alles einrenken.

Vorwärts, sagte ich zu Lizzy, das Leben ruft.

Jetzt klingst du schon genau wie Oma, Mama!

Wirklich?

Ja, denn Oma sagt auch immer … Ihr stockte hörbar der Atem. Einen Augenblick lang blieb sie wie gelähmt stehen, dann löste sie sich mit einem erfreuten Aufschrei aus meiner Umarmung: Arend!

O nein.

Er stand ein bisschen verdruckst da, in einem schäbigen schwarzen Anzug, das Haar nach hinten gekämmt. Hallo, sagte er zu Lizzy und überreichte ihr ohne große Umstände ein kleines, flaches Päckchen. Ehrfürchtig öffnete sie es, mit einem Gesicht, als hätte sie noch nie im Leben eine CD gesehen. Es war offensichtlich, dass sie nicht wusste, was sie sagen sollte, um ihren immensen Dank auszudrücken. Sie konnte nur irgendetwas stammeln.

Mir drehte sich das Herz im Leib um. Das konnte nicht wahr sein. Dieser Mann war ein ungehobelter Klotz und im übrigen auch viel zu alt für sie. Jesses, der hatte bestimmt eine Frau und womöglich sogar ein paar Kinder zu Hause! Wie konnte er es wagen, Lizzy den Kopf zu verdrehen? Machte er das etwa mit allen ehrenamtlichen Helferinnen, um sie an sich zu binden? Und sie, mit ihrem empfindsamen Herzchen … Aber vielleicht war es ja noch viel schlimmer, wenn er doch ernste Absichten hatte.

Heleen, rief Peter, wie ist's mit Torte?

Mit einem Schleier vor den Augen ging ich zu dem Tisch, auf dem die Torten standen, und begann sie mechanisch anzuschneiden. Willem stimmte laut *Hoch soll sie leben* an. Die erste Liebe war so wichtig, von der zehrte man sein ganzes weiteres Leben.

Hoch, hoch, hoch, riefen alle. Es wurde geklatscht.

Keine Kerzen?, fragte Corinne, die zu mir kam, um die Teller zu verteilen.

Nein, das fand sie viel zu kindisch.

Oje, in der Phase sind wir also.

In einem ruhigen Moment musste ich Corinne mal um Rat bitten. Und ich konnte auch Tante Francien mobilisieren, ihrer Nichte auf den Zahn zu fühlen, was da lief. Aber dann würde Nell im Hintergrund sagen: *Love is never a mistake.*

Mir war der Nachmittag gründlich verdorben.

Aber Peter witzelte ungerührt mit Helma Bax herum. Der sah nie was. Und wenn er was sah, verstand er nicht, wo das Problem war. Das sah er nur bei mir. Aufgebracht lief ich mit den leeren Platten ins Haus. Die Torte würde gleich verputzt sein, und dann war es Zeit für einen guten Tropfen und was Herzhaftes.

Dass Lizzy nachts von diesem Polterer träumte! Das konnte nur in Tränen enden. Aber wie sollte man eine Vierzehnjährige vor so etwas beschützen? Was immer man tat oder sagte, es würde bestimmt nur das Gegenteil bewirken. Himmelherrgott, ich hatte doch mittlerweile wirklich genug durchgemacht, aber immer wieder stand ich vor neuen Aufgaben und Hindernissen. Als handelte es sich um einen kosmischen Test: Mal sehen, wann Heleen zusammenbricht. Schön, dass das nicht passieren würde.

Ob die Tapenades der Sonne standhalten würden? Vielleicht lieber erst den Stangensellerie mit Käsedip mit nach draußen nehmen. Da brauchte ich wenigstens noch kein Baguette zu schneiden.

Mit einem schweren Tablett ging ich wieder in den Garten hinaus. Das Sonnenlicht war so grell, dass ich kurz blinzeln musste, aber das knallgrüne T-Shirt sah ich trotzdem sofort. Lizzy stand immer noch am selben Fleck. Mit kraftlos herabbaumelnden Armen blickte sie auf Arends Hinterkopf: Er unterhielt sich mit jemand anderem.

Ich stellte das Tablett ab, nahm die Schüssel mit der Dipsoße – komisch, es ging wie von selbst – und schmetterte sie mit aller Wucht in Arends Richtung.

Am Montagmorgen saß ich beim Hausarzt in der Sprechstunde. Peter hatte mich begleitet. Als wäre ich plötzlich voll unzurechnungsfähig. Er führte das Wort. Derweil schaute ich mir die bunten Kinderzeichnungen an, die im Sprechzimmer an einer Pinnwand hingen. Ich fühlte mich lustlos und ein bisschen unwirklich. Man konnte ja aus allem ein Drama machen.

Kurzum, sagte Peter, Heleen wird allmählich alles ein bisschen zu viel.

Der Arzt fragte, ob ich das auch so sähe.

Mit einem Mal beunruhigt erwiderte ich: Normalerweise bin ich ziemlich stoßfest.

Aber niemand ist aus Beton, entgegnete er. Dann erkundigte er sich nach meinem Appetit und meinem Schlaf und kritzelte ein Rezept. Ich solle zunächst einmal ungehindert meiner Müdigkeit nachgeben. Gründlich ausruhen, einfach alles stehen- und liegen lassen, ausschließlich Dinge tun, zu denen ich Lust hätte, viel an die frische Luft gehen, nicht grübeln, und das alles so lange, bis meine Belastbarkeit wiederhergestellt sei.

Es klang, als wäre ich ein Auto mit kaputten Stoßdämpfern.

Auf dem Rückweg fuhren wir bei der Apotheke vorbei, um die verschriebenen Schlaftabletten zu holen. Aber ich schlaf doch wie ein Murmeltier, sagte ich zu Peter.

Das könnte sich vielleicht ändern, wenn du aufhörst, so rumzurennen, entgegnete er.

Ich hätte beim Arzt besser meine tr. Sch. ansprechen können. Aber das behielt ich für mich. Denn wenn man erst mal dafür bekannt war, dass man seine Gäste mit Dipsoße bewarf, konnte alles, was man tat und sagte, Verdacht erregen. Wirklich deprimierend, sich vorzustellen, was wohl alle von mir denken mussten. Mochte Peter auch so tun, als wäre es das Normalste von der Welt, dass ich offenbar überlastet war, er war ein schlechter Schauspieler. Ich spürte, dass er ängstlich und besorgt war.

Zu Hause angelangt huschte ich gleich nach drinnen. Ich konnte Willem noch nicht unter die Augen treten. Er hatte die halbe Ladung über seine schicken Sachen bekommen, weil er gerade ins Schussfeld lief. Und Adri hatte es natürlich auch längst gehört: Heleen ist durchgedreht.

Ich hatte keine Ahnung, was ich nun, da man von mir erwartete, dass ich nichts tat, mit mir anfangen sollte. Aus lauter Verzweiflung ging ich ins Bad, ließ die Wanne volllaufen und streckte mich der Länge nach in dem warmen Wasser mit viel Schaum aus. Eine Zeit lang gelang es mir, gedankenlos vor mich hin zu dösen, während ich auf meine Zehen am Wannenrand starrte, als wäre das die für mich übliche Betätigung am Montagvormittag. Doch schon bald tauchte wieder Lizzys entsetztes Gesicht vor mir auf. O Gott, wie hatte ich sie blamiert, und das auch noch vor dem halben Ort. Keine Ahnung, wirklich nicht die geringste Ahnung, wie ich das jemals wiedergutmachen sollte.

Um meine Ruhe war es geschehen. Ich stieg aus der Wanne und trocknete mich ab. In dem großen Spiegel über dem Waschbecken sah ich jemanden, den ich überhaupt nicht kennen wollte. Ich war geworden, was ich nie im Leben hatte sein wollen: eine Mutter, vor deren unberechenbaren Auftritten man als Kind eine Heidenangst hatte, eine Mutter, bei der man nie wusste, was einem als Nächstes bevorstand.

Mit dem nassen Handtuch putzte ich den Spiegel, legte die Hand auf meine Brust und betrachtete mich. Nicht einmal wenn ich die Finger spreizte, konnte ich die Narbe ganz umspannen.

Es war an einem sommerlichen Freitagabend passiert. Makkaroni-Abend. Meine Mutter hatte schon früh den Tisch gedeckt, denn um sieben sollte auf dem Marktplatz ein Konzert der Musikkapelle stattfinden. Auch eine Trommlergruppe und Majoretten sollten mit von der Partie sein. Wir wollten unbedingt rechtzeitig einen guten Platz ergattern.

Francien, die ihre Makkaroni tapfer hinunterwürgte, sagte, dass sie später auch zu den Majoretten gehen werde. Für eine noch nicht mal Sechsjährige wusste sie verdammt genau, was sie wollte.

Kommt gar nicht in Frage, sagte meine Mutter. Das sind immer solche bedauerlichen Kinder mit viel zu dicken Beinen und ohne Taille und … Warum lachst du denn jetzt, Dick, hast du etwa schon jemals eine Majorette mit normaler Figur gesehen? Das sind immer richtige Wohnzimmerelefanten.

Wohnzimmerelefanten! Ich fand das so unwiderstehlich lustig, dass ich mich vor Lachen fast überschlug. Der Löffel fiel mir aus der Hand, und die Tomatensoße spritzte auf.

Zum Donnerwetter, Heleen, sagte meine Mutter, dein Kleid!

Mein Vater beschwichtigte: Im Schrank wird sich bestimmt noch was anderes finden.

Aber das ist das Hübscheste, das sie hat!

Sogar ich verstand, dass sie enttäuscht war. Es war ein tolles Kleid mit gesmoktem Oberteil und weitem Rock, den sie gestärkt hatte. Sie liebte es, mit mir zu prunken. Nichts machte ihr mehr Freude, als wenn wildfremde Leute auf der Straße bewundernd zu ihr sagten: Nein so was, ist das Ihre Tochter?

Mäuschenstill aß ich meinen Teller leer.

Während mein Vater das Geschirr in die Küche brachte, ging ich mit meiner Mutter nach oben. Sie zog mir das Kleid über den Kopf und weichte es im Badezimmer in einer Waschschüssel ein. Dabei meckerte sie immer noch vor sich hin. Ich wollte so schnell wie möglich etwas anderes anhaben, irgendwie fühlte ich mich ungeschützt, so nackt. Aber meine Mutter ließ sich am Kleiderschrank Zeit. Kein einziges Kleidungsstück, das sie herausnahm, fand Gnade vor ihren Augen. Gerade hielt sie mit kritischem Blick meinen blauen Faltenrock in den Händen. Ich hasste ihn. Er war mir in der Taille viel zu eng.

Weißt du was, rief sie, mir kommt plötzlich eine Idee. Dass ich daran nicht früher gedacht habe. Wir gehen als Zwillinge. Guck mal, *so*.

Lachend hielt sie sich den ekligen Rock vor den Bauch. Sie hatte selbst auch einen dunkelblauen Rock an, und dazu ein hellblaues Top und eine lindgrüne Strickjacke.

Hoffnungsvoll wandte ich ein: Ich hab keine grüne Jacke.

Nein, aber eine gelbe. Und die habe ich zufällig auch. Wo ist deine hübsche blaue Bluse? Ach natürlich noch bei der Bügelwäsche. Komm mit, Heleen.

Mit lahmen Beinen folgte ich ihr ins große Schlafzimmer, wo das Bügelbrett stand, mit einem Berg Wäsche darauf. Sie stellte das Bügeleisen auf den Untersatz und schob den Stecker in die Steckdose. Man sollte sich nie zu schnell geschlagen geben, murmelte sie, jede Situation ist eine neue Herausforderung.

Ich setzte mich auf die Bettkante und schlang die Arme um mich. Wenn sie so geschäftig agierte, ging das oft nicht gut aus. Wetten, dass die Kleider nachher wieder nicht die gewünschte Wirkung hatten? Und ich wollte den Rock gar nicht anziehen. Ich würde Bauchschmerzen davon bekommen oder darin ersticken.

Sorgfältig legte sie meine Bluse aufs Bügelbrett. Dann spuckte sie aufs Bügeleisen. Es zischte. Sie begann mit dem Bügeln einer vorderen Hälfte.

Mama, sagte ich unsicher.

Was? Sie stellte das Bügeleisen auf den Rücken und rupfte unsanft an der Bluse, um deren Rückseite aufs Brett zu kriegen.

Ich stand auf: Mama, der Rock passt mir nicht richtig. Den möchte ich nicht …

Aber es ist so eine gute Idee! Und wir haben jetzt keine Zeit mehr, uns etwas anderes auszudenken.

Obwohl ich den scharfen Ton in ihrer Stimme sehr wohl hörte, hängte ich mich an ihren Arm: Ma-ham! Ich möchte …

Ich möchte auch mal was, Heleen! Dass du heute Abend hübsch aussiehst zum Beispiel. Ich reiße mir hier ein Bein für dich aus, und du … Mit dem Ellbogen versetzte sie mir einen leichten Stoß.

Ich geriet ins Taumeln und griff Halt suchend um mich. Um ein Haar fasste ich dabei ans heiße Bügeleisen und zog die Hand so jäh zurück, dass es vom Bügelbrett fiel. Ich sah es fallen, um die eigene Achse kreiselnd fallen.

Meine Mutter stieß einen Schrei aus, griff das Kabel und riss es zu sich heran. Das Bügeleisen schlug wie das Pendel einer Standuhr aus und landete mit einem Rums auf meinem nackten Leib.

Aus dem Ausruhen wurde an diesem Tag nicht mehr viel, denn gerade als ich mich mit einem Stapel noch ungelesener Wochenzeitschriften auf dem Sofa eingerichtet hatte, klingelte das Telefon.

Hi, sagte Bill, hier Bill. Wir würden gerne kurz mit Ihnen besprechen, was gegen den Laufzwang Ihrer Mutter zu tun ist. Ihre Beine machen das nicht länger mit. Könnten Sie es einrichten, heute Nachmittag vorbeizukommen, damit wir uns über mögliche Maßnahmen unterhalten?

Peter war dagegen, dass ich fuhr, er fand, wir sollten

besser einen Termin gegen Ende der Woche vereinbaren, wenn er Zeit hatte mitzukommen. Aber ich fuhr trotzdem. Im Sonnenhügel wusste kein Mensch von meinem Aussetzer. Dort nahm man mich immer noch für voll, und das war besser für die Moral, als wenn ich mich hier den ganzen Tag in brennender Scham verkriechen musste. Ein Besuch im Sonnenhügel war unter diesen Umständen durchaus als Ausflug zu betrachten und also gut für mich.

Bill erwartete mich bereits auf der Station. Er sagte, sie versuchten es seit einem Tag mit Festbinden, was aber nur dazu führe, dass meine Mutter alles daran setze, mitsamt Stuhl stiften zu gehen. Ich stammelte: Meine Tochter hatte Geburtstag, ich konnte wirklich nicht… Gemeinsam begaben wir uns zum Büro von Staalman.

Der Arzt redete nicht lange um den heißen Brei herum. Die Krampfadern meiner Mutter hätten sich durch ihr zwanghaftes Laufen beängstigend verschlimmert. Er befürchtete Entzündungen, ja sogar eine Embolie, und schlug eine medikamentöse Behandlung mit Haldol oder Dipiperon vor, die ihre Unruhe abmildern würden, sowie nachts eine leichte Dosis Dormicum. Sowie sie sich beruhigt habe, würde man die Krampfadern operativ zu entfernen versuchen.

Du liebe Güte, sagte ich, eine Operation, in ihrem Zustand…

Staalman verstand mich falsch: Nein, nein, wir werden ihr erst mal diese Unruhe nehmen, weil auch wir meinen, dass es sie zu stark belasten würde, in diesem Zustand das Bett hüten zu müssen.

Ich verdeutlichte: Aber warum überhaupt eine Operation, um sie wieder zurechtzuflicken? Hat denn das angesichts ihrer Perspektiven noch einen Sinn?

Wissen Sie, es kann sehr unangenehm für sie werden, wenn wir nichts tun. Das könnte sogar lebensbedrohlich für sie sein. Ich schlage also vor, dass wir mit dem Haldol anfangen und erst einmal abwarten, wie sie darauf anspricht.

Hilfesuchend schaute ich zu Bill, aber der zupfte gerade konzentriert an seinem Ohrläppchen. Mit Mühe brachte ich heraus: Sie denkt, dass sie nach Hause darf, wenn sie das Laufen trainiert, deshalb ist sie so unermüdlich. Ich hatte noch nicht den Mut, ihr zu sagen, dass ich unlängst ihre Wohnung gekündigt habe. Aber wenn ich nun heute den Stier bei den Hörnern packe …

Freundlich bemerkte Staalman: Erwarten Sie sich nicht zu viel davon. Das extrem Unruhige ist nun mal Teil des Krankheitsbildes.

Das kann man wohl sagen, sagte Bill. Wir hatten hier schon Leute, die sich die Füße kaputtgelaufen haben. Das kommt eben von innen heraus, nicht?

Staalman schrieb etwas ins Krankenblatt meiner Mutter. Abschließend sagte er: Es dauert immer etwas, bis man die richtige Dosierung gefunden hat, es kann sich also noch eine Weile hinziehen. Er erhob sich, gab Bill die Krankenakte und reichte mir die Hand.

Vielen Dank, dass Sie sich die Zeit genommen haben, sagte ich automatisch.

Dann trottete ich benommen den Flur hinunter.

Meine Mutter saß, auf einem Stuhl festgebunden, ganz

allein im Aufenthaltsraum und trappelte hilflos mit den Füßen. Ihr Gesicht war tränennass, doch sowie sie mich erblickte, blitzte Hoffnung in ihren Augen auf. Vielleicht band ich sie ja los.

Mama. Bist du traurig, dass du nicht mehr laufen darfst?

Kribbelt so, stieß sie hervor, lauter Ameisen in meinen Kradern. Angst. Angst.

Vor ihrer gebrochenen Hüfte war sie auch schon unruhig gewesen, doch in Laufzwang war das nie ausgeartet. Dieses Manische war erst dadurch hervorgerufen worden, dass man sie wochenlang an einen Rollstuhl gefesselt hatte, weil sie keine Lungenentzündung bekommen durfte. Und nun wieder durfte sie keine Embolie bekommen. Wo ihre schwachen Blutgefäße doch gerade unsere Chance waren. Das war glasklar.

Ich fühlte mich wie vor den Kopf geschlagen. Als ich Anita draußen auf dem Flur vorübermarschieren sah, ging ich zu ihr und fragte, ob ich kurz auf eine Zigarette mit meiner Mutter hinausdurfte. Dann eben feste rauchen.

Nur im Rollstuhl, sagte Anita. Warten Sie, ich helfe Ihnen rasch, ihre Mutter hineinzusetzen.

Während wir unsere Vorbereitungen trafen, schoss der Blick meiner Mutter hin und her, und ein gerissener Zug schlich sich in ihre Miene. Sowie wir sie losgebunden hatten, krümmte sie sich, um dann wild die Arme und Beine auszuschlagen, als wollte sie sich mit der blinden Kraft der Verzweiflung vom Sitz hochfeuern. Anita konnte sie gerade noch um die Mitte fassen und rücklings in den Rollstuhl knallen, wo sie sie routiniert festschnallte. Fein, dass

Sie mir eine Arbeit abnehmen, sagte sie. Viel Spaß zusammen.

Ma zuckte vor Wut und stieß unverständliche Schreie aus, während ich sie bebend nach draußen schob. Mir war bei dieser physischen Explosion der Schreck in alle Glieder gefahren. Ma musste Bärenkräfte entwickeln, wenn es darauf ankam.

Auf der Terrasse standen große Kübel mit gelben Primeln. Ich stellte Mas Stuhl so hin, dass sie sie sehen konnte. Hoffentlich hatten sie eine beruhigende Wirkung.

Vor sich hin murmelnd rauchte sie ihre Zigarette. Mich würdigte sie keines Blickes. Und das Überbringen der schlechten Nachrichten stand mir erst noch bevor. Ma, ich habe deine Wohnung gekündigt und hinter deinem Rücken auch so gut wie alle deine Sachen verhökert. Dein Büfett brauchst du nicht mehr, denn du kommst auf Dauer in ein kleines Zimmer der geschlossenen Abteilung eines Pflegeheims. Momentan stehst du bei vier Heimen auf der Warteliste, und das erste, in dem ein Platz frei wird, ist dein endgültiger Bestimmungsort. Nein, Bill und Anita, Doktor Staalman und Frau van Dam kommen nicht mit. Die bleiben hier, genauso wie die langen Flure, in denen du dich jetzt endlich ein bisschen zurechtzufinden beginnst, und der runde Tisch unter der Neonlampe, an dem du Wasser aus einem Napf mit Apfelsinenschalen getrunken hast. Nichts wird dir mehr vertraut vorkommen. Denk nicht, dass du es jetzt schon schwer hast, Mama, denn du wirst dich noch wundern. Und übrigens, Dicky ist leider nicht mehr. Staublunge.

Ich bekam es nicht über die Lippen. Ging zu einem

der Blumenkübel und pflückte einige Primeln. Mit dem Sträußchen in der Hand hockte ich mich neben den Rollstuhl: Schau mal, wie hübsch.

Sie schenkte mir keine Beachtung.

Schau doch mal, beharrte ich. Ach, war das nicht die Geschichte meines ganzen Lebens? Schau mich doch an, Mama! Sie hatte immer den Blick abgewandt. Mit einer Tochter, die durch ihre Schuld verunstaltet war, so gering ihre Schuld daran im Grunde auch war, hatte sie sich nicht konfrontieren können, das hatte sie einfach nicht geschafft.

Ich bring dich wieder rein, Ma.

Sie fuhr hoch und rief inbrünstig aus: Und meine Gebung? Ich muss noch begeben, ich begeb nicht genug, ich versülz völlig, so kann ich nie nach Haube.

Mit zusammengebissenen Zähnen sagte ich: Gut, dann geh ich noch eine kleine Runde mit dir.

Es war nicht leicht, den Rollstuhl von der Terrasse auf den Weg durch den Park hinunterzubekommen, denn Anita hatte die Fußstützen hochgeklappt und Mas Beine gestreckt darauf festgebunden. Ich musste millimetergenau manövrieren.

Schneller laufen, Heleen, befahl meine Mutter beredt über ihre Schulter hinweg, sonst bringt mir das nichts.

Zu Hause hatte sich Lizzy wahrscheinlich wieder gleich nach der Schule in ihrem Zimmer eingeschlossen, böse und entsetzt, wie sie war. Da konnte ich auch ruhig noch eine Extrarunde mit dem Rollstuhl herumtraben, innerlich fluchend.

Als wir schließlich zur Terrasse zurückkehrten, saßen

dort zwei Frauen bei den Blumenkübeln in der Sonne. Ich kannte beide vom Sehen und nickte ihnen zu. Die eine war die älteste Bewohnerin vom Sonnenhügel, worauf sie sehr stolz war. Sie hatte es mir schon mindestens zweihundertmal erzählt. Die andere war ihre Tochter, wer sonst, eine plumpe Frau mit pockennarbigem Gesicht. An diesem Tag trug sie ein unkleidsames Kostüm, das mich an Fotos von Königin Wilhelmina auf Arbeitsbesuch erinnerte. Sie war mindestens zehn Jahre älter als ich, und ihr Anblick führte jedes Mal dermaßen unweigerlich zu der Erkenntnis, dass ich mich in zehn Jahren durchaus immer noch mit Ma abplagen konnte, dass mir von vornherein jede Lust verging, mich mal mit ihr zu unterhalten.

Meine Mutter sagte, dass sie noch eine Zigarette wolle. Ich fuhr ihren Stuhl so weit wie möglich von dem Zweiergespann weg.

Während Ma rauchte, hörte ich die Tochter sagen, dass sie etwas zu trinken holen ging. Etwas zu trinken, Mutter. Trinken. Du musst viel trinken.

Die meine sagte daraufhin laut: Ja, sonst krepierst du.

Die Tochter lachte kurz auf: Und das wollen wir doch nicht, hm, das meinen Sie doch auch?

Gott steh mir bei, dachte ich.

Meine Mutter war sichtlich zufrieden darüber, dass ihre Bemerkung so gut angekommen war. Stell mich mal zu den floppsen Leuten rüber, kommandierte sie.

Ich drehte den Rollstuhl bei. Zumindest war sie jetzt einen Moment lang ruhig und zufrieden, statt mit ihrem Geschirr zu kämpfen. Sei froh, Heleen.

Die Tochter war schon hineingegangen. Ma ließ sogleich eine animierte Stussgeschichte auf die alte Dame los. Dabei spuckte sie fürchterlich.

Sabine!, rief die Ärmste ängstlich. Ich will Sabine! Wo ist Sabine?

Es traf mich wie ein Schlag.

War die alte Vettel etwa Sabine?

Meine Sabine?

Aber das wollte ich nicht! Ich wollte nicht, dass es *ihr* Kostüm gewesen war, dessen unförmigen Rock man in der Reinigung wiedergefunden hatte. Das konnte nicht wahr sein, wirklich nicht, denn was war dann mit diesem Typ, diesem Mann, der sie mit so schwüler Stimme aus der Kneipe angerufen hatte? Und ihre Kreuzfahrt? Ach nein, den Urlaub hatte ich mir ja selbst dazugereimt. Und der Mann ... tja, alles war möglich, konnte ja ihr Sohn gewesen sein, ein Sohn, der scheinheilig versprach, bald mal wieder vorbeizukommen. Und Johan, der mit dem Saté, war bestimmt einfach ihr Nachbar aus dem dritten Stock, mit Schuppen auf den Schultern und einem alten Dackel.

Himmelherrgott. Da dachte man, man könnte noch an irgendetwas Hoffnung knüpfen. Da dachte man, es gäbe wenigstens auch noch Leben, die in Ordnung waren, sorglos und einfach total happy. Da tröstete man sich mit dem Gedanken, dass eines Tages auch einem selbst wieder so ein Leben beschieden sein würde. Nur dieser Gedanke ließ einen durchhalten.

Und dabei träumte man.

Dabei träumte man nur irgendwas.

MAI

Weiße Rose auf Sarg

Als wir mitten in der Auslieferung der Bestellungen waren – Herzenslust, das war's! Ich musste die Zeitarbeitskraft, die jetzt meine Arbeit machte, noch bitten, die Order von Herzenslust zu überprüfen –, reichte Adri seine Kündigung ein. Unser Betrieb war zu klein für ihn geworden oder er zu groß für uns, das ließ er dahingestellt sein. Peter ärgerte sich schwarz. Ihn traf das völlig unvorbereitet, und wir hatten tüchtig in Adri investiert, keine Weiterbildungsmöglichkeit war ihm je entgangen.

Ich hätte meinem geplagten Mann gern beigestanden, aber mir fehlte die Energie. Ich schlief schlecht. Der Traum von dem gesmokten Kleid war wiedergekehrt. Nacht für Nacht schreckte ich in dem Moment aus dem Schlaf auf, wenn meine Mutter es mir über den Kopf auszog. Aber wenn ich eine Schlaftablette nahm, fühlte ich mich am nächsten Tag völlig zerschlagen.

Als ich einmal nachts aufstand, um mir eine warme Milch zu machen, traf ich in der Küche auf Peter, der über einem Handbuch der Pflanzenveredelung saß. Ich setzte mich neben ihn an den Tisch. Ohne aufzuschauen, sagte er: Du gehörst ins Bett, Mädchen.

Du auch.

Er rieb sich über die Stirn und murmelte: Hätte ich diese ganzen Kurse doch bloß selbst gemacht, dann wäre das Wissen wenigstens im Haus geblieben.

Bereitet dir das große Sorgen?

Ach, zerbrich du dir jetzt nur nicht den Kopf darüber.

Er schlug die Seite um. Hoffte er, dass ich gleich wieder abziehen würde? Ins Bett zurück, wo ich allein zusehen musste, dass ich mich ausruhte und erholte?

Hältst du mich immer noch für gestört?, fragte ich und überraschte mich selbst damit.

Bedächtig schlug er das Buch zu: Warum schläfst du nicht?

Ich hab von meiner Mutter geträumt.

Er legte die Hände vor sich auf den Tisch und verschränkte die Finger.

Das war der Mann, mit dem ich zwei Kinder hatte. Das war der Mann, der mir bei deren Entstehung vermittelt hatte, dass das Brandmal auf meiner Brust für ihn mehr als nebensächlich war. Und jetzt, da er einmal meinen Beistand brauchte, da ich einmal ihm die Sorgen vertreiben sollte, jetzt faselte ich nur von mir. Ich sagte: Ich wollte, sie wäre tot.

In deinem Traum?

Nein, in Wirklichkeit. Ich wollte, sie wäre dem Infarkt erlegen.

Ja, das wäre besser gewesen, sagte er nach einem Augenblick. Aber es ist anders gekommen.

Unvermittelt traten mir Tränen in die Augen. Ich

quetschte mich an der Tischkante entlang und setzte mich auf seinen Schoß. Ich spürte seinen Herzschlag.

Das ist im Moment eine harte Zeit, Heleenchen, sagte er, während er mich wie ein kleines Kind in seinen Armen wiegte, aber sie geht auch wieder vorüber.

Ja, das sagt Francien auch immer.

Siehst du, du hast lauter vernünftige Menschen um dich.

Abgesehen von meiner Mutter.

Abgesehen von deiner Mutter, sagte er.

Nein, ihm brauchte ich nichts zu erklären.

Als ich aus dem Krankenhaus gekommen war und sie zum ersten Mal meinen Verband erneuern musste, hatte sie so geweint, dass die Nachbarin es durch die Wand hindurch gehört und erschrocken bei uns geklingelt hatte. Bis in mein Zimmer hatte ich das laute Schluchzen meiner Mutter unten im Flur gehört: Das verzeih ich mir nie, ich bring mich um, ich kann das nicht ansehen, ich bring mich um.

Obwohl ich nicht begriff, was sie da sagte, angelte ich beschämt nach dem in Stücke geschnittenen Verbandsmaterial, um es mir vor die hässliche große Stelle auf meiner Brust zu halten. Die Stelle, die so entsetzlich wehtat, dass ich nur noch daraus zu bestehen schien. Ich war kein Mädchen mehr, ich war nur noch Schmerz.

Francien kam in mein Zimmer. Warum schreit Mama denn so?, fragte sie.

Angespannt flüsterte ich: Sie muss Dampf ablassen. Das sagte unser Vater nämlich immer, Dampf ablassen.

Damit war die Sache für Francien erledigt. Sie setzte

sich auf mein Bett und wippte mit anerkennender Miene auf der Matratze. Ja, ich hatte das beste Bett der Welt. Es war schön, wieder darin zu liegen.

Wieso hältst du dir denn die Lappen so komisch vor?, fragte meine Schwester.

Weil es *darunter* ist.

Oh, sagte Francien. Sie dachte kurz nach. Dann fragte sie: Darf ich es denn nicht sehen?

Im Krankenhaus hatte es eine nette Schwester gegeben, oder eigentlich war sie keine Schwester, sie hatte zumindest keine weiße Tracht an, aber sie kam sehr oft zu mir. Und jedes Mal stellte sie sich mit mir vor den Spiegel. Schau doch mal, sagte sie dann, was für ein liebes Gesichtchen ich da sehe, und was für schöne Augen! Hätte ich sie doch jetzt fragen können, was es bedeutete, dass meine Mutter sich umbringen wollte, wenn sie mich sah.

Francien schob meine Hand beiseite und schaute auf meine Brust. Nach einem Moment sagte sie: Mensch, das sieht aber gruselig aus. Sie ging ganz nah heran: Ist das überhaupt richtige Haut?

Ja, es ist doch zu, oder?

Aber es glänzt so. Ist das nicht zu stramm?

Doch, schon.

Wollen wir mit den Barbies spielen?, fragte meine Schwester.

In dem Moment kam meine Mutter wieder ins Zimmer. Sie schreckte kurz zurück. Heleen, sagte sie dann mit zitternden Lippen, bedeck dich!

Sie riss Francien vom Bett herunter und barg das Gesicht meiner Schwester an ihren Schenkeln.

Als ich erwachsen war, machte ich mir einen Sport daraus. Sie konnte es nicht ertragen, mich zu sehen? Okay, das ließ sich einrichten! Aber als Kind litt ich schrecklich darunter, dass meine Mutter seither den Blick von mir abgewandt hatte. Ihre Anerkennung konnte ich mir nur noch dadurch erwerben, dass ich mich für sie möglichst unsichtbar machte. Heleen ist sehr selbstständig, sagte sie zu anderen, die geht am liebsten ihre eigenen Wege, genau wie Dick.

Meinem Vater gefiel es, glaube ich, ganz gut, dass ich plötzlich so große Ähnlichkeit mit ihm entwickelte. Wir sind nun mal Eigenbrötler, sagte er gleichermaßen anerkennend wie ermunternd.

Tja, aber als wahrer Eigenbrötler suchte man per definitionem die Einsamkeit, bildete keine Gemeinschaft mit anderen und teilte sich mit ihnen weder Klub- noch Baumhaus. Wahrscheinlich ging er ohne weiteres davon aus, dass ich genauso darüber dachte.

Oft schlüpfte ich in jener ersten Zeit nach dem Krankenhaus abends zu Francien ins Bett mit dem Märchenbuch, das jetzt Lizzy gehörte. Flüsternd las ich meiner Schwester von tapferen Prinzen und guten Patinnen vor, die jedwedes Unrecht im Handumdrehen ungeschehen machen konnten. Sie sollte, wünschte ich mir, genau wie ich verinnerlichen, dass es *so* zu sein hatte und man darauf immer vertrauen konnte.

Meine Zuversicht wurde im Laufe der Zeit schwer auf die Probe gestellt. Hätten wir doch ein Spinnrad zu Hause gehabt: Wahrscheinlich kannten meine Helden gar keine Bügeleisen, daran musste es liegen. Trotzdem schlich ich mich, wenn Francien eingeschlafen war, hoffnungsvoll in mein Zimmer zurück und öffnete das Fenster weit, um Finist, den hellen Falken, herbeizulocken. Sowie ich auf seinen Rücken gestiegen wäre, die Füße fest zwischen seinen Federn, wäre ich wieder unversehrt. Aber er kam nicht, er kam nie, obwohl ich ihn manchmal zu sehen glaubte, wenn mein Vater zaghaft im Dunkeln hereinkam, um zu sehen, ob ich denn schlief.

Er schaute aus einiger Entfernung zu mir herüber und verschwand dann wieder leise. Ich war schließlich kein Kind, das getröstet werden musste, weil es in Ungnade gefallen war, sondern schlicht ein Mädchen, das am liebsten allein war. Das war nur eine Frage der gefälligen Wortwahl. Und seltsam, wie groß deren Kraft war, einem Zauberspruch gleich: Schließlich glaubte ich es selbst schon fast. Erst als ich Peter kennenlernte, ging mir auf, dass ich nur als Einzelgängerin *bezeichnet* wurde. In etwa so wie meine Mutter ihre Regenhaube »das Kondom« nannte. Sie hatte mir eine Bedeutung zugeschrieben, die ich gar nicht besaß.

Und als ich selbst Kinder bekam, verstand ich das Ganze noch weniger als zuvor. Natürlich, das erdrückende Schuldgefühl konnte ich mir sehr gut vorstellen, aber wie sie in ihrer Ohnmacht damit umging, das zeugte schon von seltener Armseligkeit. Heleen, bedeck dich, du bist ein unappetitlicher Anblick. Für wen? Sie war es, der mein Anblick erspart bleiben sollte. Steckten nur Gewissensbisse dahinter, oder war ich auch so etwas wie ein dunkler Fleck auf der weißen Weste ihrer Mutterschaft? Denn was hatte sie trotz all ihres großspurigen Geredes schon anderes vorzuweisen, als dass sie Mutter war, jemandes Mutter, meine Mutter?

Na gut, einen mildernden Umstand gestand ich ihr zu: Sie gehörte zu der Generation von Frauen, die keine andere Wahl gehabt hatten und wohl oft wahnsinnig frustriert waren. »Als Mutter hat man viel Gift.« Aber welch peinlicher Spagat wurde uns Töchtern abverlangt, wenn die Rollen vertauscht wurden.

Dass das Schicksal sie und mich nun in eine Situation gebracht hatte, in der sie von meiner Fürsorge und Zuwendung abhängig war, konnte ich kaum verwinden. Irgendwo in ihrem dementen Kopf musste doch auch die unangenehme Erkenntnis hausen, dass die Sache gelinde gesagt unausgewogen war. Womöglich war das sogar der Grund dafür, dass sie so unruhig war und mit der chemischen Keule betäubt werden musste.

Und vielleicht hatte ich es auch aus ebendiesem Grund die ganze Zeit ausgehalten. Damit ich ihr rückwirkend all das unter die Nase reiben konnte, worin sie versagt hatte. Bin ich nicht wie ein Engel der Liebe zu dir, Mamilein? Und, wie gefällt dir das? Glaubst du, du hast das verdient?

Auf mich konnte sie zählen.

Gewiss, keine Frage, Kinder waren ihren Eltern gegenüber machtlos, weil sie sich so verzweifelt nach ihrer Liebe sehnten. Nur war das bewusste Kind, ich, längst eine erwachsene Frau, die über erwachsene Mittel verfügte. Dass ich das noch nie von dieser Warte aus gesehen hatte!

Es wurde ein kühler Mai mit trübem, unbeständigem Wetter. Ich kam mir ausrangiert vor, wie ich so den ganzen

Tag herumhing (Anzahl der tagsüber gesehenen Fernsehsendungen: wenn Lizzy das wüsste, würde sie mich beneiden), während Peter und Willem die Arbeit in der Gärtnerei über den Kopf wuchs. Nach einem Streit wegen irgendeiner Lappalie hatte Adri sich krank gemeldet, und vor Ablauf seines Arbeitsvertrags würde er sich bestimmt nicht mehr blicken lassen.

In diesem Land kann man sich das ja alles erlauben, sagte ich zu Corinne. Als Mittelständler unter uns genehmigten wir uns manchmal solche rechten Sprüche.

An den Samstagen, und hin und wieder auch wochentags nach der Schule, musste Lizzy im Verkauf aushelfen. Maulig stand sie bei den Farnen. Armer Schatz, sie fasste das bestimmt als Komplott auf, das dazu dienen sollte, sie vom Tierheim fern zu halten. Es war *meine* Schuld, dass sie keine Gelegenheit mehr hatte, Arend zu sehen, so wie es durch den Gang der Ereignisse letztlich die Schuld meiner Mutter war, dass meine Tochter mich noch immer für eine unzurechnungsfähige Irre hielt, und so kam eines zum anderen. War das nun, was Francien einen karmischen Knoten nannte? Wie sollte ich den je entwirren?

Gleich nach Lizzys Geburtstag war ich zu Grobklotz Arend gegangen, um mich zu entschuldigen. Es war ein unwirkliches Gespräch geworden. Wieso hatten wir keinen so einfachen Ausdruck wie jenes *koro*, den man in fragendem Ton aussprechen konnte, wenn man vermutete, dass jemand unlautere Absichten mit der eigenen Tochter hegte, was man aber nicht laut äußern konnte, weil a) man damit ihre vielleicht noch versteckten Sehnsüchte ans Licht bringen würde, b) das den nämlichen Widerling womöglich erst auf Ideen brachte, und c) was ging einen das überhaupt an, wir lebten schließlich in einem freien Land.

Stattdessen musste ich mich durch einen Brei von Worten mühen, die entweder zu vage oder aber zu anklagend klangen und überdies eines wie das andere danach schrien, dass man ihnen widersprach. Das vermittelte mir ein Gefühl, als tastete ich mich über dünnes Eis. Ich konnte jeden Augenblick einbrechen.

Schaffte es nicht, Arends Selbstgefälligkeit auch nur im Geringsten anzukratzen. Ungerührt hörte er mich an, eine Augenbraue spöttisch hochgezogen, als bildete ich mir nur irgendetwas ein und als weckte Lizzy bei ihm keinerlei unsittliche Absichten, hätte es nie getan und würde es auch nie tun. Aber trotzdem danke für den Hinweis.

Einige Tage später schickte er mir die Rechnung von der Reinigung.

Ich schäme mich deinetwegen zu Tode, Mama, sagte Lizzy mit blassem Gesicht. Du kannst immer nur an das eine denken, weißt du das? Kommt das vielleicht durch deine Hitzewallungen, dass du immer und überall Sex witterst, Sex, Sex und nochmal Sex? Ich wollte einfach nur mit Paco und den anderen Hunden spielen, und Arend hat mir das zumindest erlaubt.

Es war, glaube ich, in derselben Woche, dass ich mich endlich dazu aufraffen konnte, die Papiere meiner Mutter durchzusehen, an einem Tag, an dem ich mich ohne ersichtlichen Grund etwas weniger kraftlos fühlte. Da eine bleiche Sonne schien, richtete ich mich am frühen Morgen mit einer Kanne Tee und einem Pfund Mandelbögen am Gartentisch ein und machte mich in dem hoffnungsfrohen Gedanken, dass ich offenbar auf dem Weg der Besserung war, ans Werk.

Der Wiesenkerbel bei uns am Kanalufer wimmelte von summenden Insekten. Hier hatten Storm und Lizzy früher Kaulquappen und Stichlinge gefangen, und an diesem Ort hatten Peter und ich hunderte Male nach der Arbeit in zufriedener, wortloser Zusammengehörigkeit ein Gläschen getrunken: Hier war ich zu Hause, das durfte ich nicht vergessen, das war es, was ich nach und nach wieder dem Chaos abtrotzen würde.

Vor mir lag ein beträchtlicher Stapel Papiere, denn ich war beim Ausräumen der Wohnung mit der Zeit so mutlos geworden, dass ich zuletzt alles, was nach persönlichen Unterlagen aussah, unbesehen in einen Umzugskarton geworfen hatte.

Hier: alte Schulzeugnisse von Francien und mir. »Im Turnen ist Francien herausragend«, hatte ein längst vergessener Lehrer netterweise unter ein ansonsten hoffnungsloses Zeugnis meiner Schwester geschrieben. Sie war zwar immer viel klüger gewesen als ich, hatte aber keinen Kopf zum Lernen gehabt. Ich war diejenige, die mit lauter guten Noten nach Hause kam. Siehst du, Heleen, sagte meine Mutter dann, du kommst ganz nach deinem Vater.

Hier: ein Fotomäppchen von seinem Abschied in der Stadtbücherei. Ein Empfang mit Käse- und Leberwurstspießchen, ein großer Blumenstrauß, ein noch unausgepacktes Geschenk. Er verlegen, aber auch sichtlich erwärmt von den Aufmerksamkeiten seiner Kollegen. Sie stolz daneben. Dennoch hatte sie es offenbar nicht der Mühe wert gefunden, die Fotos in eines ihrer richtigen Alben einzukleben.

Hier: ein Spiralheft, in das sie Rezepte aus Zeitschriften geklebt hatte, mit verführerischen Abbildungen von unangekokelten Paprikas und knackigen Zucchini. Dass das Zeitalter des anderländischen Essens nur von kurzer Dauer gewesen war, ließ sich daraus entnehmen, dass das Heft nicht einmal zu einem Viertel voll war. Auf die Seite neben der letzten Abbildung von einer Quiche hatte meine Mutter in ihrer schlampigen Handschrift selbst ein Rezept gekliert. »Beckys Pfannkuchen« stand darüber.

Becky war unsere Nachbarin gewesen.

Ich schaute auf meine Armbanduhr. Nein, es war noch viel zu früh, um Francien anzurufen.

Hier: ein Umschlag, beschriftet mit »Patientenverfügung«.

In dem Moment kam Willem daher: He, Heleen, genießt du das gute Leben?

Ist schon Kaffeepause? Dann trete ich sofort in Aktion.

Nein, nein, ich muss nur mal pinkeln.

Lass dich nicht aufhalten, sagte ich. Nach meinem Schüsselweitwurf hatte ich in Noordwijk ein hübsches Oberhemd für ihn aufgetrieben, mit hellgelbem Karo. Wenn doch alle so wären wie Willem.

Ich öffnete den Umschlag »Patientenverfügung«, zog ein Blatt Papier heraus und faltete es auseinander. Es war ein längliches vorgedrucktes Formular, das meine Mutter sorgfältig unterschrieben hatte. Ich fing an zu lesen.

»PUNKT 1. Für den Fall, dass ich infolge eines Unfalls oder einer Krankheit oder aus irgendeinem anderen Grund in Zukunft nicht mehr in der Lage sein sollte, selbstständig darüber zu entscheiden, welche Betreuung und medizinische Behandlung ...« Ich bekam eine trockene Kehle. Mein Blick huschte über das Papier. Manche Sätze hatte meine Mutter wie üblich dick unterstrichen.

»Keine Wiederbelebungsmaßnahmen.«

»Keine künstliche Ernährung (weder intravenös noch auf anderem Wege).«

»Keine chirurgischen oder sonstigen Eingriffe mehr.«

An den Rand von PUNKT 7 hatte sie drei Ausrufezeichen gemacht: »Falls möglich, möchte ich den letzten Lebensabschnitt in meiner eigenen Wohnung oder an einem Ort verbringen, wo eine vergleichbare Atmosphäre geschaffen werden kann.«

Das Formular schloss mit dem Satz: »Diese Patientenverfügung entspricht geltendem niederländischen Recht.«

Mit dem Gefühl zu träumen, faltete ich es wieder zusammen. Es dauerte einige Sekunden, bis mich der Keulenhieb der Erkenntnis traf. Jetzt lag ihr Schicksal in meiner Hand. Jetzt kam es auf mich an und auf mein Mitgefühl. Jeder Tag, den sie noch im Sonnenhügel verbrachte, wo sie nicht sein wollte und wo gerade Vorbereitungen für eine lebensverlängernde Operation an ihren Krampfadern getroffen wurden, lag jetzt offiziell und klipp und klar in meiner Verantwortung.

Hi, sagte Bill, hier Bill, ich wollte Ihnen kurz Bescheid sagen, dass die Beisetzung von Frau van Dam am kommenden Montag um zwölf Uhr ist. Ach, pardon, Sie wussten doch schon, dass sie gestorben ist, oder?

Die Tochter hatte es mir vorgestern selbst gesagt, auf dem Flur, mit vom Weinen rot geflecktem Gesicht, die Stricktasche ihrer Mutter in der einen Hand und in der anderen einen kleinen Koffer mit ein paar Kleidungsstücken. Dass von einem ganzen Menschenleben nur so ein kleiner Koffer blieb, der den Inhalt eines Nachtkästchens umfasste, hätte ich vielleicht noch verkraftet, aber diese Tasche mit dem Strickzeug, das hunderte Male wieder aufgezogen worden war, die hatte mich irgendwie schwer erschüttert. Die Tochter hatte gesagt: Sie hat noch alles so genossen, ein leckeres Stückchen Obst, ein wenig zusammen singen, ach, ich weiß gar nicht, was ich machen soll. Sie haben Glück, dass Sie Ihre Mutter noch haben.

Ihre Mutter möchte gerne hingehen, sagte Bill, das beschäftigt sie sehr.

Aber Bill, ich habe ja gar nicht mitbekommen, dass Frau van Dam und sie …

Na und ob! Beim Kaffee haben sie immer nebeneinander am Tisch gesessen.

Perplex legte ich den Hörer auf. Jetzt das wieder. Hatte meine Mutter im Sonnenhügel womöglich noch ein ganzes Leben, von dem ich nichts wusste? Mir ein schlechtes Gewissen machen, sowie ich den Fuß über die Schwelle setzte, und dabei … Das würde ihr ähnlich sehen, der alten Komödiantin.

Als ich sie an dem bewussten Montag abholte, schämte

ich mich für meine Gedanken. Die dämpfende Wirkung des Haldol machte, dass sie wie ein schlecht gestürzter Pudding dasaß. Sie hatte Mühe, den Kopf aufrecht zu halten. Ihre Augen waren glasig. Sie reagierte nicht auf meine Begrüßung.

Ich hielt es für ein sinnloses Unterfangen, sie ins Krematorium mitzuschleifen, nur weil sie offenkundig in einem lichten Moment etwas davon gesagt hatte. Vielleicht hatte sie sich eine kleine Abwechslung vorgestellt, denn meines Wissens hatte sie auf die Ehrung von Toten nie etwas gegeben: Die waren doch langweilig. Aber na ja, das Rollstuhl-Taxi war schon bestellt.

Als sie endlich hintendrin saß, versank sie noch tiefer in sich selbst, die knochigen Hände um ihre Tasche geklammert.

Wir waren fast da, als eine Brücke hochgezogen wurde und wir vor der Schranke warten mussten. Der Fahrer stellte den Motor ab und lauschte zurückgelehnt den Nachrichten im Radio. Plötzlich kam es mir völlig unwahrscheinlich vor, dass sich die Erde immer noch drehte und es zudem offenbar noch für wichtig gehalten wurde, darüber zu berichten. Mutlos schaute ich aus dem Fenster, um zu sehen, was denn so interessant am Leben war.

Im Auto, das neben uns wartete, saßen zwei Frauen. Die Jüngere, die am Steuer saß, schien noch keine dreißig zu sein, die andere war etwas älter als ich. Sie waren in ein angeregtes Gespräch verwickelt und hatten sich dabei vertraulich zueinander hingewandt. Auf einmal lachten beide aus vollem Hals. Die Jüngere, wohl die Tochter, schlug vor Erheiterung mit der flachen Hand aufs Lenkrad.

Wann hatte ich je so gemütlich mit meiner Mutter im Auto gesessen? Ach, warum quälte es mich plötzlich so sehr, dass wir die ganzen Jahre beide auf unseren unterschiedlichen Planeten hocken geblieben waren? Schließlich hatte ich doch immer nur versucht … Mein Gott, hatte ich es satt, stets das Richtige tun zu wollen und in einem fort darin zu versagen.

Wir können wieder, sagte der Fahrer und startete den Motor.

Als wir zehn Minuten später die Kapelle erreichten, hatte der Trauergottesdienst schon begonnen. Eine Krähe schaute missbilligend zu, als meine Mutter per Hebebühne aus dem Auto heruntergelassen wurde. Sie war eingeschlafen, ihr Kopf zur Seite geknickt. Mit gemessener Gebärde öffnete der Fahrer uns die Tür.

Nur eine kleine Gesellschaft war zusammengekommen, um Frau van Dam das letzte Geleit zu geben. Die Tochter mit Mann und Kindern sowie einige zerbrechliche Alte, vielleicht Verwandte oder frühere Bekannte. Es erklang Musik in Moll. Während ich den Stuhl meiner Mutter möglichst geräuschlos hinten im Saal abstellte, erkannte ich die Melodie: »Tulpen aus Amsterdam«, das Lieblingslied von Frau van Dam, in einem Arrangement für den Trauerfall.

Ich dachte: Vielleicht gibt es so was ja auch von *Carmen*.

Im selben Augenblick schreckte meine Mutter aus dem Schlaf auf und warf panische Blicke um sich: Wo bin ich?

Scht, Mama.

Was mache ich hier? Was mache ich?

Vorne im Saal blickte die Tochter über ihre Schulter. Obwohl sie sichtlich erstaunt war, uns zu sehen, warf sie mir dennoch ein dankbares Lächeln zu. Dann wandte sie den Blick wieder nach vorn.

Was mache ich? Die Stimme meiner Mutter war etwa eine Oktave höher geworden.

Still jetzt, Ma. Du bist hier, um Abschied von Frau van Dam zu nehmen. Das wolltest du doch so gern.

Seltsamerweise beruhigte sie sich. Eine Denkfalte trat zwischen ihre Augenbrauen.

Das Musikstück war beendet. Eines der Enkelkinder, ein Mädchen mit Akne im Gesicht, ging mit unsicheren Schritten ans Rednerpult. Sie hatte ein Buch bei sich, das sie zitternd aufschlug: Liebe Oma … Ihre Stimme erstarb, ihre Schultern begannen zu zucken.

Nur zu, Mädchen, dachte ich. Es macht nichts, dass du weinen musst. Was wäre unser Leben wert gewesen, wenn es in diesem Moment keine Tränen wert wäre?

Meine Mutter zupfte mich am Ärmel: Was sagt Lizzy?

Scht! Das ist nicht Lizzy. Das Mädchen möchte etwas für seine Oma vorlesen, für Frau van Dam.

Wo ist denn Lizzy?

Zu Hause. Wir sind bei der Beisetzungsfeier von Frau van Da-ham.

Sie sah mich giftig an: Aber die sagt nichts mehr!

Nein, die sagt nichts mehr, zischte ich, die ist nämlich tot, und deswegen sind wir hier.

Pah, machte meine Mutter nach kurzer Pause affektiert.

Die Enkelin würgte sich durch ihr kleines Trauergedicht.

Danach trat die zweite Enkelin auf, den Arm voll weißer Rosen. Auch sie hatte so mit den Tränen zu kämpfen, dass sie kaum ein Wort herausbrachte: Wenn Sie jetzt bitte alle nach vorn kommen möchten, dann können Sie … dann können Sie auf Omas Sarg … Unsicher hielt sie die Rosen in die Höhe.

Wie rührend sie waren, diese Kids. Ich bückte mich und löste bei meiner Mutter die Bremsen.

Was tust du mit mir?, stammelte sie, als ich sie nach vorn schob.

Hätte ich Bill doch nur um eine Extragabe Haldol gebeten. Still jetzt, sagte ich aus dem Mundwinkel.

Hilfe!, schrie sie da plötzlich, so laut sie konnte. Hilfe!

Scht, Mam!

Am Sarg unterbrach die Enkelin die Verteilung der Rosen. Hilfesuchend sah sie zu ihren Eltern hinüber.

Schau mal, wie schön, Mama, beschwichtigte ich sie mechanisch. Du bekommst eine Rose, die du auf den Sarg von Frau van Dam legen kannst, und danach fährt sie durch die Vorhänge dort und dann …

Nicht für sie!, kreischte meine Mutter. Nicht für sie!

Ich fasste sie bei den Schultern, um sie zu beruhigen.

Hilfe! Feuer! Feuer!

Ich erstarrte. Jetzt begriff ich erst. Sie dachte, ich wollte sie geradewegs in den Verbrennungsofen schieben. Sie dachte: Heleen hat noch ein Hühnchen mit mir zu rupfen, und zurzeit ist sie zu allem imstande.

Durch die so gut wie leere Kapelle kam der Schwiegersohn von Frau van Dam auf uns zu, einen leicht gequälten Ausdruck im Gesicht. Mit sanfter Stimme bat er: Hätten Sie etwas dagegen, schon einmal in den Kaffeeraum zu gehen?

Es tut mir leid, stammelte ich, wollte gleich den Rollstuhl im Mittelgang wenden, blieb aber durch meine jähen Bewegungen an einer der Bänke hängen. Meine Mutter brüllte laut auf. Mit einem Ruck, der sie fast aus dem Sitz katapultierte, bekam ich die Chose wieder flott. Ich hastete nach draußen.

Der Fahrer des Rollstuhl-Taxis erbot sich, auf Ma aufzupassen, was ich unheimlich nett von ihm fand, aber was hatte ich denn bei Familie van Dam verloren? *Sie* hatte unbedingt hergewollt. Also traten wir die Rückfahrt an.

Im Fond wurde reichlich gejammert und geschimpft.

Ich ballte vorn die Fäuste. Natürlich, Misstrauen gehörte bei Dementen dazu. Wenn man nichts mehr blickte, musste einem ja das gesamte Dasein als einzige große Verschwörung erscheinen. Sogar die eigene Tochter konnte es dann auf einen abgesehen haben. Oder verhielt es sich anders, war meiner Mutter doch bewusst, dass ich seit meinem siebten Lebensjahr noch eine Rechnung mit ihr zu begleichen hatte, wie auch ihre Unruhe zu verraten schien?

Angenommen, dem war so. Angenommen, sie war in irgendeinem Winkel ihrer Seele nicht damit im Reinen. Angenommen, sie tat sich nach mehr als vierzig Jahren immer noch schwer damit, den schmerzlichen Tatsachen ins Auge zu sehen.

Das Taxi bog auf das Gelände vom Sonnenhügel ein.

Oh nein!, rief meine Mutter aus. O nein, o nein! Was soll sie da?

Ja, Sie sind wieder zu Hause, sagte der Fahrer.

Sie krallte sich am Türrahmen fest, als sie ausgeladen wurde: Nicht hier, sie muss nach Haube!

Statt meinen Frust herauszuschreien, sagte ich: Aber wir gehen hier doch nur Kaffee trinken.

Erleichtert begann sie in ihrer Handtasche zu kramen: Ach, den dependiere ich dann, das weißt du doch, nicht?

Gut, Mam.

Bei mir kommst du nicht zu knapp. Zu kurz. Ich kann was für dich kokeln. Was du nur willst. Für Zilly und wie heißt er, Wind, hab ich doch auch immer …

Ich schob sie zur Kaffeebar in der Eingangshalle. Anita kam gerade vorbei, sie hatte ihren Dienst hinter sich und trug Jeans, die über ihrem dicken Hintern beängstigend stramm saßen: Sie hatte bestimmt was Aufregendes vor. Sie winkte uns, aber meine Mutter reagierte nicht. Sie hatte sich schon wieder völlig verausgabt.

Ich stellte sie an einen Tisch. Holte an der Theke zwei Tassen Kaffee. Setzte mich ihr gegenüber. Ich wünschte mir, in ihren Kopf schauen zu können. Sehen zu können, ob es stimmte, dass sich ihr inneres Auge nicht mehr vor mir verschließen konnte.

Als Kind hatte Francien einmal gefragt, wie eigentlich das Gehirn aussehe. Ohne zu überlegen hatte meine Mutter gesagt: wie Buchstabennudeln.

Mein Vater hatte sich daraufhin so verschluckt, dass wir ihm auf den Rücken klopfen mussten.

Du lachst mich aus, hatte sie ihm erbost vorgeworfen. Es ist immer dasselbe Lied mit dir, Dick. Du tust so à la Stille-Wasser-sind-tief und hältst dich dabei fein aus allem raus. Ich bemühe mich wenigstens.

Ich trank meinen Kaffee und danach ihren. Selbst wenn ich in ihren Kopf hätte schauen können, die Buchstabennudeln lagen dort hoffnungslos durcheinander. Ich hätte mir die Worte zusammenpuzzeln müssen, und vielleicht hätte auch ich mir das zurechtgelegt, was mir lieb war, hätte ich den gleichen Fehler begangen wie sie. »Heleen ist ein einzelgängerisches Kind.« – »Es tut meiner Mutter leid.«

Aber auch wenn sie jetzt noch so weit bei Sinnen gewesen wäre, dass sie laut hätte sagen können: »Ich habe dich schlecht behandelt.« Hätte ich dann den Großmut gehabt, ihr zu vergeben? Hätte ich hier dann ohne Groll mit ihr gesessen? So, und nun der Friedensnobelpreis? Chapeau, Heleen.

Ich wusste es nicht. Ich wusste es wirklich nicht.

Unvermittelt sagte sie schleppend: Und dieses Spritzen hat mich ganz verrückt gemacht.

Was meinst du damit, Mam?

Träge klemmte sie sich imaginäre Stricknadeln unter die Achseln und mimte Einstechen-Umschlagen-Durchziehen-und-Abheben.

Ich brachte die Kaffeetassen zur Theke zurück. Wahrscheinlich wurde es Zeit einzusehen, dass es zu spät war, definitiv zu spät, noch etwas zu klären. Und höchste Zeit, endlich erwachsen zu werden.

Ich wünschte, sie wäre tot, hatte ich zu Peter gesagt. Und einige Tage darauf hatte ich ihre Patientenverfügung gefunden. Wenn man nicht an Zufall glaubte oder daran, dass man etwas beschreien konnte, dann hatte man hier den Gegenbeweis.

Das Dokument schwelte noch immer gewaltig in meinem Kopf. »Patientenverfügung«, was für ein verschwiemelter Ausdruck übrigens. Dürfte ich bitte mal Ihre Patientenverfügung sehen? Ist ihre Patientenverfügung diesen Monat schon abgestempelt worden? Bei Kauf einer Mikrowelle jetzt eine Patientenverfügung gratis. Es suggerierte etwas ganz anderes, als was es bedeutete. Typisch Ma.

Seien wir doch ehrlich. Jemand, über den man sein Leben lang ziemlich regelmäßig gedacht hatte: Ohne sie wäre ich besser drangewesen, durfte doch nun wahrlich nicht die Dreistigkeit besitzen, einem seine *Patientenverfügung* aufzuhalsen.

Angenommen, es wäre anders, grübelte ich in meinen durchwachten Nächten, angenommen, ich liebte sie über alles, was hätte dieser Fund dann für mich bedeutet? Welche Entscheidung hätte ich in dem Fall getroffen?

Peter fand, dass es nichts zu beschließen oder entscheiden gebe. Irgendwann, als sie noch voll bei Sinnen gewesen sei, habe Ma sich vorgenommen, dass das Lebensende so angenehm wie möglich sein sollte. Würdig und human. Das stehe schwarz auf weiß in dem Dokument. Ihr Wunsch müsse respektiert werden. Und das sei machbar, in diesem Land sei das machbar. So einfach sei das.

Oder willst du ihr Leiden etwa absichtlich verlängern, Heleen?

In den vergangenen Monaten hatten mir Fragen hinsichtlich ihrer Lebensqualität oft genug die Kehle zugeschnürt. Aber da hatte ich noch keine Möglichkeit gehabt, Einfluss darauf zu nehmen. Das war der Punkt: Jetzt hatte ich die Macht. Die Macht, sie auszurangieren, genau wie ihre Möbel.

Mindestens zehnmal war ich schon drauf und dran gewesen, Francien anzurufen. Und sie damit zur Mordkomplizin zu machen. Ja, das war der Begriff, der immer wieder in mir aufkam: Mord. Man darf nicht vergessen, dass ich unter dem Deckmäntelchen, die Wünsche meiner Mutter rechtschaffen zu beherzigen, im Grunde meinen eigenen Wunsch in Erfüllung gehen lassen konnte. Unangenehm deutlich sah ich vor mir, wie Francien und ich am Telefon ganz einer Meinung sein würden, sie war ja immer auf meiner Seite: Nein, so geht es wirklich nicht länger mit Ma. Die Ärmste. Wie wir uns gegenseitig aufstacheln würden. Wie wir ein plausibel klingendes Argument nach dem anderen herbeten würden. Und wie wir einander danach nie mehr so ganz in die Augen würden schauen können.

Wie ich es auch drehte und wendete, es fühlte sich völlig falsch an. Triumphierend mit dem Formular aufzuwarten, wäre ein nicht minder aggressiver Akt als dessen mutwillige Unterschlagung, durch die ich dazu beitrüge, dass die Leidenszeit meiner Mutter, wie Peter richtig gesagt hatte, noch endlos fortdauern würde.

Staalman löste das Dilemma, indem er mich zum Sonnenhügel bestellte, um in Bezug auf Mas Operation Nägel mit Köpfen zu machen.

Guten Tag, Herr Doktor, sagte ich und setzte mich ihm gegenüber an seinen Schreibtisch.

Er nahm seine Brille ab, kniff kurz die Augen zusammen und setzte die Brille wieder auf.

Arzt im Pflegeheim. Wer hatte schon Lust zu so einem miesen Job? Bei dem Gedanken war mir, als röche ich den Duft gedämpfter Erde und sähe mich mit flinken Fingern, ritsch, ratsch, Geiztriebe aus Pflanzen reißen, den vor Vergnügen schnaufenden Willem an meiner Seite: Mal sehen, wer von uns beiden als Erster ein Feld fertig hat.

Während er eine Krankenakte aufschlug, sagte Staalman: Ihre Mutter hat gut auf das Haldol angesprochen, wie Sie gewiss auch schon gemerkt haben werden. Ich schlage vor, sie jetzt, da sie von ihrem Laufzwang befreit ist, so schnell wie möglich zu operieren.

Ich sah Peter vor mir, wie er sich in Zeitlupe die dreckigen Hände an der Hose abwischte, und Storm und Lizzy, die quietschend unter den von ihm angestellten Sprengern herumtollten. Unter ihren kleinen Füßen zertraten sie die zu Murmeln geronnenen Wassertropfen, die über den trockenen, sandigen Boden rollten.

Staalman sagte: Dann ist sie in einer guten Verfassung, um den nächsten Teil ihres Lebens zu beginnen, wenn sie uns hier verlässt.

Ich dachte: Ist das dann der vierte Lebensabschnitt? Wie viele gab es eigentlich? Bekam der Mensch nie Ruhe? Heiser entgegnete ich: Meine Mutter darf nicht operiert werden.

Er erhob sich, verstellte etwas an den Jalousien und schaute aus dem Fenster. Nach einer Weile sagte er im Ton von einem, der alles schon tausendmal erlebt hat: Nein? Und warum sagen Sie das?

Mir war bewusst, dass ich meine Handtasche mit dem wertvollen Inhalt auf dem Schoß hielt wie eine alte Trulla in der Straßenbahn. Doch Staalman konnte, sogar während er mit dem Rücken zu mir stand, in die Tasche hineinschauen. Er sah den Umschlag darin.

Überflüssigerweise sagte ich dennoch: Ich habe beim Ausräumen der Wohnung meiner Mutter ein Dokument gefunden. Eine Patientenverfügung.

Er drehte sich um: Und?

Sie möchte auf keinen Fall, dass… dass ohne Not… Was stotterte ich denn so? Ich wusste plötzlich nicht mehr so recht, wie ich es formulieren sollte.

Aber ich habe Ihnen doch schon gesagt: Es wird äußerst unangenehm für Ihre Mutter, wenn wir nicht eingreifen. Sie wird starke Beschwerden und Schmerzen bekommen und zudem permanent festgebunden werden müssen.

Unter Anspannung sämtlicher Muskeln sagte ich: Ich glaube eigentlich, dass diese Patientenverfügung noch weiter reichend ist.

Er setzte sich wieder. In trockenem Ton fragte er: Sie denken sicher an Euthanasie, nicht?

Ja. Nein. Ich meine, durch diese Verfügung hat meine Mutter doch deutlich gemacht, dass sie… Und unten drunter steht, dass das dem geltenden niederländischen Recht entspricht.

Erneut wurde die Brille ab- und wieder aufgesetzt. Geduldig sagte er: Aber nach niederländischem Recht ist Euthanasie im Falle von Demenzpatienten nicht erlaubt. Die Gesetzgebung verlangt, und das zu Recht, dass man geistig in der Lage ist, eine so schwerwiegende Entscheidung persönlich in vollem Umfang abzuwägen. Es kursieren die wildesten Räuberpistolen, aber in der Praxis ist Euthanasie komplizierter, als Sie denken. Auch bei Nichtdementen. Da gibt es endlose gesetzliche Vorschriften und Protokolle.

Ich schaute zur Jalousie, durch die Streifen bleichen Sonnenlichts hereinleckten.

Sie dachten doch nicht allen Ernstes, dass wir Ihrer Mutter so ohne weiteres ein tödliches Mittel geben könnten, oder?

Ich zuckte zusammen. So unumwunden formuliert, klang es schon sehr barbarisch.

Aber was ist so eine Patientenverfügung denn dann wert?, fragte ich.

Unter den gegebenen Umständen nicht sehr viel, fürchte ich.

Aber meine Mutter leidet, Doktor.

Denkt sie selbst auch so darüber?

Ich zögerte. Mit einem Mal traute ich mir selbst nicht mehr. Staalman offenbar auch nicht, er klang jedenfalls, als beargwöhne er meine Absichten. Vielleicht dachte er ja: Das ist so eine, die dem Schicksal gern ein bisschen nachhilft. Man hörte ja manchmal von verzweifelten Menschen, die ihrem dementen Angehörigen Schlaftabletten gaben und eine Plastiktüte über den Kopf zogen, weil sie sich nicht mehr anders zu helfen wussten. Na, Schlaftabletten hatte ich dank unseres eifrigen Hausarztes in ausreichender Menge. Und überdies hatte ich zwei Hektar Lenzrosen. Wusste Staalman, wie giftig die waren? Er sah mich wirklich an, als traute er mir zu, auf meinem Küchenherd ein tödliches Gebräu zu köcheln und es meiner Mutter einzuflößen.

Lassen Sie mich es als ihr Arzt so sagen, sagte er. Ich verspüre bei Ihrer Mutter keinerlei Todessehnsucht. Die Demenz hat meiner Erfahrung nach ihre eigene Weisheit. Wenn Demente mit ihrem Leben abgeschlossen haben, hören sie meistens von sich aus auf zu essen und zu trinken, und ihr Leben klingt dann allmählich aus. Ich kann Ihnen hoch und heilig versprechen, dass wir Ihre Mutter, wenn sie so weit ist, nicht zwangsernähren werden. Aber vorerst hat sie noch nicht mit dem Leben abgeschlossen, das steht für uns fest.

Ich schwieg. Ein vages Gefühl von Klaustrophobie hatte mich befallen.

Er sagte: Vielleicht hilft es Ihnen, wenn Sie den Blick etwas weniger auf die Einschränkungen Ihrer Mutter richten.

Das sind aber doch ziemlich viele!

Schon, aber was in ihrem Herzen und ihrer Seele vor sich geht, wissen wir nicht. Wir dürfen diesen Lebensabschnitt nicht vorschnell als sinnlos abtun.

Er schlug die Akte zu: Überschlafen Sie meinen Vorschlag hinsichtlich der Operation Ihrer Mutter noch eine Nacht. Besprechen Sie es noch einmal mit Ihrem Mann. Und rufen Sie mich dann morgen an.

Er erhob sich, ging zur Tür und hielt sie mir auf. Zum Abschied sagte er: Lebensbeendigung wäre in ihrem Fall ein Straftatbestand. Daran werden Sie auch später nicht rütteln können, wenn ihre Mutter endgültig im Heim untergebracht ist. Wirklich, Sie sollten den Tatsachen besser ins Auge sehen.

Wenn ich nicht bald kleiner schreibe, ist mein Heft noch voll, bevor ich alles zu Papier gebracht habe. Und hier kann ich nun mal nicht eben in ein Schreibwarengeschäft gehen und mir ein neues kaufen.

Mit einem Gefühl der Leere fuhr ich wieder nach Hause. Staalman brauchte wirklich nicht zu befürchten, dass ich vergiftete Lebensmittel einschmuggeln würde, solange meine Mutter noch mit Appetit aß. Was hatte ich mir nach der Beisetzungsfeier von Frau van Dam eigentlich weiszumachen versucht? Du denkst zu viel für andere, würde Peter sagen. Natürlich hatte meine Mutter noch nicht mit dem Leben abgeschlossen. Oder genauer gesagt: Natürlich war sie nicht dazu bereit, meinetwegen zur Hölle zu gehen! Ebenso wenig wie ich bereit war, ihretwegen im Gefängnis zu landen, weil ich einen *Helleborus*-Cocktail gebraut hatte.

Das wäre ja noch schöner, ich in irgend so einer Vollzugsanstalt, wo die schweren Fälle unter Beobachtung standen und dazu angeregt wurden, sich ihrer Beweggründe bewusst zu werden. Die Schuldunfähigen sozusagen. Auch sie hatten, ging man nach Berichten in der Zeitung, in der Kindheit einige unschöne Erfahrungen gemacht. Ohne schwere Kindheit wurde man nicht zu einer Gefahr für die Gesellschaft.

Aber keine Sorge, aus einer Fernsehsendung hatte ich gerade erst gelernt, dass Häftlinge in der Regel besser dran waren als Alte in Alten- und Pflegeheimen. Sie hatten mehr Zuspruch, mehr Quadratmeter zu ihrer Verfügung, mehr Stunden psychologischer oder lebensanschaulicher Betreuung, mehr Abwechslung im Programm, mehr

Zeit an der frischen Luft, mehr Privatsphäre. Sogar das Essen im Knast schmeckte besser. Wahrscheinlich wurde im Gefängniswesen auch mehr verdient.

Aber deswegen wollte ich noch lange nicht ins Kittchen. Nein, meine Mutter würde ihr Leben bis zum letzten Atemzug abbrummen müssen.

Als ich zu Hause eintraf, kam Peter mir bei den Verkaufsbeeten strahlend entgegengelaufen. Er habe eine Überraschung für mich, erklärte er. Das rätst du nie, Heleen. Es ist vielleicht nicht der richtige Moment, jetzt, bei dem ganzen Heckmeck mit Adri, aber das können wir auch gerade ausnutzen. Wenn wir dann eine neue Kraft einarbeiten müssen …

Wir wurden von einem Kunden unterbrochen, der Ratschläge zur Vermehrung haben wollte. Könne er es wagen, jetzt schon mit dem Pikieren anzufangen, oder sei es besser, noch ein, zwei Wochen zu warten?

Während er dem Mann ausführlich antwortete, hielt Peter mich am Handgelenk fest. Ich schaute auf seine Hand und die Fingernägel mit den ewigen Trauerrändern und musste komischerweise daran denken, wie er damit bei unserem Streit über das Handy von Sabine unbeholfen an seinem Pulloverkragen gezupft hatte. Und wie ich pampig entgegnet hatte, dass Sabine noch gut auf ihr Handy verzichten könne, da sie ja im Urlaub sei, einem Luxus-Verwöhnurlaub auf einem großen weißen Schiff. Einem Urlaub, der uns selbstverständlich nicht beschieden sei.

Die Erinnerung beschämte und ärgerte mich. Um nicht

unfreundlich zu wirken, gab ich Peter, während ich meine Hand wegzog, einen flüchtigen Kuss auf die Wange.

Ich ging ins Haus, um Tee zu kochen. Vielleicht konnte ich Lizzy zu einem Tässchen verleiten. Es war ein schönes Stück Arbeit, sie wieder aufzutauen, aber ich war fest entschlossen. Sie und ich konnten uns wenigstens noch aussprechen. Ich würde nicht aufhören, es zu versuchen, ich würde mich nicht stumm stellen, ich würde ihr nicht den Rücken zukehren, ich würde eine Lösung finden.

Vom Fuß der Treppe aus rief ich zu ihr hinauf. Es kam keine Antwort. Auch in meinem Büro, wo sie manchmal ihre Hausaufgaben machte, war sie nicht. Die Zeitarbeitskraft, die blitzschnell eine fleischfarbene Internetseite vom Bildschirm wegklickte, sagte, Lizzy sei vor zehn Minuten weggegangen.

Sie war doch wohl nicht, mutwillig und hinter meinem Rücken ... Aber wieso auch nicht, ich war ja nur ihre überspannte Mutter, ihre verrückte Mutter, die Gespenster sah. Peter hatte auch schon ein paarmal gesagt, dass ich aufhören sollte, mir irgendwelchen Blödsinn zurechtzureimen. Bei einer der Mitspracheversammlungen zum neuen Flächennutzungsplan, die er treu und brav besuchte, war erst kürzlich noch ausführlich von Arend die Rede gewesen: Der Leiter des Tierheims sei Ernährer einer Familie mit drei kleinen Kindern, das verlange ein sorgsames Vorgehen.

So war Peter. Keine Ahnung vom Bösen auf der Welt.

Aber ich, als Lizzys Mutter, wäre keinen Pfifferling wert, wenn ich jetzt nichts tat. Ich holte mein Rad. Hinten auf dem Gelände erschallte Willems Lachen.

Ich trat so schnell in die Pedale, dass ich Seitenstiche bekam.

Als ich beim Tierheim ankam, schlug mir in dem ewigen Matsch das Gebell der Hunde entgegen. Warf mein Rad zur Seite und betrat einen der Container.

Zwei Jungs in schmutzigen Overalls waren dabei, die Käfige sauberzuspritzen. Sie schenkten mir keine Beachtung, auch dann nicht, als ich laut Guten Tag rief. Das war mir letztens auch schon in einem Geschäft aufgefallen: Ab einem gewissen Alter war man als Frau für andere nicht mehr sichtbar. Man wurde zu einem vagen Umgebungsfaktor, etwas Undefinierbarem in der Kulisse, das einen genauso wenig aufschauen ließ wie ein Laternenpfahl oder ein Abfallkorb. Meine Erregung nahm noch zu. Was musste ich tun, um den Rest der Welt davon zu überzeugen, dass ich noch existierte?

Habt ihr Lizzy gesehen?

Desinteressiert schaute der eine Knabe schließlich ansatzweise in meine Richtung. Heute nicht, sagte er.

Wortlos machte ich kehrt, schlug die Tür hinter mir zu und riss mein Rad hoch. In meinem Kopf hämmerte es. Ob sich Arend irgendwo mit ihr verabredet hatte? Im Tierheim musste er sich natürlich vorsehen. Ich hatte kein Handy bei mir, konnte sie also nicht unter einem Vorwand anrufen: Wir essen heute Abend früh, Lizzy, kommst du gleich nach Hause?

Was sollte ich machen? Auf gut Glück herumfahren? Cafés abklappern? Sie konnten überall und nirgends sein. Unverrichteter Dinge stieg ich aufs Rad. Mal schauen, ob Corinne Zeit für mich hatte, ja, genau. Sie würde mir einen Espresso machen, mir zuhören und mich beruhigen. Darauf konnte ich mich verlassen.

Als ich in Hillegom in ihre Straße einbog, zersprang mir fast das Herz vor Erleichterung: Neben dem Friseursalon lehnte Lizzys knallblaues Fahrrad am Schaufenster des Zoogeschäfts. Stimmte ja, Corinne hatte es mir letztens selbst erzählt, Ben jobbte dort seit neuestem. Ob Lizzy ihm einen kleinen Besuch abstattete? Ben, der aus heiterem Himmel auch aufs Tier gekommen war, um es mal so auszudrücken, das waren doch Perspektiven. Ich dachte: Wenn das was wird zwischen den beiden, stelle ich nie mehr Fragen, mein Gott, ganz bestimmt nicht, das ist es doch, was ich mir für sie wünsche, Ebenbürtigkeit, jemanden, der sie nicht beschädigt.

Ich quetschte mich an einem Lieferwagen vorbei, der mit offener Hecktür hinderlich auf dem Bürgersteig parkte, stellte mein Rad gegen das von Lizzy und ging hinein.

Im Laden hing der staubige Geruch von Sittichfutter und Katzenstreu. Es war ein unübersichtliches Sammelsurium, hier eine Stellage mit Aquarien, da ein hoch aufgetürmter Stapel Hundekörbe, dort Regale mit Dosenfutter und Gummispielzeug und dazu noch von der Decke herabhängende Vogelkäfige.

Ich hörte Lizzy lachen. Und das ausgerechnet ihm, sagte sie.

Da stand sie, am Ladentisch mit altmodischer Kasse, auf der Ben betont lässig seinen Ellbogen ruhen ließ.

Er sah mich kommen und hob die Hand: Hi, Heleen.

Ruckartig wandte sich meine Tochter um.

Ich sah, dass sie Lipgloss aufgelegt hatte. Unter ihrer Jeansjacke trug sie eine geblümte Bluse. Mir hüpfte das Herz: Sie hatte sich hübsch gemacht.

Ihre Augen weiteten sich vor Schreck. Mit angstvoller Gebärde fasste sie sich an die Kehle. Was machst du denn hier?, fragte sie mit Piepsstimme.

Nichts. Ich kam zufällig vorbei und sah dein Fahrrad vor dem Laden stehen, sagte ich. Ach je, sie dachte natürlich, ich würde jeden Jungen, der ihr gefiel, gleich mit dem Erstbesten bewerfen, das in meiner Reichweite war. Sie sah mich schon nach den Bonzo-Dosen schauen. Möglichst fröhlich sagte ich: Und da fiel mir ein, dass Ben ja jetzt hier arbeitet und ich mal zu ihm reinschauen könnte, um zu hören, wie es ihm gefällt.

Echt cool hier, sagte Ben.

Okay, Mama? Lizzys Stimme klang angespannt.

Schön zu hören, Ben. Und Liz, wir essen heut Abend spät, also du brauchst dich nicht zu beeilen. Bis dann. Tschüss, Ben, und Grüße an Corinne.

Jaja, Lizzys Mutter wusste, wo sie fehl am Platz war, wusste *genau*, wann sie eine zu viel war. Hastig suchte ich hinter den Aquarien das Weite. Ich öffnete die Ladentür, die Klingel bimmelte, und gerade als ich hinaustreten wollte, hörte ich Ben rufen: He, Arend! Kommst du klar mit den … Shit, in dem beknackten Lager findet man echt nie was. Geht's, Arend, oder brauchst du Hilfe?

Mir flutschte die Türklinke aus der Hand. Warum verließen wir uns so selten auf unsere Instinkte? Warum ließen wir uns so bereitwillig Sand in die Augen streuen und in die Irre führen?

Weiter hinten im Laden wurde Getrampel laut. Ja, ja, sagte Arend auf seine barsche Art, ich hab alles. Komm, Lizzy, wir laden ein.

Für den also hatte sich meine Tochter so hübsch gemacht. Und zum Dank für ihre Schlepperei würde dieser Widerling nachher bestimmt noch die Dreistigkeit besitzen, sie mit seinen gierigen Pfoten zu begrapschen. Das würde sie für den Rest ihres Lebens zeichnen, wie ein Brandmal. Jetzt war noch alles an ihr funkelnagelneu und makellos.

Ich hörte ihre Schritte und das Quietschen einer klapprigen Sackkarre rasch näher kommen. Ob sie mich hinter der Mauer aus Aquarien noch sehen konnten, wusste ich nicht. Es kümmerte mich ehrlich gesagt auch gar nicht mehr. Ich hatte auf einmal ein großes Goldfischglas in den Händen. Wie seltsam bekannt es mir vorkam. Ach ja, so eines hatte auch im Krankenhaus gestanden. Und sogleich tauchte das Bild von meiner Mutter vor mir auf, wie sie klatsch, klatsch, die Goldfische auf dem Tresen totschlug, so, ganz ohne Gräten, und ich sah mich selbst, sieben Jahre alt, die Arme vertrauensvoll gehoben, während sie mir das gesmokte Kleidchen über den Kopf auszog, und alle würden es bestätigen, Lizzy selbst zuallererst, dass ich nicht zu denen gehörte, die den Blick abwandten und ihrem Kind den Rücken zukehrten, weil das die einfachste Lösung war, *ich* passte verdammt gut auf, *ich* wachte über sie. Ich beschützte sie.

Nur noch wenige Schritte.

Ich war ihre Mutter, *ich* wusste wenigstens, was das bedeutete: jemandes Mutter sein.

Das Klirren von zersplitterndem Glas war ohrenbetäubend.

Und jetzt sitze ich hier und schreibe in immer winziger werdender Schrift in mein Heft. Man möchte ja schließlich verstehen, wie bestimmte Dinge geschehen konnten, und das gelingt vielleicht, wenn man Tag für Tag Worte dafür zu finden versucht.

Wenn ich nicht schreibe, denke ich nach. Darüber, wie alles auch anders hätte ablaufen können zum Beispiel. Oder darüber, in welche wunderlichen Formen sich Liebe kleiden kann. Jetzt, da ich mit einem Mal so viel Zeit habe, sollte ich sie auch möglichst gut nutzen.

Nur wenn ich eine Partie Tischtennis spiele, steht mein Hirn für eine Weile still.

(Ich habe eine Überraschung für dich, hatte Peter gesagt. Na, das war leicht untertrieben. Es war vollkommen unverantwortlich und superliebevoll.)

Mama!, rief Lizzy aus. Es war nicht ersichtlich, worüber sie am meisten erschrocken war: über die Tatsache, dass ich noch im Laden war, oder über die Verwüstung, die ich angerichtet hatte. Überall lag Glas.

Arend schob die turmhoch beladene Sackkarre schnell darüber hinweg und verschwand nach draußen. Ben kam mit Besen und Schaufel herbeigeeilt.

Mir zitterten die Beine. Tut mir leid, Ben, stammelte ich, ich werde das selbstverständlich bezahlen.

Was wolltest du denn mit einem Goldfischglas?, fragte Lizzy schrill.

Ich hatte ihr einen Heidenschreck eingejagt. Und mir selbst nicht weniger.

Für Oma, stieß ich hervor. Jetzt, wo ihre Schildkröte tot ist, möchte sie vielleicht …

Lizzy atmete sichtlich auf. Eine Mutter, die für Oma Fische kaufen wollte, deswegen brauchte man nicht vor Scham im Boden zu versinken. Aber warum hast du sie denn fallen lassen?, fragte sie.

Einfach so, sagte ich verloren.

Die Dinger sind schwer und glatt, sagte Ben, während er die Scherben zusammenkehrte. Aber wir haben noch so eins am Lager, glaube ich. Was für Fische möchtest du denn?

Arend erschien im Türrahmen. Ich fahr dann mal, sagte er. Er warf mir einen scheuen Blick zu, der verriet, dass er schäbig genug war, den einzig richtigen Schluss ziehen zu können. Wenn ich die Gelegenheit bekommen hätte, hätte ich das Ding auf seinem Kopf zertrümmert.

Der Gedanke ließ mir den Atem in der Kehle stocken. Was ich hätte anrichten können, spottete jeder Beschreibung. Ich hätte Lizzys Vertrauen nie, aber auch niemals mehr zurückgewinnen können.

Vielleicht hätte sie jetzt am liebsten Arend hinterhergewollt, aber das konnte sie sich in meinem Beisein natürlich nicht anmerken lassen. Mit übertriebener Hilfsbereitschaft nahm sie Ben die Kehrschaufel mit Glassplittern ab, während sie zu mir sagte: Du bist ein totaler Tollpatsch, Mama.

Das ist bestimmt nur vorübergehend, sagte Ben tröstend, meine Mutter lässt im Moment auch alles Mögliche fallen.

Gemeinsam musterten sie mich, als wäre der dritte Lebensabschnitt das Einzige, was mit mir los war, aber das war in ihren Augen offensichtlich schon schlimm genug. Dann gingen sie ins Lager, leicht aneinandergelehnt, da tief verbunden durch das grausame Schicksal, eine Mutter in den Wechseljahren zu haben.

Ja, es haut hin: Ich habe noch drei Seiten.

Heute Abend überqueren wir den Äquator. Dann gibt es ein Fest an Bord. Mit Salsamusik, live, und einem dieser meisterhaft gestalteten exotischen Büfetts. Bis tief in die Nacht wird unter dem wolkenlosen Sternenhimmel getanzt werden. Am Swimmingpool, wo ich den ganzen Tag sitze und schreibe, sind bunte Lämpchen aufgehängt worden.

Da kommt Peter gerade aus dem Wasser. Er ist braun geworden und durch die ganze Faulenzerei auch ein bisschen dicker. Sowie er das Treppchen hinauf ist, schnappt er sich sein Handtuch vom Boden und schlingt es, sich der Speckfalten am Bauch bewusst, rasch um seine Taille. Als er sich neben mir in einen Deckchair fallen lässt, spritzen Tropfen auf mein Heft.

Ha, Moby Dick, sage ich, ohne aufzuschauen. Ich bin beinahe fertig. Nur noch ein paar Sätze, und meine Rekonstruktion ist vollendet. Es war mehr oder weniger Corinnes Idee gewesen, jedenfalls stand es in dem Buch von ihr: dass man ein Tagebuch über seine Stimmungsschwankungen und dergleichen führen sollte. Wenn ich das nicht machen würde, Heleen, hätte ich schon mindestens zehnmal gedacht, dass ich auf dem besten Wege bin, unheilbar verrückt zu werden.

Verbrennst du nicht?, fragt Peter.

Mm.

Er stört mich nicht weiter.

Nachher gehen wir an die Cocktailbar auf dem obersten Deck. Die Getränkekarte dort ist so umfangreich, dass wir am ersten Tag beschlossen haben, ich solle bei A und er bei Z anfangen, damit wir uns dann hoffentlich vor dem Ende der Reise in der Mitte treffen. Die Barkeeper sind smarte junge Typen, die alle Sprachen der Welt sprechen. Peter schwatzt unbekümmert in seinem gebrochenen Englisch mit ihnen.

Ich dagegen habe mir vorgenommen, von nun an nur noch die Sprache meines Herzens zu sprechen. Und deshalb kann ich jetzt dies schreiben: Es war meine Mutter, die mich an jenem Nachmittag im Zoogeschäft vor einer fatalen und nicht wiedergutzumachenden Tat behütet hat. Davon bin ich überzeugt. Hätte ich in dem Moment nicht gedacht, ich sorge besser für meine Tochter als meine Mutter damals für mich, und wäre mir nicht im selben Augenblick die Ironie der Situation aufgegangen, dass ich, die bessere Mutter, mit weit aufgerissenen Augen bereitstand, um ...

Ich schick den Kids mal eben eine Mail, sagte Peter.

Man frage nicht, wie das möglich ist, sondern genieße es einfach: Es gibt sogar ein Internetcafé an Bord. Wir brauchen nicht einen Tag auf Nachrichten darüber zu verzichten, wie es Storm und Carli in Australien geht, Francien und Nell in Saugatuck oder Lizzy, die bei Corinne übernachtet. Auch Willem kann uns mit Hilfe unserer Zeitarbeitskraft erreichen. Er vermisst uns, wie er rührend schreibt, denn jetzt ist keiner da, der weiß, worin der Unterschied zwischen einer Frikadelle und einer dummen Blondine besteht, da die Gärtner, die Frans und Helma Bax uns so großzügig ausgeliehen haben, nicht das geringste Gefühl für Humor haben.

Ich zögere noch etwas im Hinblick auf meine letzten Sätze. Wenn ich schreibe, dass meine Mutter mich an jenem Nachmittag gerettet hat, wird es schon arg sentimental. Aber dennoch, sie hat mich beschützt, ohne es selbst zu wissen, allein dadurch dass sie in meinen Gedanken aufgetaucht ist.

Keine Nachrichten, sagt Peter, während er sich wieder neben mir niederlässt.

Das ist meistens das Beste, antworte ich.

Er reckt die Arme und verschränkt die Hände im Nacken.

Ich ahne, was jetzt kommt.

In der Tat – nach Peter kann man die Uhr stellen – sagt er genießerisch: Mit dir eine Kreuzfahrt zu machen war der vernünftigste Beschluss meines Lebens.

Er sagt es mindestens sechsmal am Tag.

Ich habe dich gar nicht verdient, habe ich neulich darauf erwidert.

Ich liebe dich nun mal, sagte er darauf beinahe entschuldigend.

Vielleicht erträgt er meine libidinöse Eiszeit deshalb immer noch ohne großes Murren. Er kann einfach nicht anders. Geradezu ehrfurchtgebietend, wenn man sich das mal überlegt. Könnte geradewegs *Bridget Jones – Schokolade zum Frühstück* entnommen sein: Wahre Liebe.

Aber Bridget Jones und ihre Lieben sind nicht echt, und Peter und ich sind es schon. Wir tun, was wir können, mit allen Höhen und Tiefen. Seit Jahrzehnten.

Ich möchte noch nicht daran denken, aber wenn wir nach Hause kommen, werden wir früher oder später meine Mutter umquartieren müssen. Man hat sie schon operiert, und es ist jetzt nur noch eine Frage der Zeit, wann sie irgendwo oben auf der Warteliste steht. Wenn es so weit ist, werde ich die Goldfische in einen Plastikbeutel tun und das Glas vorsichtig in einen Karton stellen. In ihrem neuen Zimmer werde ich einen schönen Platz dafür auswählen. Sein Anblick wird mich jedes Mal daran erinnern, wovor sie mich behütet hat. Und das werde ich wohl auch brauchen können.

(Anzahl der Jahre mit ihr, die ich noch vor mir habe: Wer kann das sagen?)